Elisabeth Malcolm

Elisabeth Malcolm

Ein Sommer voller Ferien

Illustriert von Frauke Trojahn

Carl Habel Verlag

Genehmigte Sonderausgabe für Carl Habel GmbH

** Illustriert von Frauke Trojahn
Einbandgestaltung: Wilfried Forster, München
Gesamtherstellung: Carl Habel GmbH, Darmstadt
Printed in West Germany

ISBN 3-87179-168-7

1. Kapitel

Bettina wachte davon auf, daß der Fußboden in der Diele draußen knarrte. Er knarrte immer nur vor der alten Bauerntruhe. Wahrscheinlich schlich Papa vom Schlafzimmer in das Bad. Er wollte heute ganz früh fort. Zu seinen Eltern, hatte Mutti gesagt. Vaters Eltern waren Bettinas Großeltern, aber sie hatte sie noch nie gesehen. Da war etwas zwischen Papa und seinen Eltern, besonders mit seinem Vater. Sie hatte es nie richtig herausgekriegt. Auf jeden Fall hing es damit zusammen, daß Papa in die Stadt gezogen war. Und auch damit, daß er Mutti geheiratet hatte. Papa liebte Mutti. Das war schon daran zu erkennen, daß er jeden Morgen ungern aus dem Haus ging. Immer wieder gab er ihr noch einen Kuß und drückte sie an sich. Auch Mutti küßte ihn gern. Manchmal faßte sie ihn an beiden Ohren und ribbelte ihre Nase an seiner. Und sie sagte „Schatz" zu ihm und: „Denk dran, daß du es für uns tust." Und dann konnte Papa offenbar leichter fortgehen. Jetzt wisperten die beiden draußen in der Diele. Wahrscheinlich suchte Papa Socken oder Unterhosen. Er suchte dauernd etwas. Wäre Mutti nicht immer da, dann hätte Papa oft nur halb angezogen aus dem Haus gekonnt. Bettina seufzte behaglich und räkelte sich in ihrem Bett zurecht.

Draußen schüttete es. Der Regen prallte an die Scheiben und trommelte auf das Fensterblech, und unten im Hof klatschte er auf den Asphalt. Es war noch dunkel, und es war schön, sich im Bett zusammenzurollen, das weich und warm war wie ein Nest. Jetzt sah Bettina Licht unter der Tür, nur einen schmalen Streifen. Dann knarrte die Küchentür, und sie sprang wieder auf, nachdem Mutti sie ganz leise geschlossen hatte. Das war die widerborstigste Tür in der Wohnung. Die blieb nur zu, wenn sie gute Laune hatte.

„Mja, mja, mjamjamjam", machte Florian im Bett unter ihr. Dann murmelte er: „Gib den Hund weg, schnell, ganz schnell, sonst frißt er die Dachrinne..." Florian sagte oft unglaubliche Dinge im Schlaf. Das kam sicher daher, daß er früher immer so komische Fragen gestellt hatte: „Warum ist Spinat nicht rot?" Und: „Warum werden weiße Häuser in der Sonne nicht braun?" Lauter solche Fragen...

Jetzt hatten sie das Radio in der Küche angestellt. Sicher wollte Papa etwas über das Wetter hören und wie es auf den Straßen zuging.

Bettina legte sich zuerst auf die rechte Seite und dann auf den Bauch. Sie hörte ein bißchen Musik und das leise Sprechen von Papa und Mutti und draußen den Regen. Bis sie das Gefühl hatte, die Musik käme vom Fensterbrett und der Regen rauschte aus dem Radio. Dann schlief sie wieder. Und plötzlich kam ein Vogel auf sie zugeflogen mit großen schwarzen Flügeln, direkt von der Tür her, und er drückte ihr einen Kuß auf die Stirn, aber da war es nicht der Vogel, sondern Papa. Er hatte einen dunklen Regenmantel

an, der rauschte beim Gehen. Der Duft von seinem Rasierwasser breitete sich aus. Das mochte sie.

Als Papa Florian küßte, sagte der wieder was von „Kartoffelpüree in Würfeln". Und Mutti lehnte am Türstock in ihrem Morgenrock und flüsterte: „Schlaf noch, Bettina. Du hast Zeit. Sind ja Ferien."

Die Wohnungstür, der Fahrstuhl, die Garagentür im Hof. Sie kannte alle Geräusche. Der Motor sprang an, der Wagen rollte in die Hauseinfahrt, wo Mutti wartete, um noch einmal „Gute Fahrt" zu wünschen. Jetzt standen sie sicher da unten, und Mutti beugte sich ins Auto hinein und sagte wohl: „Nein, nicht unters Hemd", und Papa würde nur lachen.

Da sprang der Motor noch einmal an, etwas lauter als vorhin. Dann schluckte die Straße auf der anderen Seite des Hauses alle Geräusche weg.

Der Lift kam hoch, die Eingangstür, das Schließen der Tür, nun legte Mutti die Kette vor. Das Knarren vor der Truhe in der Diele, die Schlafzimmertür...

Florian schmatzte und mümmelte etwas von „gebackener Suppe".

Bettina wollte sagen, daß er doch endlich ruhig sein sollte. Aber gleichzeitig dachte sie, ich sag's später, später, wenn ich schlafe. Dann sag' ich es erst, daß er mich nicht ewig stören soll.

Aber da schlief sie schon.

2. *Kapitel*

Als Bettina und Florian zum Frühstück kamen, fragten sie sofort:

„Hat Papa schon angerufen?“

„Nein“, sagte Mutti. Sie sah auf die Uhr. „Er kann auch noch nicht dort sein. Noch lange nicht.“

Dann begann Florian zu fragen: „Wie viele Kilometer sind es?“

„Über sechshundert.“

„Wie viele Stunden fährt er da?“

„Das kommt auf den Verkehr an“, antwortete Mutter. „Und wenn es viele Baustellen gibt, dauert es noch länger.“

„Warum ist Papa eigentlich fortgefahren?“

„Er will daheim neu anfangen.“

„Und warum macht er hier nicht weiter?“

„Das wißt ihr doch. In der ersten Firma wollten sie sein Gehalt kürzen, als der Laden lief, den er aufgebaut hatte. Weil sie ihn nicht mehr so dringend wie vorher brauchten. Und in der zweiten Firma haben sie einen gefunden, der angeblich weniger verlangt als Vati. Jetzt wollen sie ihm auch nur noch so viel zahlen, wie der andere verlangt.“

„Warum verlangt der andere weniger?“

„Vielleicht hat er keine Kinder. Vielleicht kann er

weniger, ich weiß es nicht. Vielleicht gibt es aber auch gar keinen anderen."

„Dann lügen sie doch."

„Das kommt manchmal vor", meinte Mutter. „Es geht nicht immer so zu, wie es zugehen sollte. Jedenfalls haben sie eurem Vater gekündigt, weil er nicht mit weniger Geld zufrieden sein wollte."

„Sind wir jetzt arm?" fragte Florian.

„Nein, noch nicht. Er bekommt noch ein paar Monate Gehalt, aber sparen müssen wir schon."

„Und warum sucht Vati keinen neuen Posten?" fragte Bettina.

„Er sagt, weil er nicht noch einmal hereinfallen will. Er hat sich jetzt schon für zwei Firmen abgerakkert und stand dann wieder auf der Straße. Nun reicht es ihm."

Da klingelte das Telefon. Mutter stürzte hin und fragte gleich: „Bist du schon da? Ach so, nein. Bettina, es ist für dich. Monika möchte wissen, ob du zu ihr kommst."

„Dumme Ziege", schimpfte Florian. Und er fragte Mutter weiter: „Lügen alle Leute mit viel Geld?"

„Wenn es um Geld geht, wahrscheinlich. Aber vielleicht lügen sie nicht mehr als andere, sondern nur anders. Ich weiß es nicht."

„Aber Lügen ist doch eine Sünde!"

„Ja, und sie sind obendrein noch undankbar. Schließlich hat Papa ihnen in der schwierigen Zeit sehr geholfen und oft Überstunden gemacht. Es ist schon gemein, wie sie ihn dann behandelt haben, als es ihnen wieder besser ging."

Es war schon nach sechs Uhr abends, als Vater

endlich anrief. Es habe die ganze Strecke geschüttet, sagte er, und einmal seien sie wegen eines Unfalls umgeleitet worden, das hätte einen argen Stau ergeben. Aber jetzt sei er da.

„Und Vater?“ fragte Mutti. „Was sagt er?“

„Der brummt nur. Weißt du, ich kann nicht so, wie ich...“

„Ist er in der Nähe?“

„Ja, ich fürchte, es wird nichts werden. Er ist ein Dickschädel, der Meyer, verstehst du, der Meyer selbstverständlich.“

Mutti wußte schon, daß er den Vater meinte.

„Und deine Mutter, Andreas?“

„Sie hat sich nach dir und den Kindern erkundigt.“

„Oh, welch ein Fortschritt!“

„Sei nicht böse auf sie. Für sie ist es auch nicht leicht gewesen. Und sei nicht enttäuscht, wenn das Ganze nicht klappen sollte. Ich schreibe dir alles genauer. Eine Chance sehe ich noch. Ich schicke den Brief per Eilboten.“

Dann flüsterten die beiden nur noch, und schließlich legte Mutter den Hörer auf. Sie stand da und starrte Löcher in die Luft. Das tat sie oft, wenn Vater fort war.

„Warum waren wir eigentlich nur immer bei deinen Eltern?“ wollte Bettina wissen.

„Weil sie nicht so weit weg sind, und außerdem... und außerdem waren sie nicht böse, als ich heiratete.“

„Gibt's das, daß Eltern böse sind?“ fragte Florian.

„Manchmal schon.“

„Und warum waren seine Eltern böse?“

„Weil er mich geheiratet hat. Und sie wollten, daß er eine andere heiratet, eine reiche Frau, eine aus der Nachbarschaft."

„Wie gut, daß ihr trotzdem geheiratet habt, sonst hätten wir dich gar nicht als Mutter, sondern eine fremde Frau."

„Sei nicht so dumm", rief Bettina. „Wenn eine andere Frau unsere Mutter wäre, dann wäre sie doch nicht fremd. Und außerdem wären wir dann gar nicht wir."

Florian sah Bettina mißtrauisch an und fragte dann Mutter: „Stimmt das? Wieso wäre ich dann nicht ich?"

„Weil du nicht auf die Welt gekommen wärst, sondern ein anderes Kind. Vielleicht würde es dir ein bißchen ähnlich sehen, aber du wärst es nicht."

Florian überlegte, dann fragte er: „Wie ist man, wenn man nicht ist?"

„O weh", seufzte Mutter. „Dann ist man einfach nicht da. Kannst du dir das nicht vorstellen?"

„Nein", sagte Florian. „Ich bin ja da."

3. Kapitel

In dem Brief stand:

„So schön hier alles ist, ich kann mit Vater nur schwer reden. Er sieht nicht den Wald, hört nicht die Vögel singen, er sieht nur das Holz und den Preis, den er dafür bekommt. Gestern war ich im Moor. Er will es trockenlegen, weil es nichts bringt. Dabei weiß er nicht, was er damit anstellt. Die schönen, alten Dielenbretter will er aus der Stube herausreißen lassen und einen Allerweltsteppichboden dafür haben. Die Pferde will er weggeben, und die Kühe bringen, sagt er, auch nicht genug. Und dabei fehlt es ihm an nichts. Er hat ein paar Wiesen bei Roßholzen verkauft, die Baugebiet sind. Er muß einen schönen Batzen Geld dafür bekommen haben. Ich brauche nur den Mund aufzumachen, da sagt er schon nein. Kein Wunder, daß Mutter klein und grau geworden ist. Nur wenn er draußen ist, spricht sie schnell mit mir. Ich glaube, ich komme bald zurück. Seid nicht böse, daß ich Euch falsche Hoffnungen machte ...“

Mutti legte den Brief zur Seite und sagte: „Es wäre ja zu schön gewesen. Papa hatte so gute Ideen, aber die kann er nicht verwirklichen, weil sich sein Vater nichts sagen läßt.“

„Wann kommt er?“ fragte Florian.

„Ich weiß es nicht. Er wird uns sicher noch verständigen.“

„Und wenn du schreibst?“ meinte Bettina.

„Das wird ihm nicht viel nützen, Kind. Außerdem macht am Ende gar sein Vater den Brief auf, weil er ja genauso heißt.“

Sie mußten sich jedoch nicht viele Tage den Kopf zerbrechen. Vater schickte wieder einen Brief.

Er schrieb:

„Jetzt ist es geschehen, obwohl ich ihn gewarnt habe. Gleich, nachdem ich hier ankam, ging ich auf den Heuboden, weil wir da als Kinder gerne gespielt haben. Wenn das Heu eingefahren wurde, sprangen wir vom obersten Querbalken hinunter in das wollige Heu, damit es zusammengedrückt wurde.

Jetzt gibt es kein Heu auf dem Heuboden mehr, und einige Bretter sind morsch. Ich machte Vater darauf aufmerksam, aber er lachte nur. Die Bretter würden noch hundert Jahre halten, meinte er. Nun war er gestern oben, um irgendwelchen Krimskrams zu suchen. Da brach er durch und stürzte auf den Steinfußboden des Stalles hinunter. Er hat sich einige Knochen gebrochen, Oberschenkel und Bekken, zum Glück keinen Wirbel. Die Ärzte werden ihn wieder zusammenflicken. Obwohl Mutter viel bei ihm im Krankenhaus ist, kann ich jetzt mehr mit ihr sprechen als vorher. Sie will versuchen, Vater umzustimmen. Er hat ja nun einmal sehr deutlich gemerkt, daß ich recht hatte und nicht er.“

„Warum ist der Opa so?“ fragte Florian.

„Das weiß ich nicht. Vielleicht war sein Vater auch so, und er denkt, Väter müssen so sein.“

„Und wieso ist dann Papa anders?“

„Es gibt immer wieder mal einen, der sagt: So kann es nicht weitergehen, und ich muß es anders machen. Bestimmt hat er sich das so gedacht. Einer muß immer mal anfangen, anders zu sein.“

„Wie sieht es eigentlich aus, wo er jetzt ist?“

Mutter holte die Autokarte aus der Schublade und faltete sie auseinander. Und weil sie so groß war, legte sie die Karte auf den Fußboden und kauerte sich hin. Bettina und Florian legten sich neben sie.

„Wo steckt er denn jetzt?“ wollte Florian wissen.

Mutter suchte eine Weile, dann merkte sie, daß sie ein bißchen in die falsche Richtung geraten war. „Hinter München ist es“, erklärte sie. „Richtung Salzburg und dann rechts. Ach ja, hier ist es.“

Bettina las ROSSHOLZEN.

„Da muß man durchfahren“, erklärte Mutter, „und dann geht rechts ein ziemlich steiler Güterweg hinauf. Mir wurde ganz schwindlig.“

„Du warst schon mal dort?“

„Ja, einmal, nur ganz kurz. Nicht im Haus. Sein Vater hätte uns nicht reingelassen. Wir fuhren nur so zwei-, dreihundert Meter heran, und da sah ich es. Ein schönes Haus. Riesig. Es liegt ganz oben am Hang, und der Balkon war voller Blumen.“

Bettina und Florian guckten auf die Karte, als müßten sie das Haus sehen. Mutti holte einen Schuhkarton mit den Fotos. „Ach“, seufzte sie, „ich sollte sie endlich mal ins Album einsortieren.“

„Das sagst du immer“, stellte Florian fest.

„Ich weiß, aber irgendwelche Arbeiten erledigt man einfach nie.“

Mutter wühlte in den Fotos, dann zog sie eines hervor, das schon ein bißchen verblichen war.

„Das ist das Haus. Und da vorne steht euer Vater

MÜNCHEN

mit seinen Eltern und Großeltern. Im Kinderwagen sitzt sein kleiner Bruder. Der ist verunglückt. Als er sechs Jahre alt war, wurde er von einem Holzschlitten überfahren. Wißt ihr, da lagen so schwere Baumstämme drauf, und er lief direkt in die Schlittenbahn hinein."

Bettina betrachtete das Bild genauer, vor allem den kleinen Jungen, der mit zusammengepreßtem Mund und vorgestrecktem Bauch in viel zu langen kurzen Hosen vor seinen Eltern stand. „Das soll unser Vater sein?" fragte sie zweifelnd.

„Ja, das ist er."

„Der sieht ihm aber gar nicht ähnlich."

„Das Foto ist mindestens achtundzwanzig Jahre alt. Papa war etwa sieben. Und die Haare trug man damals eben anders."

„So 'ne Hose würde ich nie anziehen", sagte Florian.

„Damals war es eben so. Es war sicher 'ne geschenkte Hose."

Bettina wollte wissen, welche Blumen auf dem Balkon waren.

„Ach, alles mögliche. Petunien und Tiroler Hängenelken und Pantoffelblumen auch."

„Hätten wir alle Platz in dem Haus?" wollte Bettina wissen. „In den Ferien wäre es ja ganz schön, aber sonst..."

„Sicher hätten wir Platz, es ist ein Riesenhaus. Da hätte eine ganze Reihe Reihenhäuser drin Platz. Aber ein bißchen abgelegen ist es auch. Ich weiß nicht, ob wir einen Winter dort aushalten würden."

„Und der läßt uns nicht mal im Sommer hin."

„Du sollst nicht ‚der' sagen, Florian."

„Ich meinte: der Opa."

„Du hast schon nur ‚der' gemeint. Ja, schade. Vater hat gedacht, er könne sich mit ihm aussöhnen. Es ist ja schon zwölf Jahre her, daß wir geheiratet haben..."

„Alter Bock!" schimpfte Florian auf das Foto hin.

„Also du, jetzt ist Schluß. Ich denke eher, er ist ein armer Mann, weil..."

„Er kann's ja nicht hören", verteidigte sich Florian.

„Aber es ist nicht richtig. Im Grunde ist der Großvater ein armer Teufel."

„Warum?" fragte Florian.

„Er hätte soviel Freude mit euch haben können. Euch heranwachsen sehen. Aber er hat sich das nicht gegönnt."

4. Kapitel

Es war wie verhext: Das kleine Dorf Roßholzen, das sie nie gesehen hatten, ging ihnen nicht aus dem Sinn. Es gab Berge dort. Berge, höher als die große Abraumhalde bei den Großeltern, wo sie manchmal waren. Das konnte sich Florian einfach nicht vorstellen. Und wie das müde machen mußte! Immer bergauf und bergab!

„Was sollen wir denn dort?" maulte er. „Ich will nicht hin. Wir haben hier unsere Freunde und Torsten und Frank. Und Frau Mischkat ist bestimmt traurig, wenn ich nicht mehr zu ihr in die Schule komme."

„Was macht Papa eigentlich dort? Oder was will er dort machen?" erkundigte sich Bettina.

„Er will den alten Bauernhof besser ausnutzen. Es gibt so viele Urlauber dort in der Umgebung, und in dem Riesenhaus könnte man Gäste aufnehmen..."

„Wie in einem Hotel?"

„So ähnlich. Weißt du, viele Leute machen gern Urlaub auf dem Bauernhof, mit Tieren und so", erklärte Mutter. „Schade, ich hatte mir das so schön gedacht. Wenn wir jetzt umziehen könnten, hättet ihr doppelte Ferien."

Die Kinder spitzten die Ohren. „Wieso?"

„Wenn eure Ferien hier zu Ende gehen, fangen die in Bayern gerade an, die hättet ihr dann obendrein."

Florian guckte Bettina an. Frau Mischkat in der Schule hin, Frau Mischkat her, doppelte Ferien waren ein Ding.

„Würdest du das aushalten?" fragte Florian seine Schwester.

„Mit ein bißchen gutem Willen müßte es gehen", meinte Bettina.

„Und im Winter könnten wir endlich mal richtig Schi laufen", sagte Mutter.

Das war natürlich auch etwas! Bettina drehte eine Locke um ihren rechten Zeigefinger. Das machte sie immer, wenn sie überlegte.

Als sie wieder einmal über der Autokarte hockten und darüber redeten, wie hoch die Berge dort seien und wieviel Schnee im Winter wohl fiele und wie weit es wohl in die Schule wäre, ging plötzlich die Tür vor ihnen auf.

„Grüß euch", sagte Vater, „das hab' ich nicht erwartet, daß ihr euch vor mir auf den Boden werft."

„Wir haben uns nur die Karte angesehen", rief Mutter, und sie sprangen alle auf, um Vater zu umarmen.

„Wieso bist du da?" fragte Bettina als erste.

„Was bringst du für Nachrichten, Andreas?" fragte Mutter.

„Hast du mir was mitgebracht?" wollte Florian wissen.

„Ich glaube, ich bringe gute Nachrichten. Der Arzt meint, Vater muß auch ein wenig auf den Kopf gefallen sein, und das scheint seinen Dickschädel weich geklopft zu haben. Plötzlich findet er, Mutter soll es machen, wie sie will."

„Vielleicht denkt er, daß er sich auch das Genick hätte brechen können und daß dann deine Mutter auf jeden Fall gemacht hätte, was sie wollte."

„Was will deine Mutter?" fragte Florian.

„Sie findet, ich soll machen, was ich will. Sie ist einfach nicht gewohnt zu entscheiden. Sie hat fast vierzig Jahre immer nur das tun müssen, was Vater ihr vorgeschrieben hat."

„Da war sie aber schön dumm", meinte Bettina. „Mutti würde das nie tun. Nicht, Mutti?"

„Sieh mal", sagte Vater, „das ist nicht ganz so, wie du denkst. Wenn zwei Menschen zusammen leben, und noch dazu auf einem Bauernhof mit vielen Tieren, da müssen sie sich einfach einigen, was der eine tut und was der andere tut. Sie müssen die Arbeit aufteilen. Mein Vater hat ja nicht nur angeordnet und selber nichts gemacht. Er hat draußen gearbeitet, ist auf die Alm gegangen oder in den Wald. Er war immer tätig. Freilich, die großen Entscheidungen hat immer er allein getroffen. Das war einfach so. Verstehst du das?"

„Einigermaßen", sagte Bettina. „Und wie geht es jetzt weiter?"

„In ein paar Tagen fahren wir. Wir müssen euch von der Schule abmelden und solchen Kram."

„Und wir haben dann wirklich noch mal Ferien?" Florian wollte es genau wissen.

„Auf Ehre und Gewissen. Die beginnen dann dort gerade."

„Wenn ich das bloß glauben könnte!"

„Willst du die Wohnung gleich ganz aufgeben?“ fragte Mutter.

„Nein“, sagte Vater, „wir werden sie erst mal auf ein paar Monate untervermieten, bis bei uns alles endgültig ist. Mutter will ins Austragshäusel ziehen, wenn Vater aus dem Krankenhaus kommt. Da sind dann keine Treppen. Sie meint auch, alt und jung unter einem Dach tut nicht gut. Und klappt es nicht, können wir immer noch zurück.“

„Was ist ein Austragshäusel?“ wollte Florian wissen.

„Das ist ein Haus neben dem großen Haus, da ziehen die Alten hinein, wenn sie übergeben haben.“

„Was übergeben? Sich übergeben?“

„Den Hof natürlich, an die jungen Leute weitergegeben. Mein Gott, Junge, du fragst! Man sieht, du hast noch nie auf dem Land gewohnt.“

„Dann muß ich das große Haus ganz allein schaffen?“ Mutti war entsetzt.

„Nein, die Burgl hilft ja noch mit. Sie ist nicht die Schnellste, aber sie ist sehr gewissenhaft. Und die Hausarbeit macht ihr Spaß.“

„Was heißt Burgl?“ Florian ließ nicht locker.

„Das kommt von Walpurga. Sie ist schon als junges Mädchen auf den Hof gekommen. Und jetzt ist sie noch immer da.“

„Hat sie nicht geheiratet?“

„Nein“, sagte Vater. „Sie hinkt ein bißchen. Und sie hat auch einen Buckel. Aber nur einen kleinen. Aber das stört sie nicht. Sie will zeigen, daß sie ebensoviel leisten kann wie eine Gesunde. Nur eben langsamer. Sie ist ein guter Kerl, und sie weiß eine Menge

Geschichten. Es gibt sogar ein paar Leute, die noch immer glauben, daß sie ein bißchen zaubern kann."

Bettina bekam eine Gänsehaut. „Wie zaubern?"

„Daß die Kühe keine Milch mehr geben oder daß der Kamin nicht mehr zieht. Und solche Sachen."

„Und die Geschichten?" Florian hoffte, daß das ganz interessant werden könnte.

„Ach, da gibt es Geschichten über Wilderer, über arme Leute und hartherzige Reiche und wie die gestraft worden sind. Und wie ein Bauer einmal mit dem Teufel gewettet hat."

„Und wer hat die Wette gewonnen?"

„Der Bauer."

„Mensch!" rief Florian.

„Ja, und da stampfte der Teufel vor Wut so mit seinem Pferdehuf auf, daß man den Abdruck noch heute auf einer Felsplatte sieht."

„Mann!" rief Florian.

„Du glaubst aber auch alles!" meinte Bettina schnippisch.

„Aber wenn man doch den Abdruck sieht!"

„Ach, Abdruck!"

„Ja", sagte der Vater, „den sieht man."

„Siehste!" rief Florian. „Du willst nur immer alles besser wissen."

5. Kapitel

Als sie auf den Rücksitzen aufwachten, sahen sie die Berge. Hohe Berge. Auf jeden Fall viel höher als die höchsten Abraumhalden im Ruhrgebiet. Die Straße war naß, aber es regnete nicht mehr. Und dann entdeckten sie plötzlich graue Wolken unterhalb der Gipfel.

„Was ist das?" rief Florian.

„Was denn?" fragte Vater ruhig.

„Die Wolke unter dem Berg."

„Die grauen Wolken, die da überall in den Tälern liegen?"

„Ja!" Jetzt erst entdeckten sie die Wolken überall.

„Das sind Bergkatzen", erklärte Vater, „die gibt es nach einem Regen, wenn es sich abgekühlt hat."

„Katzen", empörte sich Florian, „das sind doch keine Katzen."

„Aber man nennt sie so. Das wirst du dir überhaupt merken müssen: Hier heißt manches anders als daheim."

„Warum?"

„Weil es halt so Brauch ist. Und das muß man einfach anerkennen. Wo es Brauch ist, schlafen die Kühe sogar im Bett."

Das konnte sich Florian wirklich nicht vorstellen.

Vater bog jetzt links ab. Es ging den Berg hinauf. Als sie um eine große Kehre herumfuhren, war weiter oben Nebel.

„Da seht“, rief Vater, „da oben liegt eine Bergkatze.“

Er schaltete den Scheinwerfer ein, und wenig später waren sie von dichtem Nebel umhüllt. Vater fuhr sehr langsam, weil er nur wenige Meter weit sah. Etwas später tauchten zwei schwache Lichter auf der anderen Straßenseite auf, wurden immer heller, und dann fuhr ein Laster, der Langholz geladen hatte, an ihnen vorüber. Noch weiter oben wurde es heller, dann konnte man ganz verwischt etwas blauen Himmel sehen, und dann hatten sie die Bergkatze durchquert. Auf einigen Bergen lag Sonnenschein, über andere zogen die Schatten von Wolken.

„Mann“, sagte Florian bewundernd. „Diese Berge!“ Seltsam, jeder Berg hatte einen Namen. Hochries und Heuberg, Kranzhorn und Wildbarren. Es war wirklich keiner darunter, der nicht irgendwie hieß.

„Und jetzt kommt das steilste Stück unserer Reise.“ Vater bremste und schaltete herunter, ehe er rechts in den Güterweg einbog.

Zunächst ging es durch ein Stück Nadelwald. Es tropfte noch von den Bäumen, und die Sonne zeichnete schräge Streifen, hell und dunkel, auf die Stämme. Der Motor brummte ganz tief, und Vater beugte sich am Lenkrad vor, als könnte er damit dem Motor ein wenig helfen.

Als sie das Waldstück durchquert hatten, fiel rechts der Hang sehr steil zu einem Bach hin ab. Mutti konnte nicht hinuntersehen.

„Ich glaube, da hinauf wage ich mich allein nie“, sagte sie.

„Das lernst du“, meinte Vater beruhigend. „Wirklich, du gewöhnst dich dran. Das ist alles nur Übung. Hier mußt du im ersten Gang fahren, sonst würgst du den Motor ab. Und hinunter auch, sonst mußt du zuviel bremsen.“

„Und im Winter, wenn Schnee liegt?“

„Dann müssen Schneeketten an die Räder, oder ich fahre mit dem Unimog. Alles kein Problem. Früher sind die Kinder – was heißt die Kinder! *Ich* bin länger als eine Stunde hinunter zur Schule gerannt und fast anderthalb Stunden zurück. Und das bei jedem Wetter.“

„Mann!“ Florian stöhnte. „Aber so lange renn' ich nicht. Das sag' ich dir gleich.“

„Wir werden ja sehen.“

„Eine Stunde, Mensch“, maulte Bettina.

Nun wurde die Steigung etwas sanfter. Kühe standen links und rechts auf der Wiese und glotzten verwundert das Auto an.

„Guck, wie die eine dasteht!“ rief Florian. „Warum hält die den Schwanz so komisch?“

„Weil sie ihn sonst anpinkeln würde“, erklärte Vater ruhig. „Siehst du nicht, die schlägt ihr Wasser ab.“

„Müßt ihr wirklich über alles reden?“ empörte sich Bettina.

Aber Florian ließ sich nicht von seinen Beobachtungen abhalten. „Es raucht“, stellte er fest. „Sieh nur, es dampft richtig. Wieso raucht es?“

„Weil ihr Urin wärmer ist als die Luft. Der Regen

hat stark abgekühlt. Ihr werdet es merken, wenn wir aussteigen."

Es war wirklich frisch, als sie ausstiegen. Sie konnten ihren Atem sehen.

„O Gott", sagte Mutter. „Schneit es hier am Ende bald?"

„Nein, das nicht. Du wirst dich bald an das Klima gewöhnen", beruhigte Vater. „Das braucht seine Zeit. Es wird auch wieder warm, dann ist es hier nicht so heiß wie unten im Tal."

„Ist hier kein Hund?" fragte Florian.

„Nein, Nero mußte im Vorjahr eingeschläfert werden. Aber riech doch einmal die würzige Luft."

„Dann will ich einen neuen Hund. Einen jungen. Und wo sind die Pferde?"

„Im Stall vermutlich. Guck doch einmal, wie herrlich der Hof hier oben liegt. Dort drüben ist der Wendelstein."

„Pst!" warnte Mutter. „Ich glaube, da kommt eure Großmutter."

Vater fuhr herum und rief: „Mutter! Hast du uns kommen gehört? Sieh, das ist Inge, und das sind Bettina und Florian."

„Ihr friert, gelt?" meinte die Großmutter, als sie alle begrüßte, aber sie wartete auf keine Antwort. „Das ist schön, daß ihr da seid. Kommt rein, in der Küche ist es warm." Sie wandte sich an ihre Schwiegertochter. „Wir haben noch immer unsern alten Küchenherd. An kühlen Tagen kann man ihn immer gut brauchen. Ja, ja. Was trinken denn die Kinder? Wollen sie eine warme Milch oder ein' Kakao?"

„Ich glaube Milch, aber nicht zu heiß."

Florian fand, daß diese Oma anders aussah als die andere Oma. Und selbstverständlich sprach sie auch anders. Er wunderte sich nur darüber, daß sie gleich so selbstverständlich mit Mutti sprach. So, als kenne sie sie schon lange.

„Wie geht's Vater?"

„Ach, der hat wieder seinen Rappel."

„Wieso?"

„Er will aus dem Krankenhaus raus und sich hier auskurieren. Aber keine Angst. Die Ärzte lassen ihn nicht nach Haus. Und in der Zwischenzeit zieh' ich fei' hinüber ins Zuhaus, und dann steht er da und kann's nimmer ändern."

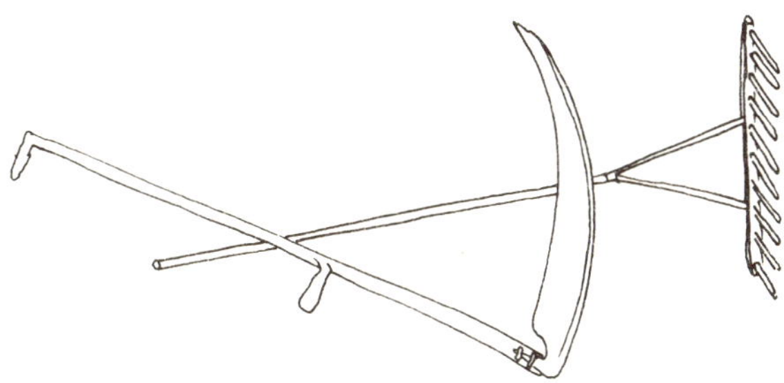

6. Kapitel

In Großmutters Küche wäre die schmale Neubauküche von daheim gut fünf- bis sechsmal hineingegangen. Allein der alte Küchenherd war schon so groß wie Muttis halbe Küche, die sie gewohnt waren. An diesem Herd stand Burgl, lächelte verlegen, wischte sich die Hände an ihrer Schürze ab und begrüßte sie dann mit einem Händedruck, bei Mutter machte sie sogar eine Art Knicks.

„Das ist die Burgl", stellte Vater vor, „und, Burgl, das sind meine Leut'." Vater redete mit der Burgl anders als mit ihnen.

„Schöne Kinder", meinte die Burgl und strahlte Vater an. „Und g'scheit. Das sieht man gleich auf den ersten Blick, daß es g'scheite Kinder sind."

Florian musterte Burgl. Vom Hinken hatte er bisher nichts bemerkt.

Ein bißchen schief stand sie, und der Buckel war nicht arg. Schönes aschblondes Haar hatte die Burgl, und sie trug es in dicken Zöpfen rund um den Kopf gewickelt. Und auch schöne Finger. Sie waren nur ein bißchen rauh.

„Ja, so was", sagte die Burgl und schob die Wasserkanne in die Mitte des Herdes. „So eine weite Fahrt! Und das alles an einem Tag."

Die Burgl, fand Bettina, war nicht sehr hübsch, nur die Augen waren schön und lebhaft. Und auch gut.

Burgl goß das kochende Wasser über den Kaffee im Filter.

„Das duftet!" rief Bettina. „Stärker als bei uns."

„Das macht die frische Luft", erklärte die Burgl, „weißt, das ist nur die frische Luft bei uns da heroben. Und Schmalznudeln hab' ich auch rausbacken, die sind noch warm. Das ist gut nach einer so langen Fahrt."

Die Schmalznudeln und die Milch schmeckten den Kindern. Sie mampften das Schmalzgebackene, tranken ihre Becher schnell aus und wollten die Tiere sehen.

„Die Burgl wird sie euch zeigen", meinte die Großmutter.

„Sind auch Katzen hier, Frau Burgl?" fragte Florian.

„Geh, hör auf, Frau sagt er zu mir!" kicherte die Burgl. „Gleich wirst Burgl zu mir sagen."

„Haben Sie denn keinen anderen Namen?" wollte Bettina wissen.

„Freilich", sagte die Burgl, die sonst Thumshirn hieß, „aber Burgl ist mir viel lieber. Ich bin einfach die Burgl und nix anders. Und ‚du' sagst auch. Im Haus duzt sich alles. Das wär' ja noch schöner, wenn ihr zu mir Fräulein Burgl sagert's und ich zu euch Fräulein Bettina und Herr Florian."

„Habt ihr auch eine Katze hier?"

„Katze? Eine? O mei, so schnell kannst ja gar nicht schau'n, sind schon wieder Junge da. Katzen werden immer mehr. Ganz von allein."

„Wo sind die Katzen?"

„Überall und nirgends. Manchmal schlafen s' im Stall in einem alten Korb oder auf einem alten Sack. Ich stell' ihnen die Milch vor die Stalltür, da brauchst nur einmal wegschauen, und schon ist die Milch fort. Jaja, die Katzen."

„Wie heißen die Katzen?"

„Ach, Katzen haben bei uns keine Namen. Die heißen alle Muschi, und die Kater heißen alle Peter."

„Und wie sehen sie aus?"

„Weiß, schwarz und getigert, wie's halt so kommt."

Dann durften sie die Pferde ansehen. Das eine war ein Haflinger, das andere ein Norweger. Sie hießen Lisei und Stern. Der Norweger hatte einen dunklen Strich von der Mähne bis zum Schwanz. So ganz nah getrauten sich die Kinder nicht an die Pferde heran. Nur die Burgl traute sich. Sie tätschelte beiden die Hinterbacken und sagte dazu: „Ja, ja, ist schon gut, Lisei. Nur keine Aufregung, Stern. Das sind ja bloß die Kinder."

Und dann sagte Burgl etwas von „Hosen", und die beiden wunderten sich die ganze Zeit, was Hosen mit Tieren zu tun hatten, bis sie vor den „Hosen" standen. Es waren Hasen, genauer gesagt: Kaninchen. Die saßen in ihren engen Käfigen und mümmelten vor sich hin. Eine graue Häsin hatte Junge.

„Gelt", sagte die Burgl, „das sind liebe Viecherl. Nur manchmal, da fressen die Alten die Jungen. So lieb sind sie also auch wieder nicht."

„Und die Kühe?" fragte Bettina.

„Geh, hast sie nicht g'sehn, die stehn doch draußen überall rum."

Als sie in die warme Küche zurückkehrten, hörten sie gerade, wie Mutti zur Großmutter „du" sagte. Sie hatten alle ein Glas Rotwein vor sich stehen. „Tiroler", wie die Großmutter sagte.

Und Mutti hatte zum roten Wein auch noch einen roten Kopf.

„Soll ich den Kindern ihre Kammern zeigen?" fragte die Burgl.

„Wenn du willst", antwortete die Großmutter.

„Dann kommt's mit", rief die Burgl.

„Mensch", rief Florian. „Das ist vielleicht 'ne Diele. Da kann man ja radfahren."

„Und zwei richtige Tischtennistische gehen auch hinein."

Burgl stieg vor ihnen die Treppe hoch. Jetzt war zu merken, daß sie das linke Bein nachzog. „Jaja", begann sie, „da habt's genug Platz, wenn das Wetter draußen schiach ist, und überhaupt, das ganze Haus... Nur auf dem Heuboden, da müßt's achtgeben, da ist euer Großvater runterg'fallen. Ist er aber selber schuld. Eure Großmutter hat's ihm immer wieder g'sagt. Aber nein, die Bretter halten noch lang'. Jetzt hat er's. Und dann wollt' er noch mir die Schuld geben. Irgendwer muß es bei ihm ja immer sein. Er, in seiner Vollkommenheit, ist es ja nie."

Sie standen nun im oberen Flur, und die Burgl schnaufte ein bißchen. Sie war nicht so jung wie Mutti, aber auch nicht so alt wie die Großmutter, und doch ganz anders als beide. Sie öffnete die Türen zu zwei kleinen Zimmern. „So, da werdet ihr schlafen."

Sie starrten in die Zimmer hinein, auf die Betten,

den Schrank, den Tisch und Stuhl. Und durch das offene Fenster mit den geblümten Vorhängen hinunter auf den Wald und die Nebelfetzen, die sich langsam auflösten. Es wirkte sehr fremd auf sie. Es war alles so ganz anders als daheim.

7. Kapitel

Florian konnte nicht gleich einschlafen. Er war es nicht gewohnt, allein zu schlafen. Es war schön gewesen, daheim im dunklen Zimmer ganz leise mit Bettina zu sprechen. Über alles mögliche, was sie sich wünschten, worüber sie sich geärgert hatten und wen sie demnächst verdreschen wollten. Das hatte ihm gefallen, so vor dem Einschlafen. Jetzt lag er allein da, im ungewohnten Bett, das kühl und ein wenig feucht war. Schon eine Wärmeflasche wäre ein Trost gewesen. Und ringsherum waren keine Häuser, keine Straßenlampe brannte draußen, kein Auto fuhr vorbei. Es gab nicht einen Ungeduldigen, der blöde hupte. Nur in der Holzdecke knackste es hin und wieder, und dann hörte es sich an, als ob einer auf den Zehenspitzen schliche. Dann war es wieder, als liefen ein paar ganz leise um die Wette. Nur manchmal kam von unten – und das war weit weg – das Lachen von Vater herauf. Manchmal platzte auch Mutti heraus, und das war tröstlich, aber sonst war alles sehr fremd. Ob er wohl die Stadt, die er kannte, je wiedersehen würde? Ihm gefiel es jetzt ganz und gar nicht hier oben auf dem Berg. Außerdem waren die Eltern unten viel zu weit weg.

Als Florian endlich schlief, träumte er. Er saß im

Auto, und sie fuhren und fuhren, und die Bergkatzen waren nicht aus Nebel und Wolken, sondern richtige, riesige Katzen. Vater sagte: Ihr müßt einen Tunnel durch den Nebel graben. Und Mutter fragte ihn: Willst du uns sagen, womit? Bettina aber stöhnte und jammerte: Ich wußte nicht, daß Nebel so hart ist. Und dann war er wieder im Stall bei den Pferden, und er wunderte sich, daß ihre Stallboxen so ähnlich aussahen wie Bettinas und sein Zimmer. Die Pferde hatten geblümte Vorhänge vor dem Fenster und ein Bett mit karierter Bettwäsche.

Am frühen Morgen, es dämmerte schon, erschrak er ganz fürchterlich: Da saß auf einem Ast ein schwarzer Panther, der duckte sich zum Sprung. Vor Schreck lag Florian wie gelähmt, und dann sprang ihm der Panther auf die Brust. Er wachte auf, wollte um Hilfe schreien, brachte keinen Ton hervor. Dann hörte er plötzlich ein Schnurren, ganz gleichmäßig – eine schöne getigerte Katze war auf seine Brust gesprungen, und sie fand es da offensichtlich so gemütlich, daß sie schnurrte.

„Ja, Muschi", sagte er leise, „oder bist du ein Peter?" Er entschied, daß es eine Muschi war. Ihr Schnurren schwoll an und ebbte ab, ganz regelmäßig.

„Wo hast du denn deinen Motor?" fragte er. „Hört sich ganz schön an, so im Leerlauf." Obwohl die Katze gar nicht leicht war, schlief Florian wieder ein. Als er aufwachte, war es hell und die Katze auf und davon.

Das Sonnenlicht hing im Fenstervorhang, die Hühner gackerten, die Glocken der Kühe bimmelten, ein Pferd schnaubte und stampfte im Stall, eine Kette rasselte, und vor dem Haus sprach die Burgl mit jemand. Sie lachte.

Auf dem Flur traf er Bettina, die schon angezogen war.

„Das Bad und Klo ist dort hinten. Ganz schick, sage ich dir."

Er wischte sich im schicken Bad mit dem nassen Waschlappen über das Gesicht und zog sich dann an.

Unten am Küchentisch saß ein Mädchen, etwas größer als Bettina, und unterhielt sich mit der Burgl, die am Herd stand.

„Morgen", grüßte er und hustete. Das Mädchen musterte ihn aufmerksam und sagte dann auch „Morgen". Er merkte es gleich, sie war nicht von hier. Wahrscheinlich ein Feriengast.

„Schau", sagte die Burgl, „das ist die Sibylle, die hält's auch hier aus. Wie lang bist du jetzt schon da, Billi?"

„Fünf Jahre", sagte sie. „Grüß Gott, und es ist mir lieber, wenn du Billi zu mir sagst."

Also doch kein Feriengast.

„Wo warst du denn gestern?" fragte Florian.

„Daheim. Ich hatte zu tun."

Florian bekam heraus, daß Sibylle nicht im Haus wohnte, sondern unten in Roßholzen. Er sah Bettina an, aber die saß da, als ob sie beleidigt wäre.

Burgl machte ihnen beiden Rührei. „Willst du auch was?" fragte sie Billi.

„Nö, danke. Heute nicht."

„Ist es weit nach Roßholzen?" erkundigte sich Florian.

„Nicht weit, fünfzehn Minuten runter, fünfundzwanzig rauf. Kennt ihr Stefan schon?"

„Die kennen noch niemand", erklärte die Burgl. „Die sind gestern nachmittag erst 'kommen."

„Wer ist Stefan?" fragte Bettina.

„'n Junge", sagte Billi, „er wohnt drüben auf dem Leitnerhof."

„Ja, da müßt ihr einmal hin", nickte die Burgl eifrig. „Den Hof hat sich eine Schauspielerin 'kauft, Valentina Damann schreibt sie sich. Jetzt ist sie jede Woche im Fernsehen. Eine Serie."

„Noch nie gehört", meinte Bettina.

„Doch, ich schon", widersprach Florian. „Die sucht alte Brotrezepte oder so."

„Ja, ja, das ist sie, die schreibt alles auf. Auch Hausmittel und so. Zuerst hat's hier keiner wollen, aber jetzt, wo die Frauen sehen, daß sie nicht hinter den Männern her ist..." Die Burgl erschrak und schwieg.

„Wie ist Stefan?" fragte Bettina. „Ich meine, wie alt?"

„Etwas über zehn. Vielleicht auch schon elf, das weiß ich nicht so genau. Er kann nur mit zwei Krükken gehen, aber er hat auch 'n Rollstuhl."

„Was fehlt ihm denn?"

„Irgendwas mit den Beinen. Ich weiß auch nicht, was. Man kann ihn auch nicht so fragen. Also, zumindest ich nicht..."

„Du mußt auch sagen", meinte Burgl, „daß die Schauspielerin nicht sei' richtige Mutter ist."

„Ja, ja, das stimmt. Sie hat ihn adoptiert. Seine Eltern haben den Stefan in ein Heim gegeben, schon als kleines Kind, und da hat sie ihn rausgeholt."

„Mann!“ staunte Florian. „Trotz seiner Beine!“

„Ja, grad’ deswegen. Sie wollt’ ein behindertes Kind.“

Jetzt erst merkte Florian, daß Mutter und Vater nicht da waren, und die Großmutter auch nicht. Schliefen die am Ende noch?

„Nein, nein“, sagte die Burgl, „die sind in die Stadt hineingefahren.“

„In welche Stadt?“

„Nach Rosenheim, damit deine Mutti weiß, wo sie das Geld ausgeben kann, hat dein Vater g’sagt.“

Wahrscheinlich zog Bettina deswegen so ein Gesicht, weil die Eltern ohne sie weggefahren waren.

„Seht zu, daß ihr fertig werdet“, mahnte Billi, „dann gehen wir rüber zu Stefan.“

Bettina wollte schon sagen, daß sie etwas anderes vorhätte, aber dann überlegte sie es sich. Sie hatte noch nie eine Schauspielerin aus der Nähe gesehen.

8. Kapitel

Der Weg zum Leitnerhof hatte nur eine kurze und leichte Steigung, dann lief er fast eben in einer sanften Senke dahin. Zunächst gluckerte ein winziger Bach auf der linken Seite, und ab der Mitte des Weges wechselte er nach rechts hinüber. Der Hof lag mitten zwischen Apfelbäumen, hier weideten auch einige Schafe. Rechts den Hang hinauf bis zum Wald standen ein paar Kühe, ließen das Fressen sein und glotzten sie an. Zwei Kälber kamen an den Zaun.

„Dort ist Stefan", rief Billi, „und neben ihm sitzt Schuft, sein Hund. Das ist vielleicht ein schlauer Hund, kann ich euch verraten."

Stefan saß im Schatten eines Baumes und las.

„Und was sollen wir zu Stefan sagen?" fragte Bettina.

„Nichts Besonderes", antwortete Billi, „nur daß ihr jetzt Nachbarn seid oder so. Und guckt nicht zuviel auf seine Beine. Tut so, als ob er gesund wäre, das ist das Beste." Billi riß sich ein Grasblatt vom Wegrand, legte es zwischen beide Daumen und ließ ein Krächzen wie von einem Eichelhäher hören.

Da sah Stefan von seinem Buch auf, suchte sie mit den Blicken, und als er sie entdeckte, lachte er ein wenig.

„Hallo, Billi!“

„Hallo, Stefan!“

„Wir sind jetzt Nachbarn“, erklärte Bettina, als sie vor ihm standen. „Seit gestern. Wir müssen jetzt da wohnen.“ Sie wunderte sich, daß niemand sonst zu sehen war, eine Schauspielerin schon gar nicht. „Ich heiße Bettina.“

„Und ich Florian.“ Florian starrte auf den Hund, der ihn aufmerksam musterte, einmal mit dem Schwanz zuckte und dann wieder Stefan anguckte.

„Grüß Gott.“ Stefan reichte ihnen die Hand. „Haben eure Eltern den Brunntalerhof gekauft? Da war immer ein grantiger Alter. Pichler heißt er. Hat der immer auf meine Mutter geschimpft! Der hat...“

„Pst“, machte Billi, „das ist der Großvater von ihnen.“

„Au, ein Tritt ins Fettnäpfchen.“

„Wir kennen ihn gar nicht“, beruhigte ihn Bettina. „Er liegt im Krankenhaus.“

„Peng! machte das Brett“, sagte Billi verträumt. „Und er lag unten auf dem harten Stallboden.“

„Und mein Vater hat ihn noch eigens gewarnt“, machte sich Florian wichtig.

Bettina hielt es vor Neugierde nicht aus. „Bist du ganz allein da?“

„Nein, meine Mutter ist im Haus drinnen.“

„Aha“, bemerkte Florian, „ich kenne sie. Sie gefällt mir gut.“

„Das mußt du ihr nachher sagen. Da freut sie sich.“

Bettina lachte. „Über das, was so ein Kurzer sagt wie Florian?“

„Genau.“

„Ich hau' dir gleich einen grünen Apfel auf deine Birne", versprach Florian seiner Schwester. „Die kann sehr frech sein", warnte er Stefan. „Laß dir bloß nichts von ihr gefallen."

„Typisch sorglos", brummte Billi. „Wenn ihr meine Sorgen hättet, dann würdet ihr euch bestimmt nicht streiten." Sie stellte sich zwischen die beiden Geschwister.

„Sorgen?" fragte Stefan.

„Mein Vater will den Wastl versilbern."

„Den Wastl?" fragte Stefan entsetzt.

„Genau."

„Braucht er Geld?"

„Nein, er meutert nur über die Fliegen. Vorgestern ist ihm eine im Kaffee ersoffen, und er hat sie mitgetrunken, weil er Zeitung gelesen hat. Und jetzt ist der Wastl schuld. Er sagt, die Fliegen kommen vom Wastl."

„Wer ist der Wastl?"

„Ein Haflinger natürlich. Ein Wallach. Ganz gutmütig. Eigentlich heißt er Sebastian."

„Ist das eine besondere Art von Haflinger, die Wallach heißt?" wollte Florian wissen.

„Wallach heißt ein Pferd, das kein Hengst mehr ist", erklärte Billi, „das mußt du hier aber wissen."

„Ein Wallach ist bei den Pferden das, was der Ochs beim Rindvieh ist", erklärte Stefan.

„Das heißt, der Wallach kann keine Kinder mehr machen", erläuterte Bettina ihrem Bruder.

„Aha", nickte Florian, „und was hat das mit den Fliegen im Kaffee zu tun?"

„Mein Vater bildet sich ein, die Fliegen kommen

vom Stall. Wenn wir keinen Wastl mehr haben, brauchen wir keinen Stall, wir haben dann auch keinen Mist. Und wenn wir keinen Mist mehr haben, muß er nicht Fliegen im Kaffee trinken."

„Ach so..."

„Und dabei gibt's zwanzig Meter weiter schon wieder einen Stall. Und eine Fliege, die auf Kaffee aus ist, fliegt gern die zwanzig Meter mehr."

„Hin und zurück sind's vierzig." Stefan lächelte.

„Und was machst du, wenn er mit dem Wastlverkaufen Ernst macht?"

„Dann versteck' ich den Wastl."

„Und wo?"

„Im Häusel vom Schilift. Ich hab' einen Schlüssel, der paßt. Selbst gemacht."

„Das ist keine Lösung", sagte Stefan entschieden. „Da muß man ganz anders reagieren."

„Und wie?" fragte Billi. „Ich wüßte ein paar Bekannte, die würden den Wastl sofort nehmen, aber ein Pferd in einer Wohnung oder in einem Reihenhaus..."

„Wir haben im Stall Platz genug. Und meine Mutter stören Fliegen nicht."

„Aber du mußt sie doch vorher fragen."

„Da kennst du meine Mutter nicht. Wenn ich sie frage, muß sie nein sagen, weil Erwachsene doch zusammenhalten müssen. Wenn ich nicht frage, kann sie nicht nein sagen. Also frag' ich sie gar nicht. Bleibt nur das Problem, wie bringen wir das Pferd her?"

„Laufen kann es allein", sagte Billi. Dann wurde sie rot. Fast hätte sie noch einen zweiten Fehler gemacht und sich entschuldigt. „Aber es nützt nichts, wenn ich es am Tag herbringe, dann merken es doch alle."

„Ja", sagte Stefan, „der Wastl muß sich einfach in Luft auflösen."

Aber sie konnten nicht mehr beratschlagen, wie sich Wastl am besten in Luft auflöste.

„Oh, da sind ja vier!" rief jemand. „Und ich hab' nur ein Glas dabei." Es war Stefans Mutter, die Schauspielerin Valentina Damann.

„Schau", sagte Stefan, „die zwei Neuen sind vom Brunntalerhof."

„Wie kommt ihr denn dahin?"

„Unser Vater ist vom Brunntalerhof", sagte Bettina. „Gestern sind wir gekommen, und wir heißen auch Pichler."

„Wißt ihr was, kommt doch zum Haus, und dann gebe ich jedem ein Glas Saft."

Sie gingen hinter Valentina Damann her, die das volle Glas wieder zurücktrug. Stefan hatte einen Rollwagen mit Elektromotor.

Florian faßte die Armlehne an und beugte sich zu Stefan. „Deine Mutter gefällt mir", sagte er leise. „Sie sieht klasse aus."

„Stellen Sie sich vor, Frau Damann, was die beiden für Glück haben!" rief da Billi. „Die haben dieses Jahr doppelte Ferien! Zuerst hatten sie die von Nordrhein-Westfalen, und jetzt haben sie die von Bayern. Wenn das kein Schwein ist!"

9. Kapitel

Mutti sah blaß aus, aber Großmutter tröstete sie. Sie waren nämlich auch im Krankenhaus gewesen.

„Keine Angst", sagte Großmutter zur Mutter, „der wird schon noch. Wenn er dich heut angeschrien hat, der grobe Lackel, dann hat er's gar nicht ernst gemeint."

„Dann möchte ich wissen, wie es ist, wenn er es ernst meint. Dann fällt wohl das Krankenhaus zusammen", meinte Mutter.

Die Burgl brachte die Suppe auf den Tisch. Eine gute, herrlich duftende Rindfleischsuppe. Mit Grießnockerln, so groß wie kleine Zeppeline.

„Iß erst einmal", sagte die Großmutter. „Du hast keine Ahnung, wie klein der wird. Die bayrischen Männer sind genauso wenig Helden wie die andern. Alles nur Bluff. Dem muß man nur ein bisserl Zeit lassen."

„Ja", sagte Mutter, „schließlich sind wir ja erst zwölf Jahre verheiratet. Beim hundertsten Hochzeitstag wird er sich schon daran gewöhnt haben."

„Er ist ein Krakeeler", meinte jetzt Vater, „er fühlt sich wohl, wenn er brüllen kann. Genauso wie sein Vater."

„Mhm", rief Florian, „das ist eine prima Suppe!"

Burgl war glücklich. Sie floß über. Sie kam an den Tisch und legte ihre Hand auf Florians Kopf.

„Er ist halt so ein braver Bub", sagte sie. „Den ganzen Tag hab' ich überhaupt nichts von den Kindern g'spürt. Auch die Bettina ist so brav."

„So?" sagte Mutter. „Ich kenne das auch anders."

„Die Sibylle war noch da, und da haben sie sich sofort angefreundet. Gell?"

Die beiden löffelten Suppe, zerdrückten die lockeren Grießnockerln zwischen Zunge und Gaumen und nickten.

„Sie waren auch schon in der Nachbarschaft auf dem Leitnerhof oben, bei der gnädigen Frau. Und mit dem armen Stefan haben's auch schon Freundschaft g'schlossen."

Zum Glück weiß die Burgl nicht, was wir beschlossen haben, dachte Bettina.

Wir haben eine Leiter, die bis zu unserem Fenster hinaufreicht, dachte Florian.

Großmutter sagte: „Im Grund', weißt du, ist der Vater ein armer Mensch. Dem hat sein Vater noch eine g'schmiert, da war er schon mit mir verheiratet. Und er hat spät g'heiratet."

„Man muß ja nicht alles haargenau nachmachen", stellte Mutter fest. „Mein Vater war auch jähzornig und launenhaft, aber deswegen muß ich doch nicht auch Teller an die Wand schmeißen, wie er das getan hat, wenn er wütend war."

Papa legte jetzt seine Hand auf Muttis Hand. „Laß den erst einmal unsere Kinder sehen. Paß auf, wir kriegen den noch klein. Dem ist ja noch gar nicht bewußt geworden, daß er nette Enkel hat."

Die Burgl saß jetzt auch mit am Tisch. „Und was für nette", bekräftigte sie zwischen zwei Löffeln Suppe, „und was für brave. Und wie brav sie erst essen! Eßt schön, Kinder, nachher gibt's Rohrnudeln."

„Ich glaub', man erzählt mir von anderen Kindern", wunderte sich Mutter.

Nun wollte die Burgl wissen, wie es im Krankenhaus war.

„Oh, schlimm war's", berichtete die Großmutter und biß sich auf die Lippe, weil sie fast ein bißchen lachen mußte. „Grad', als der Andreas erzählt, daß er seine Frau mitgebracht hat und daß sie ihm halt auch die Aufwartung machen möcht', geht die Tür auf, und eine Tante von einem anderen Patienten kommt ins Zimmer. Da schreit der Vater: ‚Was, so eine alte Schiache hast du g'heirat'? Raus, ich mag sie nicht sehn!' Und zu der Tante: ‚Sie haben hier nix zu suchen!'"

Die Burgl lachte.

„Die hat sofort kehrtgemacht. Die war sicher den Ton gewöhnt von ihrem Mann oder so. Und da kommt meine Schwiegertochter rein und sagt: ‚Guten Tag, Schwiegervater.' Da war zum Glück schon die erste Wut heraußen. Zuerst hat er keinen Ton herausgebracht, als hätt' er das Brüllen vergessen. Dann hat er getobt, daß alles zusammengelaufen ist. Ich mein', wir sind das gewöhnt, aber für die dort im Krankenhaus war's wahrscheinlich ganz neu."

„Es war so gräßlich", gestand Mutti, „daß ich die Blumen fallen ließ und hinausrannte."

„Ich will ja nix sagen", begann die Burgl.

„Dann sag auch nix", empfahl ihr die Großmutter.

„Nein", widersprach die Burgl, „ich will doch was sagen. Nämlich, nicht immer ist es ein Unglück, wenn man nicht verheiratet ist. Die gnädige Frau vom Leitnerhof drüben, die könnt' g'wiß viel Männer haben, so fesch wie die ist. Die ist auch allein. Und sie hat sich den armen Buam g'nommen." Dann fiel ihr wieder ein, was im Krankenhaus geschehen war. „Ja, so was, hat er so einen Wirbel g'schlagen?"

„Zwei Ärzte haben sie gebraucht. Große", erzählte Vater. „Und einen Haufen Schwestern. Ich hab' gar nicht gewußt, daß es so viele Krankenschwestern gibt."

„Eine hat sich um mich gekümmert", gestand Mutti. „Ich stand draußen und heulte und bibberte."

„Auweia", sagte Bettina. „Warum hast du ausgerechnet diesen Mann geheiratet, Oma?"

Die Oma sah vor sich hin. „Weißt du, das war einfach so ausgemacht."

„Was heißt das?" wollte Florian wissen.

„Seine Eltern und meine Eltern haben das so wollen."

„Und du hast nicht wollen?"

„Doch auch", sagte Oma. „Mein Gott, was hätt' ich sonst tun sollen? Ich allein mit dem Hof hier..."

„Du hättest dich wehren sollen", entrüstete sich Bettina.

10. Kapitel

Vom Bretterzaun und von Sträuchern halb verdeckt, konnten sie ihn sitzen sehen. „Er" lümmelte sich in einem Korbsessel und las in einer riesigen Zeitung.

„Das ist er", erklärte Billi wütend. „Seht ihn euch gut an. Ich könnt' mir die Augen ausheulen, der würde trotzdem den Wastl verkaufen."

„Schlimm, schlimm", seufzte Bettina. „Bin ich froh, daß mein Vater anders ist."

„Ich bring' euch rein, einmal müßt ihr meinen Vater ja doch kennenlernen."

Bevor sie um die Ecke zur Gartentür liefen, kam ihnen ein Junge entgegen. Etwas älter als Florian. „O Gott", seufzte Billi. „Das ist Sven. Sven, der Sprechcomputer. Hoffentlich läßt er uns in Frieden."

Aber Sven dachte nicht daran, sie in Frieden zu lassen. „Ach Billi", rief er, „wie gut, daß ich dich eben treffe. Mein Vater schickt dir einen höflichen Gruß, und er möchte dich gefragt haben, ob du vielleicht die große Freundlichkeit besitzen würdest, seinen Rasenmäher möglichst bald einer näheren Untersuchung zu unterziehen."

„Soll er halt das Gras wachsen lassen", rief Billi unwillig. „Was fehlt denn?"

„Vater hat durch das Ziehen am Zugseil schon

seine gesamten körperlichen Kräfte verschlissen, aber der Motor zeigt keinerlei Lust anzuspringen."

Bettina starrte den Jungen an, als würde sie es nicht fassen.

„Natürlich würde sich mein Vater, und auch das sollte nicht unerwähnt bleiben, für eine Hilfeleistung deinerseits gerne erkenntlich zeigen."

Billi schien zu überlegen. Dann fragte sie die beiden: „Kommt ihr mit?"

Sie wollten Billi nicht allein lassen. Außerdem mußten sie unbedingt dahinterkommen, ob dieser Sven nur aus Spaß so komisch quasselte oder ob er das ernst meinte. Konnte einer wirklich in vollem Ernst so daherreden?

Das merkten sie erst, als sie im Garten von Svens Eltern standen.

„Hier bringe ich dir den rettenden Engel aller Rasenmäher und sonstiger Motoren", meldete Sven seinem Vater, Herrn Kloppenburg, der vor dem Rasenmäher kniete und ihn nicht gerade geistreich durch dicke Brillengläser anstarrte.

„Ah, Billi", rief Herr Kloppenburg und richtete sich halb auf. „Ja, du kannst es mit deinen eigenen Augen wahrnehmen. Er steht da und bockt. Ich denke, es ist eine Störung in seiner Physis. Irgendein Teil fehlt, ist verrußt, verschmiert oder gebrochen. Wenn ich nur herausbekäme, welches."

Auch Svens Vater sprach so, als würde er in die Schreibmaschine diktieren.

„Lassen Sie mich mal ran", sagte Billi fast grob. „Ich denke am ehesten, Sie haben das Ding absaufen lassen. Laß mal schauen." Billi schnüffelte über den

OEL

Motor hinweg und verlangte dann trocken: „Schraubenzieher."

Sie schraubte etwas auf, pustete etwas durch, schraubte es wieder zusammen, zog die Leine, und der Motor lief.

„Du seist gepriesen und bedankt!" rief Svens Vater. „Himmlische Helferin hilfloser Heimgärtner!"

„Na, na!" beschwichtigte ihn Billi. „Immer schön auf dem Beton bleiben!"

Herr Kloppenburg rief seine Frau, und sie kam in hohen Stöckelschuhen auf die Terrasse, um zu erfahren, daß sie zwei Mark zu bringen und der hilfreichen jungen Dame zu überreichen habe.

„Ist doch nicht nötig", protestierte Billi nicht allzu laut.

„Sie kann sich vielleicht gleich noch die Steckdose ansehen", meinte Svens Mutter. „Ich kriege den Stecker nicht rein, Traugott."

Auch das erledigte Billi. Sie guckte sich zunächst die Steckdose an, dann ging sie zum Sicherungskasten, knipste die richtige Sicherung aus und forderte wieder einmal: „Schraubenzieher!"

Sven brachte ein Riesending.

„Nicht so'n großen, 'n kleinen, hast du kein Augenmaß?"

Sven brachte einen mittleren Schraubenzieher.

„Noch kleiner", befahl Billi trocken. Dann schraubte sie die Schraube locker, hob die Deckplatte ab, und da konnte man es ganz genau sehen: Svens kleine Schwester Fietje hatte Streichhölzer, Büroklammern, kleine Plastikzahnstocher und was sie noch kriegen konnte, in die beiden Löcher gestopft.

„Billie, du bist ein Genie", rief Svens Mutter begeistert. „Du wirst bestimmt noch mal Diplomingenieur. Warte, da hast du noch zwei Mark."

„Wäre nicht notwendig gewesen", sagte Billi und steckte das Geld schnell weg. „Und geben Sie acht auf die Kleine. Die kann sich da den Tod holen. Klopfen Sie ihr ruhig mal auf die Finger, wenn sie wieder mal rangeht, außerdem gibt's Verschlüsse für Steckdosen, die kosten nicht viel."

Billi rief ihre beiden neuen Freunde und wollte sich aus dem Staub machen, aber Sven wollte mit.

„Du solltest deinem Vater beim Mähen helfen", meinte Billi, „das ist guter Söhne Art."

„Mein Vater ist durch deine gütige Hilfe imstande, jetzt den Rasen selbst zu mähen", erklärte Sven.

„Oh", stöhnte Billi. „Sven, wir können dich nicht gebrauchen, du redest so viel. Du quatscht überall so dämlich herum, was wir vorhaben. Und das kann ich nicht ausstehen. Mann, du bist ein Schwätzer!"

„Ich werde keinem von euch Anlaß geben, Klage über mich zu führen. Ich bin nicht nur schweigsam wie ein Grab, sondern wie ein ganzer Friedhof", erwiderte Sven.

„Sven, ich kenn' dich doch. Hier versprichst du, daß du schweigsam bist, und dann gehst du nach Hause und hast die große Klappe. Hast du schon mal gemacht. Machst du doch immer!"

„Stellt mich auf die Probe", bettelte Sven. „Ihr werdet sehen, ich enttäusche euch nicht."

Billi holte tief Luft. Sie überlegte, um irgendeine phantastische Geschichte zu erfinden. „Es geht um das Feuerwehrhaus", sagte sie schließlich mit tiefer

Stimme. „Genauer gesagt, um die Schläuche und die Pumpe von der hiesigen freiwilligen Feuerwehr."

Sven bekam Augen wie Soßenlöffel.

„Und?" fragte er.

„Die will einer klauen."

„Wer?"

„Der Brandstifter. Damit er dann leichteres Spiel hat."

„Wieso weißt du das?" flüsterte Sven.

„Weil ich ihn belauscht habe."

„Mit wem hat er gesprochen?"

„Mit dem zweiten Brandstifter."

„Au, was macht der?"

„Der muß die Zündhölzer besorgen, Mensch. Ganz geheim, daß es keiner merkt. Wie spät haben wir es eigentlich?"

„Gleich vier."

„Da solltest du schon auf Posten beim Feuerwehrhaus sein. Du mußt mir jeden Verdächtigen melden. Verstanden?"

„Selbstverständlich."

„Gut, und du bleibst so lange, bis wir dich ablösen, verstanden?"

„Auftrag verstanden, ich bleibe so lange auf meinem Posten, bis ich abgelöst werde. Aye, aye, Sir."

11. Kapitel

Billis Vater saß noch immer in seinem Korbsessel auf der Terrasse und hielt die Zeitung. Aber er las nicht. Er schlief. Der Kaffee in der Tasse war kalt geworden. Zwei dicke Stallfliegen machten darin Schwimmübungen.

Billi fischte die Fliegen heraus und legte den Löffel wieder auf die Untertasse.

„Kommt", sagte sie, „ich zeig' euch mein Zimmer."

Das Zimmer von Billi war nicht gerade das typische Mädchenzimmer. Es sah eher aus wie eine kleine Mechanikerwerkstatt. Auf dem Tisch stand ein Staubsaugermotor, der neue Kohlenstäbe brauchte, an den Wänden hingen Werkzeugkästen mit Sätzen von Schraubenziehern, Schraubenschlüsseln, Holz- und Steinbohrern, Zangen, Hämmern. Das einzige freie Stückchen Wand war mit einem Poster überklebt. Darauf galoppierten die weißen Pferde der Camargue in das flache Wasser eines Tümpels.

„Richtig gemütlich", fand Florian, ließ sich auf Billis Bett fallen und fuhr mit einem Schrei wieder hoch. Er hatte sich auf ein altes, verrostetes Türschloß gesetzt, dessen Schrauben spitz nach oben standen.

„Hose runter", befahl Billi energisch, und Florian

OEL

gehorchte. Da lief nun wirklich eine dünne Blutspur über den zarten weißen Po von Florian. Ihr fachmännischer Blick erkannte, daß ein Desinfektionsmittel und ein größeres Heftpflaster genügen würden. „Den Hintern kriegen wir wieder hin, du mußt dich nur vorsichtig hinsetzen die erste Zeit. Hast mich?"

„Ja", sagte Florian gehorsam und wußte nicht ganz genau, wen oder was er haben sollte.

Bettina hatte die ganze Zeit dagestanden und nur an Sven gedacht.

„Was ist denn mit dir los?" wollte Billi wissen, „an wen denkst du?"

„An Sven", antwortete Bettina.

„Hast du dich am Ende in ihn verliebt?"

„Verliebt?" fragte Bettina und verstand gar nicht. „Ach, ich möchte nur eines wirklich gerne wissen."

„Und was?"

„Ob Sven auch mal Scheiße sagt!"

„Das tut er nicht!" versicherte Billi. „Der spricht ganz chemisch rein. Ich sag' dir ja, der quatscht so dußlig wie 'n Computer." Sie rieb sich die Hände. „Und jetzt steht er am Feuerwehrhäuschen und hält Wache. Wie lange lassen wir ihn stehen?"

„Ich würde sagen, bis zum Abend", schlug Florian vor. „Und du zeigst uns jetzt endlich den Wastl."

Der Wastl stampfte mit den Vorderhufen auf und schüttelte sich, als sei er sehr erfreut über ihren Besuch.

„Wie weich seine Nüstern sind!" rief Bettina. „Und wie glatt und fest sein Hintern."

„Und das Mähnenhaar, ganz blond, außerdem schaut er so lieb."

„Er sieht einen richtig intelligent an“, erklärte Billi.

„Weißt du“, fand Bettina, „wir würden ihn ja gerne zu uns nehmen, aber da merken es gleich alle.“

„Nein, nein, ich versteh' schon.“ Billi tätschelte Wastls Hand. „Stefans Vorschlag ist da besser. Ach, wenn nur Sven halbwegs so zu gebrauchen wäre wie Stefan!“

Sie ließen Wastl allein im Stall zurück und merkten, daß es auf der Straße draußen ziemlich lebhaft zuging. Einige Leute standen in Gruppen zusammen und unterhielten sich. Andere waren ziemlich eilig unterwegs. Alle in einer Richtung.

„Was ist denn da los?“ wollte Florian wissen.

„Wahrscheinlich hat sich einer beim Holzsägen verletzt oder so“, riet Billi.

Später hörten sie das Martinshorn eines Polizeiautos.

„Ach“, meinte Billi, „da wird wieder ein Unfall gewesen sein. Draußen auf der Umgehungsstraße rasen die Idioten mit den Motorrädern, und dann kleben sie an einer Mauer oder sie ringeln sich um einen Baum.“

Als sie an Billis Vater vorbei wollten, wachte der auf. Die Zeitung entglitt seinen Händen, und er schien nicht genau zu wissen, wo er im Augenblick war.

„He“, rief Billi, „hier sind wir, und das ist Bettina und der hier Florian. Ich hab' dir schon von ihnen erzählt.“

„So?“ fragte Billis Vater, und Billi merkte sofort, daß er wieder mal nicht zugehört hatte.

„Die sind jetzt oben im Brunntalerhof, weißt du?“

„Ach ja, Sommergäste, ich verstehe."

„Nix verstehst du", sagte Billi, „der alte Pichler ist ihr Großvater."

„Ach, jetzt begreife ich. Du hast ja erzählt, sie kommen aus dem Ruhrgebiet und haben doppelte Ferien."

„Genau, Papsch. Hast du doch ein wenig zugehört."

Draußen war inzwischen ein Volksauflauf.

„Was ist denn da los?" fragte Herr Deinhard, Billis Vater.

„Keine Ahnung. Wahrscheinlich ein Unfall."

„Muß aber ein ziemlich schwerer gewesen sein. Habt ihr was gehört?"

„Gehört haben wir nichts", sagte Florian. „Es muß weiter weg sein." Er sah mit angeekelter Miene zu, wie Billis Vater den Kaffee austrank, in dem vorhin die dicken Fliegen geschwommen waren.

„Soll ich mich mal erkundigen?" fragte Billi.

„Nein, ihr bleibt hier. Vielleicht ist Explosionsgefahr oder sonst irgendwas. Und außerdem hast du andere Kinder da, und ich bin für euch alle verantwortlich."

„Hoffentlich kommt Mama bis zu unserem Haus durch", meinte Billi besorgt.

„Mit dem kleinen Wagen schon."

Hinter der Hecke rief jetzt jemand einem anderen zu: „Haben sie sie schon?"

„Nein, noch nicht", antwortete der andere. „Werden kaum noch kommen, jetzt, wo alles alarmiert ist und die Leut' herumstehen wie die Hammeln."

„Verstehst du das?" fragte Billis Vater. „Was heißt:

‚Haben sie sie schon?' Und ‚alarmiert'? Was wird hier gespielt? Jetzt muß ich aber nachsehen."

Als Herr Deinhard zum Gartenpförtchen eilte, rollte eben ein weißgrüner Polizeiwagen vor. Das Blaulicht blinkte noch. Zwei Polizisten stiegen aus und kamen an die Tür, dann sahen sie den erstarrten Herrn Deinhard.

„Herr Deinhard?" fragten sie, so höflich es ihnen gelang.

„Ja. Ich verstehe nicht. Ich bin heute gar nicht Auto gefahren."

„Haben Sie eine Tochter?"

„Ist das strafbar?"

„Nein, heißt sie Sibylle oder Billi oder so?"

„Ja, ja, so ähnlich ... oder genauso. Ich bin ein bißchen überrascht ..."

Plötzlich sagte Billi zu ihren neuen Freunden: „Mensch, mir dämmert langsam eine Kerzenfabrik. Verdammt, ich schlag' ihn krankenhausreif."

„Wen?" fragte Florian.

„Sven."

„Aber er hat doch nichts getan."

„Wir haben die Mitteilung erhalten", begann der eine Polizist, der arg beisammenstehende Augen hatte, „daß Ihre Tochter das Gespräch von zwei Terroristen belauscht hat. Dürfen wir reinkommen?"

„Aber bitte", sagte Herr Deinhard. Und dann rief er:

„Billi, warum sagst du mir nichts? Ich bin immer der letzte, der etwas erfährt. Wo hast du die Terroristen belauscht?"

„Das ist doch alles Mumpitz", schrie Billi. „O Gott,

ich kann doch nicht wissen, daß er die Klappe tatsächlich nicht halten kann."

„Wo fand das Gespräch der beiden Terroristen statt?" fragte der andere Polizist, der unter der Polizeimütze eine dicke Nase und unter der Nase einen ebenso kräftigen Schnauzbart trug.

„Nirgends", erklärte Billi. „Also das war so: Er wollte mit uns gehen, und wir..."

„Wer wollte mit euch gehen, der eine Terrorist?"

„Nein! Sven, der Junge, der die Klappe nicht halten kann. Wir wollten ihn einfach nicht dabeihaben, da hab' ich ihm die Geschichte mit den zwei Männern aufgebunden, die ein Feuer legen und die Feuerwehrschläuche und die Pumpe klauen wollten."

„Das ist aber Irreführung der Polizei, mein kleines Fräulein", sagte der andere Polizist.

„Nein", widersprach Billi, „das ist nur Irreführung von Sven. Und wir haben ihm extra eingeschärft, daß er es niemand sagen darf. Ich kann nichts dafür, wenn er es gleich herumquatscht."

„Also das finde ich eigentlich auch, Herr Wachtmeister", mischte sich Billis Vater ein, „die drei wollten offensichtlich den Jungen los sein. Sie haben ihm einen Bären aufgebunden. Das ist doch unter Kindern üblich. Wenn er das überall ausplaudert, ist meine Tochter wirklich nicht schuld."

„Ssso?" meinte der Polizist mit den eng beisammenstehenden Augen und der spitzen Nase, was ihm einen scharfen Blick verlieh. „Meinen'sss dasss ssso?"

Er sprach jedes s aus, als wäre es dreifach scharf

und mit Raketenantrieb ausgestattet. „Wir haben da vielleicht eine andere Meinung."

„Wie war es genau?" fragte der Schnauzbart.

„Meine Tochter..." begann Herr Deinhard.

„Du sei ruhig, du hast geschlafen, Papsch. Nun, es war so: Ich sollte bei Svens Vater den Rasenmäher angucken, der ging nicht. Der Motor war abgesoffen. Nachher wollte Sven mit uns mitkommen, wir wollten ihn aber nicht dabeihaben. Ich hab' ihm gesagt, er muß das Feuerwehrhaus bewachen, weil zwei Männer was tun wollen, der eine holt sich eben Zünder, und der andere will die Schläuche und die Pumpe klauen."

„Na bitte", rief Herr Deinhard, „ein Scherz unter Kindern. Jetzt frage ich Sie, ist das strafbar? Ja, wenn sie das Ihnen erzählt hätte, dann hätte sie sich strafbar gemacht. Wer hat Sie eigentlich hierher gerufen?"

„Der Herr Leh..."

„Dasss issst Dienssstgeheimnisss", unterbrach ihn der spitznasige Kollege.

„Jedenfallsss hat esss diejenige Perssson in der besssten Absssicht getan. Ihre Tochter hingegen nicht."

„Komm", lenkte der gemütlichere mit dem rötlichen Schnauzbart ein, „das war nichts als eine Misti... wie sagt man? Eine Mystifikation. Mei, muß der Bub blöd sein, daß er einen solchen Schmarrn glaubt und weitererzählt. Also na, so ein blöder Bub."

Der Spitznasige lachte nun auch, nicht so laut wie der andere, aber immerhin. „Lassst sssich von einem kleinen Mädel ssso reinlegen", sagte er. „Ein Bub von einem Mädel."

Haha. Draußen lachten die Leute, die etwas mitbekommen hatten, auch.

Nur Herr Kloppenburg, der Vater von Sven, stand bleich und bebend da und lachte nicht.

12. Kapitel

„Pst, Florian!“

Florian rührte sich nicht. Der Lichtstrahl der Taschenlampe schlich über den Fußboden bis hin zu Florians Bett. Sprang hinauf. Da lag er. Abgedeckt, die Decke am Fußende zusammengestrampelt. Wie immer.

„He, Florian! Es geht los!“

Florian fuhr auf. „Was, wo, wie?“

„Pst! Ich bin's. Wir müssen los.“

„Ist es soweit?“

„Ja. Nur...“

„Was, nur?“

„Es regnet.“

„Macht nichts.“

„Es regnet nur ein bißchen. Was für ein Glück, daß wir noch keinen Hund haben, der würde vielleicht bellen. Komm, zieh dich an.“

Florian fuhr in die Jeans.

„Vergiß nicht die Unterhose.“

„Ach ja, richtig.“

„Und nimm den Anorak.“

Als sie das Fenster öffneten, merkten sie, daß sich ein Wind erhoben hatte. Die Bäume im nahen Wald rauschten. Sie kletterten hinaus auf den Holzbalkon

und über die Balkonbrüstung auf die Leiter. Die Leiter war lang und schwankte. Bettina mußte oben bleiben und sie halten. Als Florian unten festhielt, stieg sie hinunter. Gemeinsam legten sie die Leiter um und brachten sie auf ihren Platz. Dann schlichen sie, um keinen Lärm zu machen, neben dem Weg im nassen Gras in Richtung Roßholzen. Erst weiter unten, als sie niemand mehr im Haus hören konnte, verließen sie die Wiese und gingen auf dem Weg.

Ein letzter Blick zurück zum großen Haus, das jetzt ihnen gehörte und in dem Vater tagsüber schon nach seinen Ideen arbeitete. Dann waren sie im Wald. Es knackste hier und krachte, dann rauschte es wieder, und ein Schwall Wasser schwappte aus dem Nadelwerk. In ihnen kroch die Angst hoch, genau vom Steiß aufwärts, die Wirbelsäule entlang bis zum Hals hinauf und von da unter die Haare und in den Kopf hinein.

„Pst!“ Bettina blieb stehen. „Ist da vorne jemand?“

Florian bibberte und suchte ihre Hand. Als er sie hielt, sagte er ein bißchen großspurig: „Du mußt dich nicht fürchten. Ich bin ja da.“

Aber es sah wirklich aus, als stünde jemand dort unten, und sein Mantel wehte im Wind.

Sie verhielten eine Weile unentschlossen, schlichen dann rechts in den Wald hinein, huschten von Stamm zu Stamm, traten auf dürre Äste, die laut aufschrien, wenn sie brachen.

Und dann war der Fremde und der wehende Mantel nichts anderes als ein Jutesack, der von einer abgestorbenen Fichte herunterhing. Weiß Gott, wie der Sack hier auf den Baum kam und warum sie ihn am Tag noch nicht bemerkt hatten.

Sie atmeten auf, als sie unten an der breiten Straße ankamen. Jetzt war der Weg nicht mehr schlimm. Das alte Schulhaus tauchte auf, dann der riesige Hof vom Adlerwirt, der kleinere vom Wimmerbauern und endlich die neuen Häuser von den Zugereisten.

Auf Billi war Verlaß, sie wartete am Zaun der Deinhards, tief in die überhängenden Zweige der Sträucher gedrückt.

„Ist der Wastl fertig?“ flüsterte Bettina.

„Ja, wie Stefan gesagt hat. Die Hufe mit Lumpen umwickelt. Hoffentlich folgt er uns im Dunkeln aus dem Stall. Da, halt mal.“

„Was ist das?“ fragte Florian erschrocken.

„Möhren. Wenn der Lump nicht weiterwill, muß man ihm nur eine Möhre vor die Nase halten, der rennt er nach.“

Billi huschte in den Garten hinein und lief geduckt zu Wastls blockhausartigem Stall. Es dauerte eine ganze Weile, und einmal hörten sie Billi sogar unterdrückt fluchen, bis sie mit dem Wallach herauskam.

„Da bist du ja“, sagte Florian erleichtert, als der Haflinger draußen auf der Straße stand. Florian fühlte, daß der Rückmarsch leichter sein würde. Schließlich war das Pferd dabei und obendrein noch Billi.

Aber schon begannen die Schwierigkeiten. Wastl bockte ein bißchen, offensichtlich war er noch nie um diese Stunde aus dem Stall geholt worden. Er stand da, seine helle Mähne schimmerte trotz der sternlosen Nacht, und Billi mußte ihm gut zureden und eine Möhre vors Maul halten, bis er endlich davontrottete.

„Mensch, das klappt prima mit den umwickelten Hufen“, stellte Bettina fest. „Das hast du gut gemacht.“

„Ach!“ rief Billi. „Möglicherweise wollte er deshalb nicht weiter. Wastl hat sicher gedacht, was soll denn das blöde Zeug an meinen Hufen.“

Das Dorf lag still da. Die großen Bauernhäuser wirkten wie riesige schlafende Tiere. Manchmal nur schnaubte ein Vieh im Stall oder rasselte eine Kette. Ein wenig später aber war die Hölle los. Der Köter vom Wimmerbauern kläffte hysterisch los und erdrosselte sich fast an der Kette. Und damit weckte er alle Hunde im Dorf auf, die natürlich auch ihren Senf dazugeben mußten.

Billi hatte nur Zeit: „Lauft mir nach!“ zu zischen, dann schwang sie sich auf den Wastl hinauf, tätschelte seinen Hals, und Wastl stob davon.

Florian und Bettina rannten hinterher. Ihnen war, als liefen sie durch ein schwarzes Loch, und drumherum war ein Höllenspektakel. Die Häuser sahen nun nicht mehr wie schlafende Tiere aus, sondern wie drohende Ungeheuer. Selbst das alte Schulhaus schien jetzt größer, seine Fenster schimmerten bedrohlich, wie riesige Augen. Sie erreichten die Straße, dann die Erweiterung, wo sonst der Bus hielt, und da wartete Billi mit dem Wastl auf sie.

„Jetzt können wir ihm die Lumpen abnehmen“, fand Billi. Natürlich konnten sie im Dunkeln nicht die Knoten von den Verschnürungen lösen, aber zum Glück hatte sie ein Taschenmesser dabei.

Im Dorf brüllte ein Mann irgend etwas. Ein Hund jaulte auf, das wütende Gekläff verstummte allmählich.

„Dieser Köter vom Wimmerbauern!“ schimpfte Billi. „Der hätte uns fast alles vermasselt. Hysterisches Hundeweib!“

„Ein guter Wachhund“, fand Florian.

„Ach, Scheiß! Der schlägt genauso Radau, wenn eine Katze vorbeischleicht.“ Billi war böse. „Fast hätte er unseren braven Wastl verrückt gemacht. Diese blöde Köterin.“

„Darf ich ihn jetzt führen?“ fragte Florian.

Billi drückte Florian einen speckigen Lederriemen in die Hand. Später, als sie von der Straße in den Gü-

terweg einbogen und in den Wald gelangten, sagte Billi: „Aber laß ihn ja nicht locker. Wenn er sich losreißen will, mußt du ihn gleich energisch zurückziehen. Wenn er erst mal frei ist, ist er genauso schwer einzufangen wie ein Pups im Wald."

Florian kicherte.

Bettina überhörte das vornehm und sagte: „Ich möchte ihn aber nachher auch ein bißchen führen."

„Pst", mahnte Billi, „wir müssen leiser sein."

Etwas später blieb Wastl stehen und wollte nicht weiter. Sein Fell sträubte sich.

„Ich seh' was", flüsterte Bettina, „da vorne, mitten auf dem Weg."

Sie kniffen ihre Augen zusammen und starrten nach vorn. Und wirklich, da war etwas. Wenn man ganz scharf hinguckte, sich fest zusammennahm und alle Kraft in die Augen drückte, dann sah man es. Nicht mehr als ein grauer Schatten und zwei blaßgrüne Lichter.

„Eine Katze", sagte Florian.

„Nein, eher ein Fuchs", meinte Billi.

„Hoffentlich kein tollwütiger." Bettina bekam Angst.

Billi bückte sich und hob einen Stein auf, größer als ihre Faust. Den schleuderte sie plötzlich mit aller Kraft nach vorn. Die zwei grünen Lichter verschwanden blitzschnell, als hätte man sie ausgeschaltet. Dann hörten sie nur noch die Flucht im knackenden Geäst.

„Bestimmt ein Fuchs", erklärte Billi.

„Wölfe gibt's hier nicht?" fragte Florian aufatmend und zugleich ängstlich.

„Warum nicht gleich Bären!" neckte ihn Bettina.

„Es war 'n Fuchs. Wenn wir uns die Stelle merken, können wir ja morgen nach Spuren suchen."

Weiter oben sagte Billi: „So, wir gehen jetzt hier rechts in die Wiese hinein. Da schneiden wir ein Stück Weg ab, und wir kommen nicht beim Brunntalerhof vorbei."

Beide, Florian und Bettina, dachten: Komisch, auf dem Brunntalerhof, da sind wir jetzt zu Hause.

13. Kapitel

Weiter oben, als sie wieder auf den Weg gelangten, wurde der Regen stärker. Wastl dampfte. Und Florian roch zum erstenmal das nasse Fell eines Pferdes. Es war ein ganz eigenartiger Geruch, fast ein bißchen wie Stall und doch ganz anders. Aber nicht unangenehm. Besser jedenfalls als Benzingestank.

„Brav, Wastl", lobte Billi ihren Wallach und steckte ihm eine Möhre zu.

„Jetzt will ich ihn auch mal führen", meldete sich Bettina.

Billi kam um den Wastl herum, nahm das Lederzeug aus Florians Hand und übergab es Bettina. „Laß ihn nicht ausbüxen", schärfte sie ihr ein. „Du weißt!"

„Ja, ja, ich weiß schon."

Sie gelangten in die leichte Senke vor dem Leitnerhof. Zuerst gluckerte der Bach links vom Weg, dann war es einen Moment still, nämlich da, wo der Bachwinzling die Straße unterquerte, dann gluckerte es rechts. Das Geräusch war beruhigend. Und Wastl blieb stehen und zog dann Bettina zum Bach hin.

„Er will trinken", erklärte Billi und übernahm das Pferd. Wastl sog fast lautlos das Wasser ein, nachdem er eine Stelle gefunden hatte, wo es ein bißchen stiller stand.

Florian sah auf die Uhr. „Es ist gleich zwei", meldete er.

„Wir halten den Zeitplan ein", stellte Billi fest. „Hoffentlich ist Stefan auf seinem Posten."

Erst als sie weitergingen, merkten sie, daß es wieder einmal zu regnen aufgehört hatte.

Nach ein paar Schritten blieb Florian stehen und sagte: „Mensch, hier ist es so still, das tut fast weh."

„So ist's mir auch gegangen, auch Papsch und Mama, als wir aus München rauskamen. Wir wachten davon auf, daß es so still war. Wir waren schon froh, wenn die Dorfhunde verrückt spielten oder wenn ein Irrer mit dem Motorrad mal durchs Dorf brauste. Jetzt sind wir's gewohnt."

„Seid ihr Münchner?"

„Nö, wer ist schon Münchner in München? Wir kannten keine."

Vor dem Leitnerhof wurden sie langsamer. Da löste sich auch schon Stefan aus dem Schatten einer Scheune und kam lautlos auf sie zugerollt. Er hatte Schuft bei sich, und Schuft war von Stefan gut erzogen. Er kläffte nicht hysterisch wie der Hofhund vom Wimmerbauern. Er war ganz still. Vorher hatte er nur ein bißchen geknurrt und die Ohren gespitzt, lange bevor Stefan die drei mit Wastl kommen gehört hatte.

„He!" rief Stefan leise. „Ging alles gut?"

„Du hättest uns sehen sollen", antwortete Billi. „Wir sind wie die Affen aus dem Dorf gewetzt. Ich auf dem Wastl und die anderen hinterdrein."

„Aber warum?"

„Die Hunde haben verrückt gespielt. Alles hat gebellt, ich glaub', sogar die Katzen haben mitgebellt. Das gab über hundert Phon, du. Aber mindestens."

„Ich hab's mir anders überlegt", sagte Stefan.

„Was?" fragte Bettina.

„Wir können den Wastl nicht in unseren Stall stellen."

„Sch...", begann Billi, und ihr wurde ganz schwindlig vor Enttäuschung.

„Nein, nein, sag's nicht! Wart doch ab, Mädchen", beruhigte Stefan sie sofort. „Du mußt doch überlegen. Was passiert, wenn dein Vater morgen merkt, daß der Gaul weg ist? Hm?"

„Der merkt es morgen bestimmt noch nicht. Und wenn er es merkt, wird er sich freuen."

„Ja, zunächst, aber dann wird er die Polizei benachrichtigen."

„Sch..."

„Hör doch auf damit! Er wird die Polizei alarmieren, und die werden möglicherweise sogar nachforschen. Kommt drauf an, wieviel Zeit die haben."

„Wie ich die kenne", seufzte Billi, „für unser Pferd haben die bestimmt Zeit. Und was die nicht finden sollen, finden sie unter Garantie."

„Die werden vielleicht sogar bis zu uns raufkommen. Wir sind die letzten hier. Und meine Mutter tut viel, aber sie kann bestimmt nicht die Polizei anlügen, das ist ja strafbar. Stell dir vor, sie lügt, und die Polizei rotiert weiter."

„Das mußt du wirklich einsehen, Billi", sagte Bettina.

„Und wo lassen wir jetzt das arme Würstchen?" fragte Billi, dem Heulen nahe.

„Laß es dir doch sagen. Wir haben weiter draußen noch eine Heuhütte. Da hat er's wunderbar. Wir müssen uns eben ein bißchen mehr um ihn kümmern. Und meine Mutter hat keine Ahnung."

„Das ist echt gut so", meinte Bettina.

Florian fand das auch, und weil er müde war, fragte er: „Ist es noch weit zur Heuhütte?"

„Nur ein paar Minuten."

Das Tor kriegten sie nur mit Mühe auf. Als es aber offen war, interessierte sich der Wastl derart für die Inneneinrichtung, daß er Florian fast umschmiß, als er ins Innere drängte.

Auch Schuft, der nicht ganz reinrassige Schäferhund, war sofort drinnen und schnüffelte die Wände entlang.

„Au, Wastl, hier hast du's prima!" rief Billi begeistert. „Hier legst du dich erst mal hin und schlummerst dich trocken. Morgen sehen wir dann weiter."

„Man sollte ihm lieber klarmachen, daß er das Heu nicht fressen sollte, es ist sicher schon alt." Stefan ließ seine Taschenlampe kurz aufblitzen.

„Wo sind die Lumpen, mit denen ihr ihm die Hufe umwickelt habt?"

„Die haben wir ihm abgenommen, als wir aus dem Dorf raus waren und die Leute sein Hufgeklapper nicht mehr hören konnten."

„Hast du sie versteckt?"

„Nö, einfach so liegen lassen."

„Die müssen weg. Das mußt du mir versprechen."

„Ja, wird gemacht, gleich am Morgen. Im Dunkeln find' ich das Zeug bestimmt nicht."

Stefan rief leise: „Schuft!" Und da kam Schuft auch

schon und stellte sich links neben seinen Rollstuhl. „Wir müssen zurück“, sagte er. „Ich fahr' dann am Vormittag mal hier raus und bring' Wastl altes Brot. Das fällt keinem auf. Ich bin öfter hier, weil man da am Tag so gut ins Inntal hinuntersieht.“

Beim Leitnerhof schwenkte Stefan dann ab. „Tschüs!“ rief er. „Rührt euch morgen im Laufe des Tages.“

„Machen wir. Kommst du allein ins Bett, Stefan?“ sorgte sich Billi.

„Eisern.“

„Und auch ins Haus?“ fragte Florian.

„Mutter hat alle Wege für meinen Rollwagen ebnen lassen.“

Jetzt rannten sie fast den Weg zurück.

„Nichts wie ab in die Betten!“ rief Billi. „Mensch, habt ihr's gut, ihr seid gleich daheim, und ich hab' dann noch den Weg allein.“

Die zwei anderen schwiegen. Jetzt, da die Spannung aufgehört hatte, waren sie nach all den ungewohnten Aufregungen nur noch müde.

Sie trennten sich schon vor dem Brunntalerhof, Billi nahm den Abstecher durch die Wiese. „Seid vorsichtig, wenn ihr wieder ins Haus steigt. Daß euch niemand hört!“

„Hmhm“, machte Bettina. „Und wenn sie uns erwischen? Was sagen wir dann?“

„Dann sagt ihr, ihr wolltet mal sehen, wie es Tag wird, aber das Warten sei euch zu langweilig geworden.“

„Okay.“ Florian riß den Mund auf und wurde mit Gähnen nicht mehr fertig.

„Halt dir wenigstens die Hand vor den Mund", mahnte Bettina.

„Brauch' ich nicht", erwiderte Florian. „Ich hab' die ganze Nacht vor dem Mund."

„Tschüs", raunte Billi und lief die Wiese hinunter.

Im Brunntalerhof schlief alles. Leider waren Bettina und Florian nicht stark genug, um die lange Leiter wieder aufzustellen. Sie schwankte ganz entsetzlich und wäre fast in ein Fenster gekracht. Dann gaben sie es auf und öffneten die Stalltür, wo die beiden Pferde, der Haflinger Lisei und der Norweger Stern, aufschreckten. In einer leeren Box waren frische Strohballen aufgetürmt, da machten sie es sich oben mit Pferdedecken bequem.

Sie schliefen schon, als Billi noch immer durch den Wald eilte. Sie hatte Angst. Ganz miese, schreckliche Angst. In ihrem Bauch gurgelte es davon.

Ehe sie auf die Straße kam, fielen ihr die Lumpen ein. Sie suchte dort, wo sie meinte, daß sie sie abgestreift hatte. Aber sie fand nichts. Nur nasses Gras weit und breit. Als sie weiterlief, nahm sie den Weg um das Dorf herum. Sie wollte nicht noch einmal den Wimmer-Hund verrückt machen. Zumal der Himmel im Osten jetzt langsam grau wurde. Auf der Rückseite des Hanggartens, der an ein Gerstenfeld grenzte, schwang sie sich über den Zaun. Am Heckenrand schlich sie bis zum Haus, schloß vorsichtig die Tür auf, schlüpfte aus den quatschnassen Schuhen und schlich auf Socken, die Schuhe in der Hand, in ihr Zimmer. Dort riß sie sich die nasse und erdverschmierte Cordhose vom Leib, warf den Pulli in eine Ecke und fühlte sich dann wohl im Frotteepyjama.

Oach, war das Bett schön! Sie zog die Bettdecke bis knapp unter die Nasenlöcher und drehte sich um, halb auf den Bauch. Die Nase juckte ein wenig, aber sie war zu müde, um darin herumzubohren.

Wie ein Stein ins Wasser, so schnell fiel sie in einen tiefen, festen Schlaf.

In Wirklichkeit lag sie in einem Brunnen. Ganz tief unten, und oben beugte sich einer über den Brunnenrand und schrie. Es hallte entsetzlich in der tiefen gemauerten Brunnenröhre. Sie hörte es. Immer wieder klang es „Bille". Ich muß raufschwimmen, dachte sie, damit ich besser hören kann. Und dann schwamm sie hinauf, durch trockenes Wasser, hatte aber keine Zeit, sich darüber den Kopf zu zerbrechen.

Weiter oben konnte sie besser hören. Nicht „Bille" rief der Mann, sondern „Sibylle... Sibylle, wach auf. Sibylle, es ist zehn Uhr."

Au! Es war unverschämt hell im Zimmer. Sie kriegte kaum die Augen auf. „Ja?" fragte sie. „Was ist?"

Jetzt sah sie den Vater. Groß und dunkel stand er vor ihr. Zwischen ihrem Bett und dem Fenster, und das war gut, weil er ihr Bett ein bißchen verdunkelte.

„Ich war ganz tief in einem Brunnen", erklärte sie.

„Sibylle", sagte Vater ernst, „nimmt dich bitte zusammen."

„Ja?" fragte sie unsicher.

„Es ist etwas geschehen, Sibylle. Bitte, erschrick nicht. Und bitte, glaub auch nicht, daß ich es war. Ich wollte es wirklich nicht so..."

„Was denn?“ fragte sie und verstand noch immer nicht.

„Nicht so. Nein, das mußt du mir glauben. So wollte ich es nicht.“

„Ich weiß nicht, wovon du redest, Papsch.“

Herr Deinhard senkte den Kopf und sah auf sie hinunter, als wäre sie ein Sarg in einem Grab. „Sibylle, bitte, erschrick nicht, aber einmal muß es ja raus.“

„Und was?“

„Wastl, unser guter Wastl, er ist fort! Die Stalltür stand heute morgen sperrangelweit offen, und er ist weg. Spurlos verschwunden. Glaubst du, daß ich nichts damit zu tun habe?“

Sibylle setzte sich auf und ließ sich das Haar über das Gesicht fallen. Wie gut, daß sie es nicht hatte abschneiden lassen.

„Ich glaube dir“, preßte sie hervor und fürchtete, sie müsse gleich über Vaters todernstes Gesicht lachen.

„Faß dich, mein Kind“, sagte Vater. „Und glaub mir, daß Wastl auf diese Art verschwindet, das wollte ich wirklich nicht.“

Sie nickte langsam mit dem Kopf und nahm sich vor, den ganzen Tag, zumindest in der Nähe ihrer Eltern, die junge Pferdeliebhaberin mit dem gebrochenen Herzen zu spielen.

„Komm“, forderte Vater sie sanft wie ein Engel auf. „Komm, das Frühstück wartet. Und Ma natürlich auch.“

14. Kapitel

Burgl kam mit einer Schreckensbotschaft in die Küche.

„Die Kinder sind fort!“ rief sie aufgeregt und schleppte ihr krankes Bein mehr nach als sonst. „Die Betten sind leer, und ein Fenster steht offen.“

Vater sprang auf und rannte in den ersten Stock hinauf. Er riß die Türen zu den Kinderzimmern auf, dann alle anderen, auch die zum Bad und zur Toilette. Verstört ging er zurück.

Auf dem Treppenabsatz kam ihm Mutter entgegen und fragte: „Hast du überall nachgesehen? Auch in den Schränken und auf dem Speicher oben?“

Vater rannte hinauf zum Speicher. Stakste zwischen abgestelltem Zeug und Spinnweben herum, aber auch da waren sie nicht.

„Kann mir nicht vorstellen, daß sie da überhaupt reingehen“, meinte er, „bei Bettinas Angst vor Spinnen.“

„Ich hab' es dir gleich gesagt, daß es problematisch ist, die Kinder in dieses alte Haus zu verpflanzen.“ Dann hielt Mutter plötzlich beide Hände vor den Mund. „Mein Gott, vielleicht sind sie ausgerissen und zurück. Wir müssen sofort die Polizei...“

„Zuerst müssen wir hier alles absuchen, Inge. Vielleicht sind sie im Zuhaus drüben. Sie haben gesehen, daß ich da arbeite ..."

Aber auch im Zuhaus waren die Kinder nicht. Die arme Burgl kam gar nicht mit, so schnell liefen die Eltern und die Großmutter. Was war das nur für eine Aufregung!

„Die sind weg", jammerte Mutter wieder. „Die haben hier keinen Kontakt gefunden. Für die Leute hier sind sie sowieso Preußen. Die sind weg. Die sind abgehauen und hinauf, vielleicht zu meinen Eltern. Ach Gott, die Armen."

„Was heißt hier Preußen?" sagte die Großmutter. „In Roßholzen sind eh die Hälfte Preußen, da werden sie doch wohl noch Kontakt finden."

„Ob sie im Wald sind?" fragte die Burgl mit atemloser Stimme. „Oder sie sind in aller Herrgottsfrüh' auf die Hochries 'nauf?"

„Ohne Essen", sagte die Großmutter, „und zu trinken haben sie auch nichts."

„Das würden sie niemals tun", wehrte die Mutter ab. „Die kennen sich doch hier überhaupt noch nicht aus. Es sind Stadtkinder, die keine Beziehung zum Landleben haben. Sie fürchten sich sicher vor all dem Ungewohnten. Niemals würden sie allein in einen Wald gehen oder gar auf diesen gefährlichen Berg!"

„Wer war heute morgen im Stall?" fragte Vater.

„Ich", antwortete die Großmutter. „Aber da waren sie natürlich auch nicht. Was sollen sie im Stall, wo sie so schöne Zimmer haben?"

„Ich rufe meine Eltern an", erklärte Mutter.

„Nein, das tust du nicht. Dann machst du die auch noch verrückt."

„Wer ist hier verrückt?“

„Du beunruhigst dich bestimmt ganz unnötig“, meinte Vater etwas ruhiger. „Kinder haben oft geheime Pläne, vielleicht sind sie wirklich in den Wald gegangen und wollten nur mal Rehe sehen.“

„Das ist auch möglich“, pflichtete die Burgl ihm eifrig bei.

„Uns bleibt nichts anderes übrig, als das ganze Haus noch einmal zu durchsuchen“, sagte Vater. Er ging wieder auf den Speicher, Mutter in den ersten Stock, Großmutter übernahm den Keller und die Vorratskammer und die Burgl die Ställe.

Burgls Herz klopfte ganz wild. „Heilige Maria, Mutter Gottes“, stammelte sie, „laß sie g'sund sein.“ Es war schon schlimm für sie. Da waren die Kinder gekommen, und sie hatte sie in ganz kurzer Zeit liebgewonnen, besonders den Florian, weil der so treuherzig sein konnte und ein kleiner Lausbub war. Und die Burgl wußte es, der liebe Gott mochte, wie die echten Bayern, die echten Lausbuben lieber als die braven, lauen, abgestandenen, hinterfotzigen, die nur zu dumm waren, irgend etwas anzustellen.

„Laß ihn ein' g'sunden, lebendigen Lausbuben sein“, murmelte die Burgl, „weißt eh, daß ihm nix passiert und dem Madl natürlich auch net.“ Mit dem lieben Gott und der Mutter Gottes redete die Burgl immer nur im Dialekt, für die brauchte es kein Hochdeutsch, die verstanden bayrisch bestimmt besser als irgendeine andere Sprach'.

Ja, und dann waren sie halt net im Kuhstall, der sowieso leer war, und bei den Schweindln war'n sie auch net, und bei den zwei Rössern, mein Gott, wo sollten sie da sein?

Die Burgl schaute sogar im Futterkasten nach, aber da war nur goldgelber Hafer drin und sonst gar nichts! Sie klappte den Deckel zu und hockte sich auf die Kiste. Eine Wallfahrt nach Birkenstein würde sie machen, und von Fischbachau würde sie zu Fuß hineingehen nach Birkenstein, obwohl ihr das Gehen sowieso schon schwerfiel, wenn nur den beiden Kindern nichts geschehen wäre!

Und dann raschelte es irgendwo, raschelte immer mehr. Es kam von den Strohballen in der leeren Box, und plötzlich guckte dort oben ein blauweißgelb geringelter Socken hervor und aus dem Socken ein rosiger großer Zeh.

„Mein Gott, Kinder!" rief die Burgl, „seid's es da drob'n? Alle zwoa?" Und sie verbesserte sich sofort und sagte: „Seid ihr beide da droben?"

Da tauchte der verwuschelte helle Haarschopf von Florian auf und dann der brünette von Bettina.

Burgl stürzte aus dem Stall. „Ich hab' sie!" schrie sie. „Alle hierher, da sind sie. Nix is g'schehn. Da sind sie. Sie haben noch g'schlafen, im Stall bei die Ross'!"

Und sie griff sich ans Herz, denn es klopfte so überschnell. Sie mußte sich setzen, schnell wieder in den Stall zurück auf die Futterkiste. Da baumelten schon die Beine der beiden Kinder herunter, und sie sprangen nach unten.

Vater war der erste, der hereinkam. Großmutter die letzte.

Burgl wies nach oben. „Da droben sind's g'legen,

auf'm Stroh, ich hab' grad nur seinen einen Socken g'sehn, mit 'm Loch drin, der große Zeh hat rausg'schaut, ganz liab."

„Was ist euch denn eingefallen!" schrie Vater.

„Bitte, Andreas, schlag sie nicht!" rief die Mutter.

„Kinder sind halt manchmal so", versuchte Großmutter gute Stimmung zu machen. „Du warst auch ein rechter Lausbub. Erinnere dich bloß."

„Was habt ihr euch bloß eingebildet?" fragte Vater schon etwas ruhiger.

„Wir..." begann Florian.

„Wir wollten einfach mal bei den Pferden schlafen", sagte Bettina rasch.

„Bei den Pferden!" rief Mutter. „Wie kann man nur auf eine solche Idee kommen?"

„Mein Gott", erklärte Vater, „das kommt daher, weil sie überhaupt keine Tiere gewöhnt sind. Sie wollten diese Erfahrung machen. Ein Bauer muß schon einmal eine Nacht im Stall zubringen."

„Siehst du", sagte Florian. „Muß!"

„Ja, ja, das muß er manchmal", bekräftigte die Großmutter.

„Ich seh' noch", meinte Burgl, „wie da oben plötzlich der Socken vorkommt. Mei, war das schön. So eine Freud! Kommt plötzlich der Socken da vor. Mit 'm Loch drin. Gibst ma die Socken nachher, gell? Ich wasch' sie dann gleich und stopf' das Loch."

„Aber Burgl", sagte Mutter, „doch diese Socken nicht mehr."

„Doch, doch", beharrte die Burgl, „akkurat die."

15. Kapitel

Sibylle hörte, wie draußen der Vater mit der Polizei telefonierte. Er schien verärgert zu sein, weil sie die Sache mit dem abhanden gekommenen Wastl nicht wichtig genug nahmen.

„Und Spuren wollen Sie keine sichern?"

Der Vater hörte eine Weile zu, dann rief er empört: „Hören Sie, ich weiß selbst sehr gut, daß ein Pferd keine Daumenabdrücke hinterläßt. Aber ein Dieb hinterläßt die wohl, und nach dem sollten Sie suchen."

Wieder hörte er eine Weile zu.

„Ach, Sie meinen wohl, unserem Wallach war es zu langweilig, und da hat er selbst alle Türen geöffnet und mal so eine Fahrt ins Blaue unternommen, womöglich per Anhalter?"

Billi stand auf und lief in die Diele, wo Vater telefonierte.

„Sei nicht so frech zur Polizei", flüsterte sie. „Du reizt die Leute ja. Laß die doch, wenn die nicht können. Ich such' dann selber. Vielleicht steht der Wastl irgendwo in einer Wiese und schlägt sich den Bauch voll."

„Nein", sagte der Vater, „kein Hengst, sondern ein Wallach. Aber er war noch ein wenig stutenbezogen, jawohl. Warum? Nun, er ist noch nicht so lange Wallach, verstehen Sie? Die merken das nicht gleich. Das hängt mit den Hormonen zusammen. Es sagt ihnen ja keiner."

„Mußt du davon reden!" zischte Billi.

Sie atmete auf, als Vater endlich den Hörer auflegte.

„Sie sind überlastet", wetterte er. „Die sind ununterbrochen überlastet. Jetzt ist es wieder der Rückreiseverkehr. Staus und Umleitungen und am Irschenberg wieder ein Unfall – immer diese Flachländer! Weißt du, was ich fast befürchte?"

„Keine Ahnung."

„Irgend so ein verdammter Rückreisender hat sich umgesehen, und jetzt reist der Wastl mit ihm zurück in den Norden. Das fürchte ich fast. Das bringen die noch fertig!"

„Aber Papsch, du bist doch selbst aus dem flachen Norden."

„Ja, eben. Aber ich will nicht mehr dahin!" Vater war sehr aufgeregt. Er fürchtete offensichtlich um das seelische Gleichgewicht seiner Tochter. „Komm, ich fahr' dich rum", schlug er vor. „Wir gucken überallhin, wo er sein könnte. Ich hol' gleich den Wagen aus der Garage."

„Laß, ich mach' das selbst. Ich frag' überall die Kinder. Weißt du, die haben manchmal die bessere Nase." Aber Billi kam gar nicht dazu, die Kinder zu fragen. Der Schorsch vom Wimmerbauern tanzte an und wollte wissen, ob sie ein wenig Zeit hätte.

„Was ist es denn?" fragte Billi.

„Der Wagen springt net an."

„Ich komm'", sagte sie.

Vater rief ihr nach. „Und frag ihn, vergiß nicht, vielleicht hat er den Wastl irgendwo gesehen."

Aber das hörte sie schon nicht mehr. „Rührt er sich überhaupt nicht, oder leiert er nur, Schorsch?"

„Tack! macht's nur", sagte der Schorsch. „Aber den Vatern darfst ja an nix dranlassen. Alles macht er hin. Kaum, daß er was anrührt, geht's scho nimmer. Und heut' hat er sowieso eine Sauwut, weil in der Nacht die Hund' so einen Krach g'macht ha'm und jemand ihn blöd' ang'redt hat deswegen, als ob unserer dran schuld wär'."

„Die Batterie", fragte Billi rasch, „wie alt ist sie?"

„Drei Jahr', aber sie ist noch gut. Gestern ist der Wagen noch herrlich g'lauf'n."

„Ja, gestern", meinte Billi. „Eine Batterie ist mit drei Jahren schon ein ziemlich altes Mädchen, mein Lieber."

Der Wagen stand mitten auf dem Hof, als wisse er nicht recht, wohin.

„Setz dich rein und start einmal", befahl Billi.

Der Schorsch setzte sich rein und drehte den Zündschlüssel. Es machte tack!, sonst nichts.

„Noch einmal."

Tack!

„Wie gesagt, die Batterie, Schorsch."

„Aber gestern ist sie noch ... Und wenn ich sie aufladen lass'?"

„Die ist tot, Schorsch. Batterien sterben plötzlich. Über Nacht. Die da kannst du vergessen. Ihr habt doch noch einen Wagen."

„Ja, aber da müssen wir auch alleweil anschieben."

Ein Feriengast sprang mit seiner Batterie ein. Da lief der Motor von Schorschs Wagen sofort.

„Siehst du", sagte Billi, „deine Batterie ist im Eimer."

Schorsch kratzte sich am Kopf. „Und jetzt baust meine amal in den anderen Wagen ein. Nur zur Kontrolle."

Der andere Wagen machte mit der Batterie vom Schorsch auch nur tack! und sonst nichts.

„Verdammt", fluchte Schorsch. „Immer hat des Madl recht."

„Soll ich Ihnen eine Batterie holen?" fragte der Feriengast.

„Er kann selber hinfahren", antwortete Billi für Schorsch. „Wir schieben ein paar Meter, bis es bergab geht, dann springt der Motor schon an. Er darf nur nicht mehr abschalten, bis er bei der Werkstatt ist."

Billi baute die Batterien wieder um, und, was Schorsch nicht geglaubt hatte, der Motor sprang wirklich an, als der Wagen bergab rollte.

Als das Auto vom Schorsch ihren Blicken entschwunden war, fielen Billi die Lumpen ein, mit denen sie die Hufe vom Wastl umwickelt hatte. Wenn die Polizei wirklich jemals kam und das weggeworfene Zeug entdeckte, vielleicht noch Spuren von Wastls Hufen dran, und dann feststellen mußte, daß das alles einmal ihr gehört hatte, die ausgefranste Cordhose genauso wie der halbzerschlissene Parka... Sie rannte sofort zur Bushaltestelle und suchte dort im Gras, aber es war nichts zu sehen. Und da hatte sie doch die Bindfäden aufgeschnitten.

Sie ging bis zu der Stelle, wo der Güterweg hinauf

zum Brunntalerhof abzweigte. Nirgends war etwas zu sehen. Ein Mädchen auf einem Fahrrad flitzte vorüber und fragte frech: „Hast 'leicht dein' Verstand verlor'n und suchst ihn da?"

„Nein", schrie Billi wütend dem Mädchen nach, „ich such' nur deinen." Billi kehrte um und guckte noch schärfer ins Gras. Aber da war nichts zu finden. Nicht ein Endchen Bindfaden und nicht ein Faserchen Stoff. Niedergedrückt ging sie zurück ins Dorf. Ach, und es blieb ihr nichts erspart!

In der Garteneinfahrt zum Haus seiner Eltern stand Sven und sagte: „Ich hörte eben die tragische Nachricht vom Verschwinden deines heißgeliebten Wastls. Was hast du denn da vorn am Straßenrand gesucht? Wastl ist doch nicht so klein, daß man sich so tief bücken müßte, um ihn zwischen den Halmen zu finden."

„Mir ist nur ein Zehnerl runtergefallen", erklärte Billi kleinlaut.

„Das ist ja nicht ein so schmerzlicher Verlust, daß du deswegen untröstlich bist. Ich wette, du hast noch etwas anderes gesucht."

„Hast du dort was gefunden?"

„Was denn zum Beispiel?"

„Ich weiß nicht."

„‚Ich weiß nicht' habe ich nicht gefunden, aber..."

„Aber?"

„Nichts", meinte Sven, „was sollte ich schon gefunden haben? Ein Schwanzhaar von Wastl vielleicht oder gar eines deiner kostbaren Hauptgewächse?"

„Mensch, du redest blöd daher." Sie war richtig wütend, und als ihr einfiel, daß er nie die Klappe halten konnte, wurde sie noch wütender. „Alte Tratschgans, du“, zischte sie und setzte sich in Trab.

Beim Laufen fiel ihr ein, daß sie vergessen hatte, daß der Wastl auch Wasser brauchte. Stefan wollte ja nach ihm sehen und ihm Brot bringen. Mehr konnte er auch nicht. Wie sollte er mit seinem Rollstuhl Wasser hinbringen?

Sie rannte heim, nur um zu sagen, daß sie gleich wieder weg müsse.

„Und wo gehst du hin?“ fragte der Vater.

„Den Wastl suchen. Vielleicht auch ein bißchen weiter weg. Mach dir keine Sorgen, ich geh' schon nicht verloren.“

Sven trieb sich noch immer an der Garteneinfahrt herum.

„Willst du noch einmal dein Adlerauge anstrengen?“ fragte er.

„Nö“, erwiderte sie.

„Was machst du dann?“

Billi überlegte. „Jetzt geh' ich zu den Dreharbeiten“, erklärte sie schließlich.

„Zu welchen Dreharbeiten?“

„Für den Fernsehfilm“, rief sie. „Oben am Kalteck. Sie suchen Statisten, und da geh' ich hin.“

„Glaub' ich nicht.“

„Mußt ja nicht glauben.“

Sie rannte weiter, an der Bushaltestelle vorbei, guckte wie beiläufig ins Gras, und dann hetzte sie den Güterweg zum Brunntalerhof hinauf.

In der Küche erzählte sie die Neuigkeit, daß der Wastl verschwunden sei. Die Großmutter und die Burgl waren sprachlos.

„Mein Gott, am End' haben sie's auf unsere Pferd' auch abgesehen!"

Natürlich hörte Billi auch gleich die Geschichte mit den verschwundenen Kindern Bettina und Florian und ihre Auffindung im Pferdestall.

Großmutter aber sagte: „Früher war das net aso. Da hast dei Stalltür auflassen können, da hat dir niemand die Ross' rausg'holt. Es war damals viel besser..." Wenn sie einmal dabei war, die alten Zeiten zu loben, hörte sie nicht so bald wieder auf. Man konnte fast den Eindruck gewinnen, daß ein Bauer damals nichts anderes im Sinn gehabt hatte, als dem anderen seine besten Kühe und Pferde heimlich in den Stall zu stellen, damit der seine Freude hatte.

Billi hörte wohl zu, sah aber immer wieder aus dem Fenster hinaus den Weg hinunter. Plötzlich begann sie zu hüpfen. Sven tauchte unten auf.

„Er kommt!" rief sie. „Er kommt. Jetzt sagt ihm nur, daß ich zum Kalteneck gegangen bin, aber vorher fragt ihn, wo er hingeht."

Florian wollte das übernehmen, er ging vor das Haus und setzte sich auf die Bank.

„Hallo", rief Sven, als er näher kam. „Ist Billi hier vorübergegangen? Hast du sie gesehen?"

„Freilich", nickte Florian. „Gerade vor ein paar Minuten ist sie hier gewesen."

„Und hat sie auch verlauten lassen, welches Ziel sie hat?"

„Ich glaub', sie hat gesagt, daß sie zum Kalteneck geht."

„Dann dürfte das also tatsächlich stimmen."

„Was dürfte stimmen?"

„Daß dort ein Film gedreht wird. Sie suchen Kinder als Statisten. Das war schon einmal so. Na, ich werde sehen, ob ich mir ein paar Mark verdienen kann. Willst du vielleicht mit?"

„Nein, ich hab' mir den Fuß verstaucht."

„Und deine Schwester?"

Florian zögerte einen Augenblick. „Die ist schon mit der Billi gegangen", erklärte er schließlich.

„Das hast du wunderbar gemacht", lobte Billi Florian drinnen. Burgl aber hatte ihre Zweifel, ob das recht sei. Obwohl sie sich insgeheim freute, daß einer so mitten im Sommer in den April geschickt wurde.

„Das darfst aber nicht oft machen", schalt sie Sibylle.

„Er muß es mir ja nicht glauben", wehrte sich die. „Er hat doch gesagt, daß er es nicht glaubt, und ich hab' gesagt: Mußt es ja nicht glauben. Trotzdem geht er. Dann ist es seine Schuld. Und wenn Sven so nett wäre wie der Stefan, würde ich ihn nie aufziehen."

Billi tat, als ob ihr erst jetzt etwas einfiele. „Wir könnten zum Stefan hinaufschauen, dürfen die beiden mit?"

„Gut", sagte die Burgl, „aber ihr zwei, ihr müßt in zwei Stunden wieder da sein zum Mittagessen."

16. Kapitel

Stefan saß vor der Haustür des Leitnerhofes und las in einem Buch. Schuft blieb bei ihm sitzen und zuckte nur mit dem Schwanz.

„Na, Stefan", grüßte Billi, „wie geht's *ihm* denn?"

„Gut. Er scheint es da oben ganz lustig zu finden."

Billi beugte sich zu ihm hinunter. „Wir müssen ihm Wasser bringen", flüsterte sie.

„Hab' ich doch schon. Wir haben auf halbem Weg zur Hütte einen Wassertankwagen für die Kühe stehen."

„Bist ein As", lobte ihn Billi.

„Und du, hast du heute morgen die Lumpen noch weggepackt?"

Einen Augenblick zögerte Billi. Fast wollte sie schon sagen, das wäre in Ordnung, dann blieb sie jedoch bei der Wahrheit. „Das wollte ich dir gerade erzählen, Stefan: Das Zeug ist spurlos verschwunden. Sogar die Bindfäden."

„Hast du genau nachgesehen?"

„Ich hab' fast jeden Grashalm umgedreht."

„Hat dich jemand dabei beobachtet?"

„Nein." Da zuckte Billi zusammen. „Komisch." Sie begann langsam zu zweifeln, ob es gut gewesen war, Sven auf das Kalteneck hinaufzuschicken. „Da fällt mir was ein. Sven hat mich eigens gefragt, was ich dort gesucht hab'."

„Ausgerechnet der!" Stefan stöhnte.

„Und ich hab' ihn noch auf's Kalteneck geschickt", gab Billi weinerlich zu.

„Warum denn?"

„Weil er so dumm gefragt hat."

„Und was machen wir, wenn er hierherkommt?"

„Dann wirst du Schuft ein bißchen auf ihn losschicken. Er rennt dann sowieso weg."

Stefan ließ die Seiten seines Buches durch die Finger wandern. „Mehr kann er wohl nicht wissen?"

„Der nicht. Da hätte er uns ja in der Nacht sehen müssen."

„Und wenn er die Lumpen gefunden hat?"

Billi seufzte. „Der ist so ein Quatschlappen, das hätte er mir längst gesagt."

Bettina fand das Thema Sven inzwischen langweilig. „Was macht deine Mutter?" fragte sie Stefan.

„Die schreibt etwas."

„Über Schauspieler?"

„Nein, über alte Brotteigmischungen und Gewürze, die man früher daran getan hat. Und warum das so vernünftig war. Sie will sich noch in diesem Sommer einen alten Backofen ins Haus setzen lassen, dann hätten wir gleich auch Wärme davon."

Kaum hatte Stefan ausgesprochen, erschien seine Mutter in der Tür und rief: „Lümmel!" Und noch einmal: „Lümmel!"

Die Kinder zuckten zusammen.

„Meint sie dich?" fragte Florian erschrocken. „Oder meint sie mich?"

„Nur den Kater, du siehst doch, sie stellt ihm ein Schälchen Milch hin. Lümmel legt ihr dafür manchmal ein paar angeknabberte Mäuse vor die Tür."

„Igitt!" rief Bettina.

„Statt Blumen!" Stefan lachte.

„Wollt ihr eine Brotzeit?" fragte jetzt Frau Damann.

„Wir essen bald", rief Bettina. Aber Florian boxte sie gleich. Billi sagte: „Gern, wenn es keine Umstände macht."

Florian strahlte sie nur an.

Frau Damann verschwand und kam schon kurze Zeit später mit einem Holzteller und vier Brettchen zurück. „Da habt ihr Geräuchertes." Sie erzählte, daß sie mit einer alten Tiroler Bäuerin lange Zeit über das Räuchern gesprochen habe. Dieser Räucherspeck war ihr erster Versuch. „Wir haben oben im Speicher eine Räucherkammer. Da hängen noch ein paar Stück droben."

„Mmm!" machte Billi, die die Schnellste beim Zugreifen gewesen war. „Das ist ein Speck! Ich kann es gar nicht glauben."

„Ist er nicht zu salzig?"

„Keine Spur", lobte Billi, „genau richtig. Und der Geschmack! Einfach Klasse! Ganz weich."

„Und wie schmeckt es euch?"

Auch Bettina schmeckte der Speck. Florian stahlte. Er fand vor allem Brot mit Speck zusammen gut und dabei Valentina Damann anzusehen.

„Ich hab' überlegt, welches Brot ich euch dazugeben soll, aber ich meine, das hier ist am besten geeignet."

Schuft saß jetzt unter dem Tisch, und seine Nase wanderte an der Tischkante entlang, bis sie den Punkt geortet hatte, wo der Speck am nächsten lag.

Florian wollte ihm ein Stück geben, aber Schuft drehte den Kopf weg.

„Er nimmt nur von Stefan etwas", erklärte seine Mutter. „Schau, von dem frißt er sogar Brot."

Sie hatten gerade die Brotzeit vertilgt, da tauchte ein Wanderer auf.

„Oach!" seufzte Sibylle, als sie ihn entdeckte.

Schuft spitzte die Ohren, so gut er konnte, und knurrte leise. Keinen Blick ließ er von dem Neuankömmling.

„Guten Tag, Frau Damann", rief der schon von weitem. „Schön, Sie zu treffen. Hoffentlich störe ich nicht Ihre angeregte Unterhaltung, aber wenn Sie erlauben, hätte ich Ihnen gerne eine Frage unterbreitet, die Sie mir sicherlich mit Leichtigkeit beantworten können werden."

„Ich brech' auseinander", stöhnte Billi. „Wie kann man nur so geschwollen daherreden?"

„Grüß dich Gott, Sven. Da bin ich aber neugierig, was du wissen willst", sagte Stefans Mutter. „Hoffentlich enttäusche ich deine hochgestellten Erwartungen nicht."

„Ich stieg in die Höhe, um Pilze zu suchen", berichtete Sven und bemerkte offenbar die anderen vier gar nicht, „und siehe, das Glück war mir hold." Er schüttete den Inhalt eines Plastikbeutels auf den Tisch.

„Sind diese Pilze für den menschlichen Genuß geeignet, Frau Damann?"

Frau Damann untersuchte die Pilze aufmerksam. „Ja, Sven, sie sind alle geeignet.“

„Der einzige Giftpilz bist du!“ rief Billi.

„Ich hab' sie gefunden“, wiederholte Sven und plusterte sich auf, „und ich möchte ja nicht gleich meine ganze Familie ausrotten. Ich finde überhaupt viel in letzter Zeit. Das sind meine berühmten Argusaugen.“

„Was hast du denn so gefunden in letzter Zeit?“ wollte Frau Damann wissen.

Billi warf einen Blick zu Stefan, doch der tat uninteressiert und kraulte Schuft zwischen den Ohren.

„Wenn er Erdöl gefunden hätte“, meinte Stefan, „das wäre schön.“

„Nein, es muß nicht immer Erdöl sein. Man kann auch andere Sachen finden. Einen Kristall zum Beispiel oder...“

„Oder was noch?“ fragte Billi.

„Ein Lederetui mit Euroschecks. Der Urlauber hat mir dafür zwanzig Mark Finderlohn gegeben.“

„Sonst noch was?“ fragte Stefan.

„Lumpen, alte Fetzen. Man kann alles brauchen.“ Sven wollte die Pilze wieder in den Plastiksack pakken. „Sogar Bindfaden.“

„Nein, nein“, rief Frau Damann. „Nicht die Pilze da hinein. Ich sehe nach, ob ich eine Papiertüte habe, sonst borge ich dir einen Korb.“

Während Sven die Pilze in den Korb packte, fragte Frau Damann: „Wo hast du sie denn gefunden?“

„Unterhalb vom Kalteneck, Frau Damann. Billi hatte die große Güte, mich auf diesen Platz aufmerksam zu machen.“

„Einen Moment, Sven“, sagte Frau Damann, „du sollst auch deine Brotzeit bekommen.“

Doch wenig später ärgerte sie sich. Sven pickte nämlich alle Kümmel, Fenchel- und Aniskörner aus dem Brot und die Korianderkügelchen sowieso. „Das gehört nicht hinein“, fand er. „In unserem Brot ist nie so etwas enthalten.“ Und zum Speck verlangte er höflich, aber bestimmt Salz.

Florian merkte es, daß Frau Damann verärgert war, und sagte schnell: „Aber ohne Salz schmeckt der Speck doch viel besser. Mit Salz spürst du den Räuchergeschmack nicht.“

Sven schüttelte den Kopf. „Salz gehört dazu“, beharrte er. Dann fragte er Billi: „Na, hast du schon irgend etwas von deinem entführten Wastl gesehen oder gehört?“

„Nein“, antwortete Billi.

„Wer ist Wastl?“ fragte Frau Damann. „Mein Gott, ist das nicht dein Haflinger?“

„Mhm.“

„Und der ist verschwunden?“

„Gestohlen“, berichtigte sie Sven. „Ich habe da eine bestimmte Theorie entwickelt.“

„Achtung“, rief Stefan, „jetzt wird es spannend!“

„Ich bin der Ansicht, daß der Wastl nicht von Fremden gestohlen wurde, sondern von Bekannten. So, wie ich den Wastl kenne, läßt er sich von Fremden nicht einfach aus dem Stall fortführen. Billi, du mußt einfach eine Liste von den Leuten aufstellen, die den Wastl gekannt haben und die der Wastl kennt. Darunter befindet sich bestimmt der Täter.“

„Schade, daß ich den Wastl nicht fragen kann, wen

er kennt und bei wem er mitgegangen wäre und bei wem nicht. Ha, da fällt mir was ein! Ich war ja mal so irrsinnig, dich auf dem Wastl reiten zu lassen. Also hast du ihn auch gekannt. Hast du am Ende den Wastl geklaut?"

„Los, gib's zu, daß du es warst!" rief Stefan lachend, „oder aber leg uns ein Alibi für die Tatzeit vor."

„Ich weiß ja nicht, wann die Tatzeit war."

„O weh, das wissen wir auch nicht", sagte Stefan schnell, weil er Angst hatte, irgend jemand könnte sich verraten.

„Warum hast du mir das mit dem Wastl nicht eher erzählt, Billi?" fragte Frau Damann.

Billi wurde rot und schien richtig verlegen zu sein, schließlich erklärte sie: „Wissen Sie, das gute Brot und der gute Speck haben mich tatsächlich ein bißchen abgelenkt." Sie sah auf die Uhr. „Mensch, ihr beide müßt sehen, daß ihr nach Hause kommt, sonst gibt's was. Wartet, ich komme mit."

„Jetzt schon?" maulte Florian und starrte Frau Damann an.

„Die Burgl hat's gesagt. Und ihr habt ja schon genug Aufregung verursacht."

„Wieso denn?" wollte Frau Damann wissen.

„Ach, die zwei haben heute nacht im Pferdestall oben auf dem Stroh geschlafen. Und die Eltern meinten schon, sie wären ausgerissen."

„Ausgerissen wie der Wastl oder gestohlen wie der Wastl?" fragte Sven. „Wenn ihr nichts dagegen habt, dann schließe ich mich euch an."

„Und wenn wir was dagegen haben?" fragte Billi.

„Na, große Gesuche werde ich nicht an euch richten."

„Ist gut", meinte Billi, „dann komm halt mit." Sie gingen nebeneinander, der Weg war breit genug. Billi tat entsetzlich angeödet, weil Sven neben ihr ging.

Als der Bach von der linken Wegseite zur rechten wechselte, sagte Sven: „Ich zerbreche mir den Kopf und zermartere mir das Hirn über eine einzige Frage..."

Er wartete, daß die drei anderen neugierig wurden, aber die schwiegen. Er begann noch einmal: „Ich zerbreche mir den Kopf und zermartere mir das Gehirn über eine einzige Frage. Nämlich diese: Was habt ihr gegen mich?"

„Ich?" fragte Bettina. „Was soll ich gegen dich haben? Außer..."

„Außer was?"

„Dein Gerede geht mir auf die Nerven, du quatschst so daher wie – wie ein Papagei. So wie du redet doch kein Mensch."

„Doch, mein Vater."

Sven begann den anderen drei leid zu tun. „Ihr quasselt daheim immer so daher?" fragte Billi.

„Wie denn sonst? Man muß sich doch gewählt ausdrücken."

„Ach, du armes Würstchen."

Sven war eine Fichtennadel oder sonst etwas ins Hemd geraten. Er kratzte sich.

„Würdest du wohl die große Güte haben, mir den Korb für eine kurze Zeit zu halten?" fragte er Billi.

Bettina hatte die große Güte, und Sven holte sein

Hemd aus der Hose und versuchte, sich am Rücken zu kratzen.

„Suchst du da hinten deine Worte zusammen?" fragte Billi. Sie hob das Hemd hoch und musterte die Innenseite des Stoffes. Tatsächlich, da war ein winziges, dürres Ästchen. Sie ließ das Hemd fallen.

„Ist es jetzt besser?"

„O ja, tausend Dank für die..."

„Ja, ja ist schon gut. Mann, versuch doch mal, vernünftig zu reden." Billi stopfte ihm hinten das Hemd in die Hose. „Oh, da ist aber noch 'ne Menge Platz."

Weiter unten stand Burgl schon in der Tür des Brunntalerhauses. „Höchste Zeit, daß ihr kommt. Die Suppen steht schon auf'm Tisch."

Sie hatten zwar kaum Hunger, aber sie mußten wohl oder übel etwas essen, sonst wurde wieder soviel geredet und gefragt.

Billi ging mit Sven weiter. Unten in Roßholzen, als sie wieder allein war, ärgerte sie sich fürchterlich. Jetzt war sie oben gewesen und hatte nicht einmal nach dem Wastl gesehen.

„Du siehst so blaß aus", meinte ihr Vater besorgt. „Also, Kind, ich verspreche dir, wenn der Wastl nicht wie durch ein Wunder wieder auftaucht, dann..."

„Was dann?" wollte Billi wissen und wandte sich ab.

„Irgendwann ist doch in Bad Aibling wieder Fohlen- oder Pferdemarkt oder wie sie das nennen."

„Oh, Papsch", sagte Billi so traurig sie konnte, „das wäre wirklich schick von dir."

17. Kapitel

Bei den Pichlers im Brunntalerhaus saß ein Ofensetzer mit am Tisch. Der hatte seinen Suppenteller als erster leer und spießte dann mit einer Freude die Knödel auf, daß Großmutter schon fürchtete, sie würden nicht reichen.

„Schmeckt es?“ fragte sie den Handwerker.

„A ja“, antwortete der Mann, „wenn man ein' Hunger hat, nachher ißt man halt alles.“ Und wieder harpunierte er einen Knödel in der Schüssel und hob sich die Beute auf seinen Teller herüber.

„Morgen mußt fertig sein“, sagte der Vater zum Ofensetzer, „denn zum Wochenend' kommt der Vater heim, und da darf nichts fehlen. Aber schon gar nichts.“

„Oje“, flüsterte die Burgl für sich und schob den Teller weg. Sie hatte keinen Appetit mehr. Dieser alte, übellaunige, herrschsüchtige Mann!

„Eßt, Kinder, eßt“, sagte sie, um nicht an ihn denken zu müssen. „Ihr seid's noch im Wachsen, und da sind besonders die Knödel wichtig.“

Ja, ja, dachte sie, wenn erst der Großvater da ist, dann ist der Spaß aus. Vorbei das schöne Leben, das häufige Fleisch auf dem Teller. Der Geizkragen gönnt sich und den anderen nichts. Er wird wieder überall herumstehen, mit dem Stock auf dies oder jenes deuten und sagen, das wird noch gemacht und das auch, und zwar schnell. Und dabei hatten die Kinder noch vier Wochen bayrische Ferien!

Nach dem Essen gingen Bettina und Florian mit dem Vater und dem Ofensetzer ins Zuhaus hinüber. Vater hatte einen Plan in der Hand und erklärte, wie er den Ofen haben wollte. Das Herdfeuer in der Küche sollte im Winter auch gleich einen Kachelofen in der Stube wärmen.

„So ein neumodisches Zeug!" schimpfte der Ofensetzer. „Das geht doch nicht!"

„Fahr doch einmal ins Bauernhofmuseum bei Murnau", empfahl der Vater, „da wirst du so eine Heizung in einem uralten Haus finden. Ein paar hundert Jahr ist die alt."

„Verrückt", brummte der Mann. „Ja, wenn man's genau betrachtet, dann war die Idee gar nicht so dumm. Statt in den Kamin hinaus geht die Wärm' noch mal in den Ofen." Sie holten Ziegel vom Laster des Ofensetzers, und Vater schleppte die Bündel mit den Kacheln heran.

Später steckte die Burgl den Kopf zur Tür herein und fragte, ob die Kinder mitkommen wollten, Schwammerl suchen.

Weil sie das Gefühl hatten, doch nur im Weg zu stehen, gingen sie mit der Burgl.

„Kennst du auch die giftigen Pilze?" fragte Florian besorgt.

„Ja freilich, was glaubst, das hat mir meine Großmutter schon 'zeigt. Mein Gott, was hab' ich schon für Riesen g'funden, da, so groß wie zwei Händ'."

Die Kinder glaubten es kaum. Aber die Burgl erzählte ununterbrochen. Einmal, da waren sie als Kinder auch in den Wald geschickt worden. Nach Himbeeren. Damals hatte es viel mehr Himbeeren gegeben als heute. Alles war rot. Und sie hatten sie gepflückt und in die Milchkanne gefüllt. Die hatten sie mit einem Lederriemen um den Bauch geschnallt, damit sie beide Hände frei hatten. Ein paar Eimer hatten sie mitgenommen, und die waren so nach und nach voll geworden. Und vor lauter Himbeeren hatten sie das Wetter ganz vergessen. Erst als es plötzlich sehr schnell dunkel geworden war, hatten sie zum Himmel hinaufgeschaut, und da war es tiefschwarz über ihnen gewesen. Jeden Augenblick hatte das Unwetter losbrechen können. Schnell hatten sie die letzten Beeren in die Eimer geleert, und schon waren sie den Berg hinunter nach Hause gerannt.

Sie, die arme Burgl, war natürlich die letzte gewesen, und daher hatte sie es als einzige gesehen: Ein Blitz hatte weiter oben eingeschlagen und war dann wie eine leuchtende Kugel den Berg hinuntergerollt.

„Meiner Seel, das ist wahr!“ beteuerte sie. „Er ist von oben runtergekommen wie ein leuchtender Ball, und manchmal hat er einen weiten Satz gemacht.“ Und genau auf die Kinder unten zu, die sich ja nicht umdrehten und auch ihre Rufe nicht hörten. Aber bevor er die Kinder erreichte, habe es plötzlich einen lauten Knall gegeben, genau wie vom Steinbruch her oder so. Einen einzigen furchtbar lauten Knall. Und dann, als dieser schmetternde Schlag im Wald verhallt war, habe sie gesehen, daß alle Himbeeren, die vorher noch so rot von den Sträuchern geleuchtet

hatten, schlagartig verschwunden waren. „Als hätt' sie einer allein blitzartig runtergerupft."

Die Kinder starrten die Burgl an.

„Ja mei", sagte sie, „was denkt ihr, was früher da los war. G'schüttet hat es damals, daß meine Himbeeren alle im Eimer g'schwommen sind. Ganze Gießbäch' sind den Berg hinunterdonnert. Dort, wo sonst ein steiler Weg war, ein Felsensteig, hat ein Wasserfall gerauscht. Ja, so war das damals."

„Gibt es jetzt auch noch solche Unwetter?" fragte Bettina.

„Ganz selten nur. Und heut ist ja kein Mensch mehr draußen, wenn's donnert. Heut hat ja der letzte Bauer sein Radio. Müßt's nur sehn, wie er sein Heu reinbringt, wenn ein Gewitter ang'sagt ist."

Die Burgl blieb stehen und wies in ein kleines Seitental hinunter. Da unten hatte vor zwanzig, dreißig Jahren der Blitz einen Bauern erschlagen. Und zur gleichen Stund hatte seine Frau im Mooserhof drunten das vierte Kind bekommen. Akkurat mit dem Donnerschlag.

Und hier droben – die Burgl wies nach oben in den Wald –, ein gutes Stück weiter, da sei sie als Kind manchmal dem Geistermandl begegnet. Damals sei im Wald nicht soviel Holz herumgelegen und verrottet wie heutzutag', weil die Leute damals ärmer waren. Rein wie ausgefegt habe der Wald ausgesehen, und wenn sie einmal mit einem richtigen großen Bund Reisig oder einem Korb voller Pilze oder einem Eimer voll Beeren nach Hause wollten, dann habe plötzlich das Geistermandl vor ihnen gestanden und gerufen: „Mir g'hört's!" Jaja, mei Liaber, so war das.

„Und wenn man da nicht schnell genug das Kreuz geschlagen hat, hat einem das Geistermandl alles wegg'nommen."

Florian drückte sich an die Burgl ran. „Und warum heißt es Geistermandl?"

„Das kommt daher", erklärte die Burgl: „Das Geistermandl war früher einmal ein reicher Bauer. Alle Wälder rundum haben ihm gehört. Aber ihn hat der Neid zerfressen, wenn er g'sehn hat, wie die armen Leut', die Kleinhäusler und Taglöhner, in den Wald gangen sind, um sich ein bisserl Brennholz oder ein paar Schwämm' oder Beeren zu holen. Er ist ihnen immer nach, und wenn's das Bündel Holz beisammen g'habt haben und den Korb oder das Eimerl voll, dann ist er hinter einem Baum hervorg'sprungen und hat geschrien: ‚Mir g'hört's!'

Und so hat er's auch einmal mit einem Kleinhäusler von Gspreng trieben. Der hat aber daheim zehn hungrige Mäuler zum Stopfen g'habt und wollt seine schönen Steinpilze nicht hergeben. Da sind die zwei Männer raufert worden, der Bauer hat sein Hirschfänger g'zogen und den armen Teufel erstochen. ‚Guat', hat der noch im Sterben g'sagt, ‚dann sollst du sterben an meine Schwämm'!'"

„Hier im Wald ist das geschehen?" fragte Bettina, und ihre Zunge war wie ausgedörrt.

„Ja, hier irgendwo im großen Wald", bestätigte die Burgl. „Und stellt euch vor, der Bauer hat dem Toten den Korb mit die Schwämm' weg'nommen. Und er ist nach Haus g'laufen und hat seiner Frau g'sagt, sie soll ihm eine richtig gute Schwammerlsuppe kochen, mit viel Rahm drin und schöne große Semmelknödel dazu. Und dann hat er seine Kinder zum Essen gerufen, aber die zwei Mägde und den Knecht net, weil er ja so viel neidig war. Und er hat ganz den Fluch vom armen Mann vergessen g'habt, richtig eing'haut hat er, so hat es ihm geschmeckt und seinen Leuten auch. Und so sind die drei Kinder als erste g'storben, dann seine Frau und zuletzt er. Er hat solche Schmerzen g'habt, daß ihn die Leut überall brüllen gehört haben. Und zur ewigen Straf' muß er noch immer im Wald umgehen."

Florian bückte sich und hob einen dicken Ast auf. Er klopfte damit gegen einen Stamm, und der Ast zerbrach nicht. Sicher ist sicher, dachte er.

„In der Nacht, vor allem bei Neumond, kann man ihn im Wald schreien hören: ‚Miiir ghööööorts!' Müßts einmal achtgeben."

Florian holte tief Luft. „Ich glaub', hier werden wir nichts finden", meinte er dann.

„Doch, doch", sagte die Burgl, „nur noch ein kurzes Stück, da weiß ich ein Platzerl, da find't man immer was."

Und richtig, da standen wirklich Pilze, manche ganz dicht beisammen wie Familien. Die Kinder mußten lange hinsehen, bis sie sie im Laub der Büsche erkannten. Sie pflückten dann so eifrig, daß sie gar nicht hörten, wie sich weiter oben ein Stein löste und den Berg hinunterrollte. Als sie den Korb voll hatten, rollte wieder ein Stein. Jetzt hörten sie es alle.

„Pst!" machte die Burgl. „Was war denn das jetzt?"

„Ein Stein ist runtergekullert."

„Das kann auch von einem Reh sein", beruhigte sie Burgl. „Kommt's, wir haben eh genug."

Sie stiegen den schmalen Pfad hinunter. Da! Wieder ein Stein. Ein paar Meter vor ihnen sprang der fast kindskopfgroße Brocken über den Weg und hüpfte dann weiter den steilen Abhang hinunter.

Sie standen wie angewurzelt. Florian umfaßte seinen Prügel etwas fester.

Jetzt hörten sie oben Schritte. Und jetzt schlug Metall gegen einen Stein. Geröll rieselte über eine Halde.

Und dann sahen sie den Mann.

Er kam von oben mit seinem Bergstock pfeilgrad' auf den Weg zu.

Als er sie entdeckte, erschrak er.

Im gleichen Augenblick schrie Burgl: „Wie kann man nur so wie eine Wildsau durch den Wald gehen! Dauernd Stein' lostreten, ja, wo gibt's denn das? Dauernd Stein' lostreten! Einer hätt' ma fast die Kinder derschlag'n. Damisches Manndei, du damisches! Sieht eh aus wia a verhungerte Gottsackerflieg'n und bringt glatt no andere um. Anzeigt g'hörst, aber echt!"

„Entschuldigung", sagte das Männchen, das eine Brille trug, „ich habe den Weg verloren."

„Und den Verstand auch, da ganz knapp vor uns ist der Stein über den Weg."

„Wohin geht denn nu dieser Weg?"

„Runter", sagte die Burgl bös, „und da geht er nauf."

„Ist unten denn Greinau?"

„Na, Roßholzen is dann unten."

„Und wie komm' ich denn nu nach Greinau?"

„Auf der Straß'", antwortete die Burgl. Dann

wollte sie aber doch nicht ganz so grob sein. „Auf der Straß' unten, aber nach rechts. Kommt's Kinder!" Sie ließen den verdutzten Wanderer stehen.

Weiter unten aber lachte die Burgl. „Hat mich der verschreckt!" rief sie. „Nein, a so verschreckt! Ich hab' glatt denkt, das ist wieder einmal das Geistermandl."

18. Kapitel

Billi trat den Blasebalg, und die Kohlen im Grill glühten auf. Der bläuliche Rauch stieg in den wolkenlosen Himmel. Schuft guckte ihm aufmerksam nach, als überlegte er, ob das am Ende doch etwas zu fressen sei.

Florian stand etwas weiter weg bei Stefans Mutter, die Hackfleisch auf dünne Schnitzel strich und dann einrollte.

„Habt ihr großen Hunger?" fragte Frau Damann.

Die anderen bejahten, nur Florian schüttelte den Kopf. Gewiß, ihm rann schon das Wasser im Mund zusammen, aber es war nicht nur das Essen. Er fühlte sich in der Nähe von Frau Damann so ungeheuer wohl. Sie gefiel ihm einfach, von der Zehe bis zum Scheitel und wieder zurück. Vor allem war sie gar nicht so, wie manchmal Filmstars in Filmen Filmstars spielten. Sie war ganz natürlich, und sie hatte eine angenehme Stimme, und daß sie sich Stefan, der nur ganz schwer mit zwei Krücken laufen konnte, als Sohn ausgesucht hatte, das rechnete ihr Florian besonders hoch an.

„Die Holzkohlen sind bald soweit", meldete jetzt Stefan.

„Die Rouladen auch", rief Frau Damann.

Billi machte eine Pause und winkte die beiden anderen noch näher zu sich heran. „Es gibt zwei Probleme", flüsterte sie. „Das eine ist Sven, der will unbedingt öfter mit uns zusammenkommen. Er sagt, wir sind ja auch immer zusammen."

„Und das zweite Problem?" fragte Bettina.

„Das zweite Problem ist Wastl. Der muß doch langsam wieder zurück, sonst kauft mir mein Vater am Ende noch ein Pferd."

„Du könntest ja warten, bis du eines hast, und dann erst Wastl zurückbringen, dann hast zu zwei."

„Wäre ja schick, aber der Wastl würde sich bestimmt kränken. Wir müssen ihn zurückbringen, so unauffällig wie wir ihn weggebracht haben. Ich fürchte nur, daß das schwieriger sein wird. Erstens ist es schon wesentlich stiller im Dorf, weil die meisten Fremden weg sind, und zweitens passen seit damals die Bauern besser auf."

„Ein Vorteil ist, daß es früher dunkel wird", meinte Stefan. „Und außerdem mußt du ihn ja nicht bis in euren Stall bringen. Der Wastl ist jetzt die frische Luft gewöhnt, den kannst du ruhig über Nacht draußen lassen. Am Morgen findet ihn dann schon irgendeiner. Was glaubst du, wie der sich freut, wenn er dir die gute Nachricht bringen kann."

„Also gut, das Problem Wastl können wir lösen. Was machen wir mit unserem Sprechcomputer?"

„Das überlegen wir uns, wenn das Problem Wastl gelöst ist", schlug Stefan vor.

„Hallo", rief jetzt Billi Frau Damann zu, „die Holzkohlen sind soweit."

„Meine Rouladen auch", meldete Frau Damann.

Sie brachte die Rouladen auf dem großen Ahornbrett. Billi legte einige auf den Rost, und Stefan streute Kräuter der Provence darüber.

„Gebt acht, da fallen Kräuter in die Glut", warnte Florian.

„Das macht nichts, Florian, wenn sie verbrennen, würzen sie noch immer das Fleisch."

„Ach so." Er sog den Duft ein und hatte jetzt auch Hunger.

„So", meinte Frau Damann, „ich richte jetzt drinnen schnell den Salat an, vielleicht decken zwei von euch schon den Tisch."

Da Stefan die Rouladen überwachen wollte, deckten Billi, Bettina und Florian den Tisch.

„Schmatz, das riecht!" rief Billi, als sie die runden Holzbretter auflegte. „Ich werde ohnmächtig vor Hunger."

„Nimm einstweilen ein paar Chips, damit du es überstehst", schlug Florian vor.

Aber kaum hatte Billi sich den Mund vollgestopft, wurden ihre Augen starr. Entsetzt sah sie in die Richtung zum Wald hin und stammelte: „Ich ... ich werd' wirklich gleich ohnmächtig ..."

Florian begriff nicht. „Wieso?"

„Sven taucht auf. Mir vergeht der Appetit."

Sven sah mürrisch drein. Genau wie sein Vater, wenn er Ärger im Büro hatte.

„Na?" fragte ihn Stefan, der eben die Rouladen wendete. „Wie siehst denn du aus?"

„Ich kann mich vielleicht ärgern!" schimpfte Sven. „Immer dieser Krach mit den Weibern."

„Was ist denn nun wieder los?"

„Ach, der eine will dahin, der andere dorthin. Wenn man sich bloß scheiden lassen könnte!“

„Von den Eltern?“

„Und von der Schwester auch.“ Svens Blick verdüsterte sich.

Frau Damann kam mit dem Salat aus dem Haus. „Ach“, rief sie, „da haben wir ja noch einen Gast.“

„Ja“, sagte Billi, „einen Mitesser, den man leider nicht rausdrücken kann.“

Frau Damann tat, als habe sie das nicht gehört. „Wie geht es dir, Sven?“

Sven setzte erneut seine mürrische Miene auf. „Ich könnte mich vielleicht ärgern!“ schimpfte er. „Immer dieser Krach mit den ...“ jetzt machte er eine Kunstpause, aber dann sagte er doch: „... Weibern!“

„Oh, oh, oh, du tust ja fast so, als ob deine Verlobung in die Brüche gegangen wäre. Dabei bist du doch sicher noch nicht verlobt!“

„Das werde ich auch hübsch bleiben lassen.“

„Was ist denn los, Sven?“

Stefan schrie vom Grill: „Die erste Partie Rouladen ist fertig.“

„Ach, der eine will dahin, der andere dorthin. Wenn man sich bloß scheiden lassen könnte.“

„Aber du bist mit deinen Eltern doch nicht verheiratet.“

„Das ist ja die Gemeinheit.“

Frau Damann holte schnell noch ein Brett und Besteck, dann saßen sie um den Tisch vorm Haus.

„Mein Vater will an die Adria, aber meine Mutter zieht die Nordsee vor. Die Insel Sylt sei das gegebene, erwähnt sie öfter.“

„Und wohin geht die Reise, zur Nordsee?“

„Nein, wir werden zu Hause verweilen.“

„O Gott“, sagte Billi, „jetzt bleibt er auch noch hier. Es wird einem wirklich nichts erspart.“

„Übermorgen hätten wir fahren sollen. Und jetzt können wir auf keinen Fall fahren.“

„Wieso nicht?“

„Weil mein Vater ein blaues Auge hat und sich geschworen hat, nicht aus dem Haus zu gehen, bis nicht auch die letzte Verfärbung verschwunden ist.“

„Ist er wo angestoßen?“ fragte der ahnungslose Florian.

„Ja“, warf Billi ein, „an der Hand seiner Frau, nicht wahr, Sven?“

„So ungefähr“, gab Sven zu. „Zuerst haben sie einander angeschrien. Dann erhaschte die rachsüchtige Gattin die Benzingutscheine für Italien und zerschnitt sie zu Fetzen. Vater warf sich auf die Euroschecks und zerkleinerte sie ohne Werkzeug. Daraufhin holte meine Mutter ein Bamberger Hörnchen, teilte es in eine obere und eine untere Hälfte, bestrich die obere Hälfte mit Markenbutter und Qualitätskonfitüre und klebte dieses leckere Mahl in das Gesicht meines Vaters. Er sah aus, als hätte er Hörner.“

„War es wenigstens ein Bamberger Hörnchen vom Buchmeister?“ fragte Frau Damann interessiert.

„Ja“, sagte Sven. „Wir kaufen nur dort ein.“

„Der hat nämlich wirklich die besten Bamberger Hörnchen in der ganzen Umgebung.“

„Und mein Vater, nicht faul, nahm die frischgefüllte Kaffeetasse und goß den Kaffee in Muttis Blusenausschnitt.“

„Mit oder ohne Zucker und Sahne?“ wollte jetzt Billi wissen.

„Mit Sahne“, sagte Sven, „aber nur mit Süßstoff.“

„Jetzt wollen wir aber essen, Kinder.“

„Nur eines möchte ich hier noch sagen“, bat Sven. „Ich heirate nie.“

„Fein“, rief Billi. „Eine Gefahr weniger für mich.“

Und dann waren sie alle stumm und hieben ein. Bettina rannte noch einmal zum Grill, wendete die anderen Rouladen und vergaß auch nicht, noch einmal Kräuter darüber zu streuen.

Frau Damann hatte gerade Messer und Gabel weggelegt, da klingelte im Haus das Telefon. Sie lief hinein, und man hörte eben noch, wie sie sich meldete, dann fiel die Tür zu.

„Ich hasse das!“ sagte Sven wiederum böse.

„Wenn das Telefon klingelt?“

„Nein, wenn sich Erwachsene so kindisch benehmen.“

„Ach, das kann doch auch schön sein“, meinte Billi. „Bei uns war unlängst eine Tante auf Besuch, die ist vorzeitig abgereist, weil wir ihr neues Kleid nicht bemerkt haben.“

„Mal was anderes, Sven“, sagte jetzt Stefan. „Du willst, daß wir dich in unseren Bund aufnehmen?“

„Ja“, sagte Sven, „damit ich mal vernünftige Leute um mich habe.“

„Aber dann müssen wir sicher sein, daß du auch schweigen kannst.“ Stefan sah Sven sehr ernst an.

„Kann ich“, sagte Sven und wurde rot.

„Aber du hast doch gerade ausführlich erzählt, was alles bei euch los war.“

Sven grinste. „Das war nur ein Bruchteil von dem, was wirklich los war."

„Da war noch was?" rief Billi. „Hilfe, ich fall' in Ohnmacht. Meine Eltern fauchen sich zwar auch hin und wieder an. Und einmal ist auch ein Teller geflogen oder eine Schüssel, ich weiß nicht mehr so genau, ich weiß nur, daß er oder sie die Standuhr getroffen hat und daß es eine Menge Scherben gegeben hat."

„Was haben sie denn noch gemacht?" fragte Florian, dem die Schilderung des elterlichen Streits gefallen hatte.

„Ach", sagte Sven, „ich kann offiziell nur mitteilen, daß einiges kaputtgegangen ist und daß auf der Rosentapete in der Eßecke mit Marmelade verzierte Glasscherben kleben."

19. Kapitel

Schuft sprang so plötzlich auf, daß nur ein Fremder in der Nähe sein konnte, wahrscheinlich unten auf dem Weg. Da die Äste der Apfelbäume tief herunterhingen, manche mußten sogar gestützt werden, lief Florian ein Stück zum Weg hin und bückte sich.

„Ein Pferdewagen!" rief er. „Ein Haflinger mit einem Wagen." Er wollte schon zurücklaufen, da sah er genauer hin. „Die Mutti!" brüllt er nun. „Mutti hält die Zügel."

Nun liefen alle zu ihm vor. Auch Stefan kam mit seinem Rollstuhl an.

„Mensch, habt ihr einen neuen Wagen?" fragte Billi.

„Vorhin noch nicht." Bettina hüpfte vor Aufregung.

„Er ist wohl vorhin geliefert worden", vermutete Sven. „Ich sah einen Laster vor eurem Haus stehen mit dem Pferdewagen drauf. Sieht schick aus, hat Gummireifen und rote Radspeichen."

Florian und Bettina sahen sich an, dann liefen sie gleichzeitig los. Mutter zog die Leine an und machte „brrr". Sie konnten hinten aufsteigen.

Auch die anderen waren gefolgt, allen voran Frau Damann. „Schön, daß Sie kommen", rief sie. „Damit

wir uns endlich auch mal kennenlernen. Kommen Sie nur, fahren Sie ruhig mit dem Wagen unter die Bäume, da kann das Pferd ein bißchen Gras fressen."

Billi übernahm die Zügel von Mutter, als sie ausstieg. „Ich mach' das schon", rief sie, „das müssen Sie erst alles lernen."

Mutti lachte. „Am Anfang habe ich dauernd das Lenkrad gesucht", gestand sie, „dann, bei der Steigung, wollte ich runterschalten, und jetzt suchte ich gerade die Fußbremse."

„O Gott, die Rouladen!" rief Bettina, aber sie waren noch nicht verkohlt, sondern gerade recht. Noch einmal streute sie „Herbes de Provence", die Kräuter der Provence, über Rouladen und Glut.

„Ach, das duftet!" rief Mutter sofort. Dann erklärte sie Frau Damann, daß sie eigentlich früher hätte kommen wollen. Aber ihr sei diese Geschichte mit ihrem Schwiegervater, der sich einmal „sehr wenig nett" Frau Damann gegenüber benommen habe, unangenehm gewesen. Als Mutter merkte, daß Sven bei ihr stand und jedes Wort mithörte, brach sie ab.

„Um so besser, daß die Kinder so schnell hergefunden haben", meinte Frau Damann. „Stefan blüht förmlich auf, seit sie hier sind, und Billi läßt sich jetzt auch öfter sehen. Ist ja klar, im Dorf haben sie sie gehänselt, wenn sie öfter hier heraufkam. Jetzt, wo noch Bettina und Florian dabei sind, macht es nichts aus."

Sven wandte sich an Billi. „Also das mußt du zugeben, Billi. Ich hab' dich deswegen nie aufgezogen."

„Nein", bestätigte Billi, „du hast nur immer dein besonderes Hochdeutsch gesprochen, und das ist fast noch schlimmer."

Frau Damann lud Mutter zu einer Kostprobe ein und holte eine Weinflasche und zwei Gläser aus dem Haus. „Südtiroler“, sagte sie, „ich weiß nicht, ob Sie den mögen. Ich hol' mir den Wein immer selber aus Südtirol. Und im Herbst müssen Sie einmal mitkommen, da kaufe ich in Bozen auf dem Obst- und Gemüsemarkt ein. Das ist der schönste Markt, den ich kenne.“

„Gerne“, versprach Mutter, „wenn wir dann noch da sind. Übermorgen kommt nämlich mein Schwiegervater aus dem Krankenhaus.“ Dann erzählte sie, daß sie den Ofensetzer im Zuhaus hätten und daß das Häuschen jetzt allerliebst sei. Ihr Mann habe eine Wand herausgerissen, dadurch sei ein geräumiges Wohnzimmer entstanden, und in dem kleinen Anbau, der früher Ziegenstall war, sei jetzt ein Bad.

„Er ist schon ein eigenwilliger Herr, Ihr Herr Schwiegervater. Ich hatte einen furchtbaren Krach mit ihm. Er wollte uns glatt einmal nicht durchlassen, stellte sich mit einem langen Brett quer in den Weg und rief: ‚Fahr weiter, wennst dich traust!‘ Aber zum Glück waren noch die Großmutter und die Burgl da, die haben ihn zur Vernunft gebracht.“

„Sie können sich nicht vorstellen, wie er mich im Krankenhaus angeschrien hat. Wenn er mich weiterhin so freundlich behandelt, sehe ich schwarz.“

„Sie haben hier jederzeit eine Art Fluchtburg. Kommen Sie hierher, wenn es Ihnen zu bunt wird.“

Als sie heimfuhren, saß Billi vorne neben der Mutter und erklärte ihr, wie sie das Pferd richtig behandeln mußte. Nicht zu streng und nicht zu locker. „Er weiß schon, wo der Weg ist“, sagte sie.

„Dürfen wir dann auch einmal fahren?“ fragte Bettina.

„Ja, einer nach dem anderen.“ Mutter hielt das Pferd an, nachdem sie gemerkt hatte, daß eine Fußbremse nicht zu finden war, und stieg vom Bock runter, um sich hinten hinzusetzen. Bettina und Florian kletterten auf den Kutschbock und wollten gleichzeitig die Zügelleine übernehmen.

„Ruhe“, befahl Billi, „macht mir das Pferd nicht verrückt. Zuerst kommt Florian und dann Bettina.“

„Immer er“, maulte Bettina.

„Das nächste Mal kommst du zuerst. Außerdem habt ihr hinten im Schuppen irgendwo ein kleines Jagdwägelchen stehen, ein grünes, das müßte man mal näher betrachten, vor allem die Räder. Das wäre sicher auch noch zu gebrauchen.“

Mutter lehnte sich zurück und fand es gut, ausgefahren zu werden. Sie hatte die Nachbarin kennengelernt, und das bedeutete, obwohl man ein ganzes Stück auseinander lag, hier viel mehr als in der Stadt. Einer mußte da schon dem anderen beispringen.

Sven räusperte sich. Er räusperte sich immer, wenn er ein Gespräch eröffnen wollte. „Ich finde, daß dies der bestgefederte Pferdewagen ist, den ich kenne, nicht wahr, Billi?“

„Ach“, rief die, „Sven ist ja auch noch da.“

Auch Mutter hatte ihn vollkommen vergessen, deshalb sagte sie schnell: „Sven müßt ihr auch noch ein bißchen nach vorne lassen, nachher.“

Sven räusperte sich noch mal. „Ich finde ehrlich, daß dies der bestgefederte Pferdewagen ist, den ich kenne. Findest du das nicht auch, Billi?“

„Du kennst ja sonst nur unser Wägelchen, und das ist ein ziemlich altes Gelump. Natürlich ist der hier besser gefedert. Da gibt's überhaupt keinen Vergleich." Plötzlich sprang sie auf, schrie „Juhuu!", warf die Arme in die Höhe und setzte sich wieder.

„Bist du vom rasenden Delphin gebissen?" fragte Sven kühl.

„Nein, du hast mich nur auf eine Idee gebracht. Eine wunderbare Idee."

„Und welche?"

„Ich werde mir vom Papsch einen neuen Pferdewagen wünschen statt einem neuen Pferd."

„Aber dann hast du doch kein Pferd."

„Freilich!" rief Billi eifrig, leider zu eifrig, „der Wastl ist doch..." Da zwickte Bettina sie so stark in den Oberschenkel, daß sie aufschrie. Und gleichzeitig erkannte sie, daß sie sich verplappert hatte. Oder hatte Sven noch nichts gemerkt? „... ist doch fast nur ein Reitpferd gewesen", fügte sie ein wenig spät hinzu.

„Dann hab' wohl ich gezogen, als wir in deinem Wägelchen saßen, oder der Wastl ist frei vornweg gelaufen, und der Wagen fuhr mit einem Elektromotor hinterher."

„So", rief Mutter, „jetzt kommt ihr beiden zu mir und laßt den Sven ein bißchen die Leine übernehmen."

Sven erhob sich, plusterte sich auf und verkündete wie der Held eines Westerns: „Mal sehen, was ich aus dieser Mähre noch herausholen kann."

Kaum saß er vorne, fingen die Schwierigkeiten an. Billi war nicht damit einverstanden, wie er den Zügel hielt. „Mensch, das sind nicht zwei Würstchen, die du in Senf tunken mußt, das ist 'ne Leine, und die hält man ganz locker. Noch lockerer! Daß sie durch deine Würstchenfinger gleiten kann. Mensch, du stellst dich an wie ein Ziegelstein beim Schwimmen! Du reißt dem armen Vieh ja noch das Maul auseinander. Sanft, ganz sanft! Denk an den Tierschutzverein, der dich zur Anzeige bringt, wenn er das sieht. Du bist ja nicht deine Mutter und das Pferd nicht dein Vater. Kapiert!"

Sven hatte einen roten Kopf, mußte lachen, aber es war ihm nicht nur zum Lachen, irgendwie kam er mit seinen Fingern nicht zurecht.

„Jetzt ein bißchen links ziehen", befahl Billi.

Prompt zog er rechts, und das Pferd schüttelte unwillig den Kopf.

„Siehst du", rief Billi, „das Pferd weiß, wohin es soll. Es wundert sich sehr über dich."

Als wollte es Billis Worte unterstreichen, hob das Pferd nun den Schwanz und ließ ein paar Äpfel fallen.

„So", stellte Billi befriedigt fest, „da hast du es. Jetzt hat es dir gezeigt, was es von dir hält."

20. Kapitel

Unten am Brunntalerhof stieg Billi nur unwillig vom Bock. „Geh du voraus", forderte sie Sven auf, „ich komm' erst später. Ich bleib' noch ein bißchen hier."

„Ich würde gern mit dir hinuntergehen", wandte Sven ein.

„Ich aber nicht, geh nur schon. Vielleicht hol' ich dich noch ein."

„Ich möchte warten." Sven wurde bockig.

„Hau ab!" rief Billi. „Ich mag das nicht, wenn einer Klette spielt."

„Ich spiel' nicht Klette, ich habe mit dir zu reden. Und zwar unter vier Augen."

„Auch das noch! Ich muß jetzt denen da...", sie deutete auf Bettina und Florian, „...den beiden da zeigen, wie sie ausspannen, das Pferd versorgen und dann den Wagen."

„Gut, ich warte."

„Huach!" Billi hätte toben können.

Als sie etwas später mit Sven das letzte Stück Weg nach Roßholzen hinunterstieg, tobte sie nicht mehr.

Sven, fand sie heraus, dieser stocksteife Sprechcomputer, der sich auf seine „schöne" Sprache auch noch etwas einbildete, diese olle Quatschtante, wußte etwas. Und zwar gar nicht so wenig. Verdammt, daß sie sich verplappert hatte! Natürlich war er es, der die Lumpen und den Bindfaden am Straßenrand im Gras gefunden hatte. Und er kombinierte auch noch ganz richtig. Wer dort etwas suchte, mußte wissen, daß er dort etwas weggeworfen hatte. Sie, Billi, hatte selbst das Pferd weggebracht. Wer sich an Stelle eines Pferdes einen Wagen wünschte, der wußte ziemlich genau, daß das Pferd nicht weit entfernt sein konnte. Ein Glück, daß er das nicht so genau wußte.

„Aber wenn ich rechne, daß du in der Nacht nicht allzuweit gelaufen sein kannst, du mußtest ja auch wieder zurück, so könnte ich mit dem Zirkel einen Kreis auf der Landkarte ziehen und sagen: Da drin steckt irgendwo der Wastl."

„Ha, das weißt du nicht. Wo würdest du denn da schon suchen, he?"

„Das Dorf würde ich außer acht lassen."

„Und warum?"

„Weil ich die Lumpen außerhalb des Dorfes gefunden habe."

„Und wenn ich sie nur dort hingeworfen habe, um andere, zum Beispiel dich, irrezuführen?"

„Dann hättest du sie nicht gesucht. Irgendwo wirst du dann den Weg hinaufgegangen sein."

„Dann sieh doch beim Brunntalerhof oder beim Leitnerhof nach."

„Dort wird der Wastl natürlich nicht sein, aber auch nicht weit weg davon. Er braucht ja Futter und vor allem Wasser."

Dumm war der Sven also nicht. „Wenn du nur deine Klappe halten könntest", seufzte Billi.

„Habe ich vielleicht nicht?"

„Denk an die Sache mit dem Feuerwehrhaus."

„Daraus kann man ja lernen. Und halte ich jetzt nicht schon viele Tage lang meinen Mund, was den Wastl betrifft?"

Sie trennten sich, bevor Billi etwas erwiderte. „Tschüs", sagte er und wollte elegant über die geschlossene Gartentür springen. So elegant wurde das aber nicht, er blieb hängen und riß sich die Hose auf. „Macht nichts", meinte er großspurig. „Meine Mutter wird hingerissen sein."

So hingerissen schien sie aber nicht zu sein, denn wenig später klingelte Sven schon an Billis Tür.

„Was ist denn nun schon wieder?" fragte Billi unwillig.

„Darf ich kurz zu dir hinein?"

„Wenn's wirklich kurz ist."

Er kam auf sie zu, wobei er sich hinten die Hose zusammenhielt. „Unser Haus ist noch immer von heftigen Turbulenzen erfüllt", erzählte er.

„Ach du meine Güte!"

„Gerade, als ich die Tür öffnete, sausten unbekannte Flugobjekte, auch Ufos genannt, durch die Lüfte, die sich bei näherem Hinsehen als Bratwürste identifizieren ließen."

„Hättest ja auch in eurem Garten warten können, bis die Flugstunden vorüber sind."

„Ich denke nun, Mutti ist vielleicht doch nicht so hingerissen über meine Hose."

„Wenn du denkst, daß ich dir das zusammenflicke, liegst du falsch. Ich weiß nicht, wo bei der Nadel hinten und vorne ist."

„Ich will's selber versuchen", sagte er.

Billi holte das Nähzeug von ihrer Mutter, das ganz toll ordentlich war, weil es nie benutzt wurde.

Dann versuchten sie, einen passenden Zwirn in eine passende Nadel zu kriegen. Das ging nicht, weil ihre Finger zu sehr zitterten. Schließlich klemmte Billi die Nadel in einen Schraubstock, und nun war der Zwirn sofort im Nadelöhr.

„Hose runter", kommandierte sie.

Sven zögerte.

„Stell dich nicht so dämlich an, oder hast du keine Unterhose an?"

„Doch."

„Dann runter."

Zuerst versuchte Sven die Hosenreparatur. Sie gelang ihm auch. Beinahe. Erst als er die Hose anziehen wollte, merkte er, daß er den geflickten Hosenboden vorne mit dem Reißverschluß zusammengenäht hatte.

„Gib her", sagte Billi, der Sven plötzlich leid tat. Sie zerschnipselte seine Nähte und zog die Fäden heraus, dann begann sie von neuem. Stich für Stich. Schön sah ihr Werk zwar nicht aus, das gab sie selber zu, aber das Eck hing wenigstens nicht mehr herunter.

„Probier mal!" befahl sie Sven.

Sven schlüpfte in die Hose.

„Sieht ein bißchen traurig aus", stellte sie selbstkritisch fest. „Wenn dich jemand fragt, wer das verbrochen hat, dann mußt du mir schwören, daß du sagst, das hätte 'ne alte, blinde Urgroßmutter gemacht und nicht ich."

21. Kapitel

Vater hatte bis zum letzten Augenblick im Zuhaus gearbeitet, dann rannte er hinüber ins Haupthaus, hinauf in den ersten Stock, schmiß sein Arbeitszeug in alle Richtungen und sprang im Badezimmer in die Wanne. Leider konnte er nicht lange drin bleiben. Die Zeit drängte. Mutter hatte ihm alles bereitgelegt: frische Unterwäsche, Socken, Hemd, Anzug und Schuhe. In weniger als fünf Minuten war Vater trokken und angezogen.

Großmutter saß schon im Auto. Vater setzte sich hinter das Lenkrad, kurbelte das Seitenfenster hinunter und sagte zu Mutter: „Sei tapfer, Maus. Burgl hat sicher etwas, was ungeahnte Kräfte verleiht. Sie soll es dir geben. Und wenn Vater nachher beißt, sofort zurückbeißen. Das ist er nämlich nicht gewohnt. Wenn er dich schon nicht mag, dann ist es besser, er hat Angst vor dir und nicht du vor ihm. Und merk dir eines, je lauter ein Bayer ist, um so weniger ist er ein Held."

„Laß den Motor laufen, wenn du zurückkommst, falls Flucht vonnöten ist", flehte Mutter.

„Du kannst auch schon die Pferde satteln, Schatz."

„Und beim ersten Sprung liege ich dann im Graben. Nein, Reiten muß ich erst lernen."

Als der Wagen unten verschwunden war, nahm die Burgl Mutter bei der Hand und sagte: „Kommen's, jetzt schauen wir, was ma im Kastl gegen verruckte Mannsleut' haben."

In der großen Küche sperrte Burgl ein kleines Kästchen auf. Dann begann sie aufzuzählen: „Wir hätten einen Chiemseer Likör, einen Ettaler, zwei Klosterliköre, ganz schön kräftigend. Dann natürlich einen Enzian, und der da, den hab' ich ang'setzt. Er schmeckt so ähnlich wie der Ettaler. Nur ist er ein bißchen stärker. Aber der ist gut, der beruhigt."

„Beruhigt? Das kann ich brauchen."

„Er muntert aber auch auf."

„Das kann ich auch brauchen."

Mutter setzte sich an den Tisch, der schon für Kaffee und Kuchen gedeckt war.

„Da, kosten S'", forderte die Burgl sie auf, „ein Schluck, und Sie spür'n, wie die Kräfte Sie beleben."

Mutter nahm einen Schluck, nach einer Weile schüttelte es sie. „Ist der elektrisch geladen?" fragte sie.

„Der nächste Schluck schmeckt schon besser", tröstete die Burgl sie. „Sie sind ihn halt nicht g'wöhnt."

„Wo sind die Kinder, Burgl?"

Burgl ging zu dem kleinen Erker und sah hinaus. „Sind alle da und brav", meldete sie. „Schaut so aus, als würd' der Stefan ihnen was erklären. Mei, wie treuherzig sein Hund zuhört, das müssen S' sehn."

Mutter stand auf und sah hinaus. Es war ein friedliches Bild. Fünf Kinder und ein Hund, Wald und Berge dahinter und die Sonne in ihren Haaren. „Schön friedlich", sagte sie.

„Gell ja. Aber ein Glaserl trinken wir noch."

„Ich hatte doch schon zwei, Burgl."

„Drei müssen es sein", erklärte die Burgl. „Des erste beruhigt, des zweite kräftigt, und des dritte macht stark."

„Mein Mann hat das Haus doch schön gemacht drüben. Oder?"

„Sehr schön. Viel schöner, als es der Bauer sich selber gegönnt hätt'. Sogar die schönen Teppiche. Das ist er ja gar nicht gewohnt. Handgewebt, und die reine Wolle. Er hat sich ja sein Lebtag nix gönnt. Sich net und den anderen schon gar net."

Nach dem dritten Gläschen gingen sie noch einmal hinüber ins Zuhaus.

„Nicht wiederzuerkennen", sagte Burgl bewundernd. „Und in so kurzer Zeit. Na ja, der hat ja auch fast Tag und Nacht gearbeitet. Und wie der die Handwerker antreiben kann, das versteht er."

Im Wohnzimmer, das hatte die Burgl selbst gesehen, da hatte er nur ein paarmal mit dem Hammer gegen die Putzdecke geklopft, und dann hatte er schon die Abstände zwischen den Balken heraus. Einen Balken hatte er sich angesehen, dann noch einen zweiten, dann hatte er die ganze häßliche Decke heruntergerissen, und die schöne alte Holzdecke war wieder zu sehen. Einfach nicht zu glauben, daß jetzt alles wieder so sauber ausschaute.

Burgl öffnete ein Fenster, weil es noch ziemlich streng nach Lack roch. Dann standen sie eine Weile auf dem Weg zwischen beiden Häusern, setzten sich nachher wieder in die Küche und hörten der alten Uhr zu, wie sie die Zeit kleinhackte.

„Wär's nur schon vorüber", jammerte Mutter.

„Sie müssen denken, Sie haben Ihren Mann auf Ihrer Seite. Und die Großmutter und mich auch. Und die Kinder noch und wenn's nottut, den Hund."

„O Gott, Burgl, hast du den Stefan vielleicht nur deshalb heruntergeholt, weil er den Hund hat?"

„Erstens", erwiderte die Burgl, „ist seine Mutter heute in München beim Fernsehen. Zweitens braucht der arme Bub was zum Essen. Und drittens..."

„Was ist drittens?"

„Drittens muß man an alles denken. Einen Stock hebt der heut nicht ung'straft auf. Das mag nämlich der Schuft nicht."

Es klopfte an der Tür.

„Komm nur rein", rief die Burgl, weil sie meinte, es wäre eines der Kinder. Als die Tür aufging, stand jedoch ein Fräulein oder eine junge Frau vor ihnen.

„Entschuldigen S'", sagte sie, „ich bin von der Schul' unten in Rohrdorf. Ich wollte mich nur erkundigen, weil ich g'hört hab', daß Sie Platz im Stall haben. Ich hätt' nämlich ein Pferd, für das ich einen Stallplatz such'."

Mutter sah Burgl an, dann fand sie, daß sie handeln müsse. „Nehmen Sie Platz", sagte sie, froh, nicht untätig sitzen und warten zu müssen.

„Es sollte halt nicht zu teuer sein. Ich bin leider keine Millionärin. Ich könnte den Kindern zum Beispiel das Reiten beibringen, ich habe gehört, daß sie noch nicht lange da sind. Und für das Futter und das Stroh komm' ich sowieso auf."

Mutter sah zu Burgl hinüber, und die Burgl nickte unmerklich.

„Sind S' Lehrerin in Rohrdorf?" fragte die Burgl.

„Ja. Noch keine ganz fertige, und deshalb sollt' ich eigentlich gar kein Pferd haben."

Mutter meinte: „Am Geld soll es nicht scheitern. Nicht wahr, Burgl?"

„Wenn sie noch so ein junges Fräulein ist", stimmte die Burgl zu. „Kommen S', ich zeig' Ihnen den Stall. Vielleicht paßt er Ihnen am End' gar nicht."

Sie gingen zu dritt in den Stall. Und das „Fräulein" fand den Stall wunderbar. „Meine Güte!" rief sie. „Sie haben ja so viel Platz, da könnt' man ja einen ganzen Reithof draus machen."

„Gell?" Die Burgl strahlte. „Und auf das Pferd schau' ich schon, da brauchst dir nichts denken." Sie ging in die Futterkammer voraus, wo auch ein Platz für die Sättel war. „Da auf den Balken kommt dann deiner 'nauf. Wohnst 'leicht in Rohrdorf unten?"

„N-nein. Das heißt, ich hab' zwar ein Zimmer versprochen bekommen, aber . . ."

„Hast no nix Festes?"

„Ganz fest noch net", gab die junge Lehrerin zu.

„Wenn das hier nicht zu abgelegen ist . . ." meinte Mutter. „Sie müßten sich das überlegen."

„Weißt, im Winter, da haut's den Schnee manchmal schon ordentlich her."

„Die Kinder müssen ja auch runter in die Schul' ", sagte die Lehrerin.

„Da hat's recht", meinte die Burgl, „wo die Kinder in die Schul' kommen, sollt eigentlich auch ein Lehrer in die Schul' kommen."

„Es ist nur so, mein Mann hat eigentlich mehr an Sommergäste gedacht", warf Mutter ein.

„Ein Sommergast bringt kurz was, und einer, der wohnt, bringt lang was“, hielt die Burgl dagegen. „Das überlegt er bestimmt. Und wir brauchen da junge Leut'. Alte sind eh g'nug da.“

„Sie kann sich ja eines der Zimmer oben ansehen“, schlug Mutter vor.

Kaum hatte sie ausgesprochen, hupte draußen jemand. Mutter lief aus dem Stall, und da hielt der Wagen auch schon. Zu dumm, daß sie das Gesicht ihres Mannes durch die Windschutzscheibe nicht sehen konnte! Als er aber aus dem Wagen stieg, merkte sie, daß es wieder Streit gegeben haben mußte. Auf der anderen Seite stieg der Großvater aus und spießte sie gleich mit seinen Blicken auf.

„Schauen S' ihn gar nicht an“, flüsterte die Burgl, und zu der jungen Lehrerin gewandt: „Jetzt paß auf, Dirndl. Gleich erlebst was.“

Mutter wartete, bis auch Großmutter aus dem Wagen gekrabbelt kam, dann sagte sie zu ihrem Mann: „Gerade habe ich ein Geschäft gemacht, das ist Frau...“

„Rauter“, half die Lehrerin.

„... die wird ihr Pferd bei uns einstellen. Und außerdem sucht sie, weißt du, sie ist Lehrerin in Rohrdorf...“ Gott im Himmel mochte wissen, wo das war, aber Mutter sagte tapfer: „... in Rohrdorf unten“, denn das hatte sie gehört, daß Rohrdorf unten war. „Sie wird sich nachher nur noch ein Zimmer ansehen.“

„In meinem Haus?“ schrie jetzt der Großvater. „Ja, wer gibt diesem dahergelaufenen...“

„Vater!“ brüllte der Vater nun. „Halt dich zurück!“

„Dein Haus ist jetzt da!“ Die Großmutter drehte dem Großvater fast den Hals um, damit er das Zuhaus ins Gesichtsfeld bekam.

„Im Austrag? Über mein' Kopf weg? Man stiehlt mir mein Eigentum?“

„Von wem is denn das des Eigentum, ha?“ fragte die Großmutter. „Und hast 'leicht vergessen, daß du g'sagt hast, ich kann machen, was ich will?“

Bei dem Wort „Eigentum“ waren die Kinder aufgetaucht. Billi voran, dann Bettina und Florian. Sven und Stefan bildeten den Abschluß. Er war mit seinem Rollstuhl nicht langsamer als die anderen. Und Schuft stand natürlich auch da. Mißmutig, ihm gefiel dieser Krach nicht.

„Burgl!“ schrie der Großvater. „Sofort rufst die Polizei! Sagst, da ist ein Aufstand, der g'hört nieder-g'schlag'n.“

„Ja, freilich“, nickte die Burgl. „Aufstand, daß ich net lach'!“

Der Großvater wurde kalkweiß im Gesicht. So etwas hatte noch niemand gewagt. Dann fragte er fast weinerlich seine Frau: „Hast das g'hört? Da hat man sie sein Leben lang dabehalten, hat ihr Gutes über Gutes getan, und jetzt...“

„Gequält hast sie. Gequält und gedemütigt ihr ganzes Leben lang“, schrie jetzt die Großmutter, was auch noch nie vorgekommen war. „Das muß dir einer amal pfeilgrad' ins G'sicht sagen, du Unmensch. Und mich hast auch schlecht behandelt.“

„Und mich net weniger“, rief jetzt der Vater. „Ausgenutzt hast uns alle. Du warst ein Tyrann.“

„Du, ich leg' dich heut noch über's Knie!“ Der

Großvater wurde vor Wut fast violett im Gesicht, er hob den Stock...

Aber da lachte einer. Keiner von den Erwachsenen. Der da lachte, war Florian.

„Wer lacht da?“ brüllte der Großvater.

„Ich“, sagte Florian.

„Rühr ja das Kind nicht an“, schrie jetzt die Mutter. „Wehe, du rührst ihn an.“

Aber Mutter brauchte sich keine Sorgen zu machen. Da war Schuft, und der konnte nun einmal hoch erhobene Stöcke nicht leiden. Blitzschnell war er beim Großvater, und als fairer Hund, der er war, packte er erst nur die Hose. Erst, als er den Schlag mit dem Stock auf den Rücken bekam, biß er auch ins Bein. Und zwar fest. Der Großvater schrie auf.

„Bravo“, sagte da jemand. „Bravo, Schuft.“

Es war Frau Damann, aus München zurück, keiner hatte sie mit ihrem Kleinbus kommen gehört. Sie hatten stehenbleiben müssen, der Wagen war versperrt.

„Schuft, Platz!“ rief Stefan.

Und Schuft kam, widerstrebend, aber er gehorchte.

Plötzlich änderte der Großvater seine Taktik. „Ihr alle seid Zeugen, wie mich der Hund angefallen hat.“ Und zu Frau Damann gewendet schrie er: „Das gibt einen Prozeß, mei Liabe, einen sauber'n Prozeß. Das wird gerichtsmäßig, das verrat' ich dir, du... Da muß ein Anwalt aus München her, ein teurer. Das wird so teuer, daß du's nicht derzahl'n kannst.“

„Du wolltest mein Kind erschlagen“, rief die Mutter dazwischen, „und der Hund hat es nur beschützt.“

„Ich blut'!" schrie der Großvater. „Mein Gott, ich verblut'! Mein Schuh ist voll Blut. Schnell einen Arzt! Schnell!" Der Großvater konnte kein Blut sehen. Vor allem nicht seines.

Plötzlich stand alles um ihn herum. Vater stützte ihn, Großmutter streichelte ihn, Mutter rannte zum Wagen und holte die Autoapotheke, Burgl goß Enzian in ein Glas, und die Lehrerin sagte zur Mutter ganz ruhig: „Lassen Sie mich das machen."

Der Großvater saß auf einem Stuhl neben dem Kaffeetisch und stöhnte, als gelte es sein Leben. „Oh, diese Schmerzen!" jammerte er. „Fast nicht auszuhalten, wie das weh tut."

„Ist schon gut, Großvater", beruhigte Frau Rauter ihn. „Jetzt zieh' ich erst mal deinen Schuh aus."

„Aber vorsichtig, recht vorsichtig!" Der Großvater hielt sich die Rechte vor die Augen.

„Also, daß der Schuh voller Blut stünd', davon kann keine Rede sein", meinte die Lehrerin. „Der Socken ist ein bisserl rot, Großvater, aber auch nicht schlimm."

„Aber wenn's doch so weh tut."

„Soll ich dir den Socken lieber runterschneiden?"

„Nein!" rief die Großmutter entsetzt, „der ist ganz neu 'kauft. Der hat fast fünf Mark 'kost."

„Na, dann werden wir's ganz vorsichtig machen. Wie beim Roten Kreuz, Großvater."

Als der Socken unten war, sah man vier Löchlein in der Haut über dem Knöchel, zwei größere und zwei kleinere. Innen und außen.

„Diese Schmerzen!" stöhnte der Großvater. „Das wird gerichtsmäßig!"

„Weißt, Großvater, das ist nur der Schock."

„Ich muß bestimmt wieder gleich ins Krankenhaus. Bloß keine Operation mehr!"

„Geh weiter!" rief die Großmutter.

„Und die Wunden müssen zug'näht werden."

„Hörst auf! Da machen's dir ja mit der Nadeln größere Löcher, als der Hund bissen hat."

Frau Rauter streute Wundpulver auf die Wunden und legte einen hübschen Verband an.

„So ein Hundsviech", schimpfte der Großvater, „den derschieß ich, wenn ich ihn seh'."

„Das wirst schön bleiben lassen", mischte sich die Burgl ein. „Der Hund kann nichts dafür. Der hat beißen müssen. Da bist du schon selm schuld."

„Ach, mir wird ganz schwach! Schnell noch einen Enzian!"

Die Burgl stand mit dem vollen Gläschen bereit.

„Kannst von Glück reden, daß der Hund net fester zubissen hat", sagte die Großmutter. „Aber wahrscheinlich hast ihm nicht recht g'schmeckt. Hast schon zu viel Galle im Fleisch."

„Wär' kein Wunder!"

„Weißt, Großvater", meinte die junge Lehrerin, „manchmal ist man sich selber am z'widersten. Und da können die andern gar nichts dafür."

„Da siehst", klagte der Großvater, „des alles da san meine Leut', und zu wem halten's? Zum Hund!"

„Und behandelst du deine Leut' wie deine Leut', Großvater?" fragte die Lehrerin schnell.

Der Großvater öffnete den Mund ein paarmal, als ob er nach Luft schnappte, dann schwieg er.

„Burgl“, rief die Großmutter, „schnell, stell's Wasser für'n Kaffee auf.“

Die Burgl war so geschwind wie noch nie.

„Kommt!“ Billi winkte den anderen zu, daß sie mit nach draußen kommen sollten. „Mensch“, sagte sie draußen zu den Kindern, „die junge Lehrerin hat den Großvater ganz schön kleingekriegt. So ganz auf die ruhige Tour.“

Stefan kraulte Schuft den Kopf.

„Wo ist denn meine Mutter?“ fragte er. „Der Wagen steht noch da.“

„Deine Mutter?“ rief Florian. „Hast du sie nicht gesehen? Die steht doch drinnen, neben unserer.“

22. *Kapitel*

Sven stand am Zaun der Deinhards zwischen zwei Sträuchern und guckte auf die Straße hinaus. „Da rührt sich gar nichts“, meldete er enttäuscht. „Niemand zu sehen.“

„Scheibenkleister“, wetterte Billi. „Dieses Warten tötet einem den Nerv. Kommt rein.“

Sven war der erste, dann kam Florian, und zuletzt zog Bettina Stefan über die Stufe bei der Türschwelle.

„Macht es euch gemütlich.“ Billi ließ sich in einen Sessel plumpsen. Da saßen sie nun und warteten wieder. „Fernsehen gewünscht?“ fragte Billi.

„Mensch, verschon uns“, erwiderte Sven. „Wann kommt endlich einer?“

„Wird schon einer kommen“, tröstete ihn Bettina.

„Können wir nichts tun?“ fragte Stefan. „Warum gehen wir nicht in dein Zimmer?“

„Da liegt ziemlich viel rum. Und stinken tut's auch.“

„Hast du Ziegen in deinem Zimmer?“

„Nö, ich will mir nur ein Kleinkraftwerk bauen, und da hab' ich mir vom Schrottplatz ein paar alte Lichtmaschinen geholt, die stinken nach Öl und so.“

„Und wie willst du das machen?“ fragte Stefan interessiert.

„Ich brauch' nur einen kleinen Bach mit Gefälle, und da bau' ich mir eine Turbine, vielleicht müßte man das Wasser ein bißchen anstauen, daß man eine gleichmäßige Strömung bekommt, dann dreht sich die Turbine. Ich brauch' nur noch einen Kniff mit der Übersetzung für die Lichtmaschine."

„Laß doch mal ansehen", bat Stefan.

„Ach laß, nicht jetzt."

„Aber die anderen interessiert das doch auch", bohrte Stefan nach. „Nicht wahr?"

Sven, Bettina und Florian nickten ernsthaft.

„Also gut." Billi wand sich aus dem tiefen Sessel. „Aber erzählt nicht weiter, wie es in meinem Zimmer aussieht."

Billis Bude sah verheerend aus, eine kleine schwarze Öllache stand mitten im Zimmer. „Das kommt von einem Mopedmotor", erklärte sie. „Den hab' ich dem Jüngsten vom Wimmerbauern zurechtgemacht. Sven, in der Küche hängt über dem Herd 'ne Rolle Papier, bring mal ein paar Blätter her und wisch das auf."

Sven folgte ohne Widerspruch und säuberte den Fußboden sehr sorgfältig.

„Da ist mein Wasserrad, und hier ist 'ne Lichtmaschine."

„Hast du das Wasserrad selbst gemacht?" fragte Florian.

„Klar."

„Saubere Arbeit", lobte er.

„Es läuft auch ganz leicht, ich hab's schon im Badezimmer ausprobiert. Man könnte dann zum Beispiel deine Batterien im Rollstuhl mit Wasserkraft aufladen. Wie gesagt, mein Problem ist die Übersetzung."

Alle überlegten, wie das Problem zu lösen sei, obwohl keiner so recht etwas davon verstand.

Als Stefan anfing: „Wie wäre es, wenn du ...", klingelte es wie verrückt an der Tür.

Billi war die erste draußen, und die anderen folgten ihr.

Herr Deinhard war es. Billis Vater. Er keuchte, als wäre er zehntausend Meter oder noch mehr gerannt.

„Billi", brachte er mühsam hervor. „Draußen auf der Wiese hinter dem Wald... rechter Hand..."

„Ja?" fragte Billi und zappelte.

„Also ich bin mir nicht hundertprozentig sicher. Für mich sieht ein Haflinger aus wie der andere."

„Ja?" Billi zappelte noch mehr.

„O Gott, ich krieg' keine Luft. Also, da draußen steht ein Pferd, das sieht zumindest unserem Wastl... och, unserem Wastl ähnlich. Wenn..."

„Wenn?"

„Wenn es nicht der Wastl ist."

„Der Wastl?" fragte Billi ungläubig. *„Uunser* Wastl?"

„Ja, ich hab' ihn gerufen. Und da hat er den Kopf gedreht, zu mir her. Als ob er mich verstehen würde."

„Los, hinaus!" rief Sven. „Auf zur Wastlsuche."

Sie rannten Herrn Deinhard fast nieder. Und Stefan mit seinem Rollstuhl hinterher.

Bettina war schon auf der Straße, lief aber die paar Schritte zurück, um Stefan über die Stufe zu helfen.

Draußen auf der Straße befahl Stefan: „Los, stell

dich hinten drauf. Wir holen die anderen schon ein." Fast lautlos glitt der Rollstuhl dahin, der Elektromotor plagte sich nur ein bißchen bei der Steigung, aber außerhalb von Roßholzen fiel die Straße ohnehin etwas ab, da waren sie schneller als die anderen.

„Jetzt haben wir Billis Vater ein ganz schönes Theater vorgespielt. Ich glaube, das wirkte ziemlich echt. Als wüßten wir wirklich nicht, ob es der Wastl ist."

„Wastl!" rief Billi. „Stell dir vor, jetzt kannst du wieder in deinen Stall. Jetzt wird Papsch dich bestimmt nicht mehr verkaufen, und wenn noch so viele Fliegen in seinem Kaffee herumpaddeln."

Sie lief auf das muntere Pferdchen zu und umarmte seinen Hals.

Wastl sah aus, als ob er grinsen würde.

Billi schwang sich auf ihn hinauf und kommandierte: „Los, nach Hause!" Und Wastl setzte sich ohne Umschweife in Bewegung und trabte gemächlich auf Roßholzen zu. Als sie das alte Schulhaus erreichten, begann die Kirchenglocke zu läuten, als läutete sie nur für den Heimkehrer Wastl.

Fenster flogen auf, Kinder guckten heraus, und der alte Wimmerbauer stand vor seinem Hof, ließ seine Pfeife grinsend baumeln und sagte: „Der hat sicher irgendwo noch a rossige Stut'n g'spürt. Na, nächstes Jahr gibt er a Ruah."

„Klar", rief Billi fröhlich, „dann weiß er, daß er ein Wallach ist."

„Jaja", rief der Wimmerbauer hinter ihnen her, „so geht's."

Sven hielt sich die Hand vor den Mund, um nicht

losplatzen zu müssen. Und dann kam schon Billis Vater angerannt und fragte: „Ist er's? Ist er's wirklich?"

„Es ist der Wastl und kein anderer."

Er war nicht wiederzuerkennen, Billis Vater. Herr Deinhard stellte sich vor den Wastl hin und hielt ihm die flache Hand entgegen.

Und auf dieser flachen Hand lag ein großes Stück Würfelzucker.

23. *Kapitel*

Zuerst war Frau Rauter mit dem Pferd gekommen. Es war ein größeres als die beiden anderen. Ein Oberländer. Es durfte sich auf der Koppel noch ein bißchen die Beine vertreten. Dann war sie mit einem vollgepackten Auto erschienen, das furchtbar schnaufte. In dem Auto befanden sich Koffer, Kartons mit Büchern oder Geschirr, und obenauf thronte ein semmelblonder getigerter Kater mit weißen Pfoten, der jedem die Zunge zeigte und Moritz hieß.

„Der wird dir net dableib'n", meinte die Burgl, „der rennt wieder z'rück."

„Glaub' ich nicht", sagte die Lehrerin. „Der nicht."

„O mei, der zeigt ei'm ja die Zungen. Was hat denn nachher der?"

„Der ist ein armes Vieh, Burgl. Dem haben sie aus Forschungsgründen in einem Institut alle Zähne gezogen. Und jetzt fällt ihm halt vorn die Zunge raus."

„Ja, gibt's denn das auch?" fragte die Burgl. „Aus Forschungsgründen, ja, was wollen denn die erforschen? Rennen doch g'nug Leut herum, die oben und unten keine Zähn' mehr haben. Machen so was gar echte Wissenschaftler?"

„Ganz echte, Burgl. Die machen noch viel mehr. Ich möcht' gar nicht sagen, was die alles machen."

„Und so ein schöner Kater, wie der ist. Na, vielleicht bleibt er doch da, wenn er erst einmal sieht, was es hier für Katzen gibt. Komm, ich geb' ihm gleich a Milch."

Frau Rauter begann ihr Auto auszuräumen. Das war eine langwierige Arbeit. Als sie zum zweitenmal wieder herunter zum Auto kam, bemerkte sie, daß sich im Zuhaus ein Fenstervorhang bewegte. Da schaute also jemand, und weil die Großmutter im oberen Flur Vorhänge nähte, konnte das nur der Großvater sein, der noch immer grollte und sich geschworen hatte, nie mehr seinen Fuß ins Haus der Jungen zu setzen. Als sie zum drittenmal herunterkam, stand der Großvater in der Tür und stocherte mit seinem Stock auf dem Schuhabstreifer herum.

„Ja, da ist der Großvater", rief die Lehrerin, als freute sie sich unendlich, ihn wiederzusehen. „Wie geht's denn, Großvater?" fragte sie, als sie auf ihn zuging. „Hm? Was macht denn der Fuß? Ist schon alles verheilt?"

„Es hat sich ang'hört, als hätt' jemand einen Stein herg'schmissen", erklärte der Großvater und musterte den Boden in der Nähe des metallenen Fußabstreifers. „Akkurat da muß er aufg'fallen sein. Ich hab's g'hört. Keine Ruh' ist mehr. Nicht einen Moment bleibt's still. Dauernd ist was los, was Neumodisches."

„Na, sei doch froh", rief die Lehrerin. „Sei doch froh, daß hier was los ist, daß ein Leben da ist, daß was weitergeht. Still ist's nur auf dem Friedhof, Großvater, aber wo ein Leben ist, da hört man auch ein bisserl was."

„Ach, geh", brummte er. Dann suchte er wieder den Stein. „Da muß er herg'fallen sein. Ich hab's g'hört, akkurat da. Na, wenn ich den derwisch, der da mit Stein' rumschmeißt, der kann sich seine Wadeln von vorn anschau'n."

„Vielleicht hab' ich einen Stein mit dem Autoreifen weggeschleudert. Dann bitt' ich halt recht schön um Entschuldigung."

„Nein, nein, das Auto ist schon g'standen. Du warst es net. Ich kann mir schon vorstellen, wer's war, ja." Er ging wieder zur Tür zurück. „Ein schönes Roß hast", sagte er, als er sich umdrehte. „Wie das herg'stiegen ist, das war scho pfundig. Ein so ein sicherer Tritt. Mei Liaber, das braucht ein Pferd da herob'n."

„Das freut mich. Und wenn mein Zimmer fertig ist, dann kommst rüber, und dann trinken wir was auf den Einstand."

„Na, na", wehrte der Großvater schnell ab, „da drüben geh' ich nimmer mehr 'nein. Dort nicht. Keine zehn Rösser bringen mich da hin. Mich haben's vertrieben." Und er verschwand im Zuhaus.

Oben im Flur fragte die Großmutter: „Ja, was, unser Großvater spricht mit Ihnen?"

„Ja, und ich hab' fast das Gefühl, er würde sich ganz gern ändern. Er weiß nur noch nicht, wie er es anstellen soll. Er kann nicht über seinen Schatten springen."

Gegen Abend stand Florian zwischen den beiden Häusern, dem großen und dem kleinen. Bettina half oben der Lehrerin, die Bücher ordnen, und das war Florian zu langweilig geworden. Ein Buch, das nach schönen Geschichten aussah, hieß „Individualpsychologie", und Frau Rauter verriet ihm, daß es sich nicht ganz so spannend lese wie ein Krimi. Wenn wenigstens Billi dagewesen wäre oder meinetwegen auch Sven. Da kam der Kater Moritz wie gerufen aus der offenen Tür des großen Hauses. Erst setzte er sich auf die Schwelle, blinzelte in den Himmel und leckte sich dann mit seiner heraushängenden Zunge die Pfoten.

„Moritz!" rief Florian leise. „Moritzl, komm."

Aber Moritz kam nicht, sondern zeigte nur seine rosige Zunge. Florian ging langsam auf Moritz zu. Doch gerade in dem Augenblick, als er sich bücken wollte, sprang der Kater zur Seite, lief über den Weg hinüber zum Zuhaus und verschwand dahinter.

Florian lief ihm nach. Als er um die Ecke wetzte, prallte er zurück. Da saß der Großvater auf der Hausbank und rauchte.

„Oh, Entschuldigung!" Er wollte sich gleich wieder zurückziehen, aber sein Fuß rutschte aus der einen Sandale, und er mußte noch einmal hin und sie holen.

„Was heißt ‚oh, Entschuldigung'?" fragte der Großvater, ohne seine Pfeife aus dem Mund zu nehmen.

„So halt, ich hab' nicht gewußt, daß du ... daß Sie da sitzen."

„Bist erschrocken?"

„Ich wollte den Moritz fangen."

„Ob du erschrocken bist, wie du mich da hast sitzen g'sehn?"

„N, n... Doch."

„Aha." Der Großvater nahm die Pfeife aus dem Mund und stopfte mit dem rechten Zeigefinger den glühenden Tabak tiefer hinein. „Und warum?"

„Und warum was?"

„Warum du erschrocken bist!"

„Weil ich nicht gewußt hab', daß da jemand sitzt."

„Nur deswegen?"

„Nein, außerdem auch noch." Florian fand es langsam ungemütlich. Hätte er doch den Moritz laufen lassen. Hier gab es überall genug Katzen. Allerdings keine andere, die so schön die Zunge zeigte.

„Willst dich herhocken?"

„Nein. Morgen vielleicht, oder..."

Der Mann schien fast enttäuscht zu sein.

„Oder?"

„Übermorgen."

„Fürchtest dich vor mir?“

„Nein!“ rief Florian schnell. Zu schnell.

„Gut“, sagte der Großvater, der vor wenigen Tagen mit dem Stock auf ihn losgegangen war, „wennst dich nicht fürchtest, dann hock her.“

Es war ein gewagtes Unternehmen, sich ohne Schuft den Launen des Großvaters auszusetzen. Aber Florian setzte sich an das äußerste Ende der Bank. Und nur mit einer Backe.

„Freß ich dich?“ fragte der Großvater.

„Noch nicht“, antwortete Florian.

„Und wo ist dein Vater?“

„Der renoviert einen ganz alten Gasthof.“

„Und wo?“

„Irgendwo am Chiemsee.“

„Soso. In Prien?“

„Nein, in Prien nicht. Jetzt muß ich aber wieder los.“

Er sprang auf und wollte loswetzen, aber der Großvater rief ihn zurück.

„Halt!“ rief er. „Jetzt schickst mir dei' Schwester.“

„Meine Schwester? Die Bettina?“

„Ja, die.“

„Mhm.“ Florian rannte los, sprang ins Haus und die Treppe hinauf, wo die Großmutter am Flurfenster saß und die neuen Vorhänge nähte. Mutter saß bei ihr und zog die Heftfäden aus den fertigen Vorhängen.

„Ja, Kind, wie rennst denn du?“ fragte die Großmutter.

„Der Großvater will, daß die Bettina zu ihm hinüberkommt.“

„Meine Tochter?“ rief Mutter. „Nie! Wieso weißt du das überhaupt?“

„Er hat mit mir gesprochen.“

„Nein“, wunderte sich die Großmutter. „Mit dir?“ Dann schlug sie die Hände über dem Kopf zusammen. „Wie ich g'sagt hab', jetzt lenkt er ein.“

Als Bettina sich fürchtete hinüberzugehen, fand Frau Rauter einen Ausweg. Florian sollte dem Großvater ruhig sagen, daß Bettina sich fürchtete, und er sollte halt zum Abendessen herüberkommen, da wäre Bettina da und alle anderen auch.

Aber Florian hatte nun auch keinen Mut mehr, allein vor den Großvater zu treten. Und Frau Rauter könnte ohnehin am besten mit ihm sprechen. Sogar bayrisch.

„Also gut“, willigte sie ein, „dann lauf' ich mit.“

Kaum traten sie aus dem Haus, sahen sie Billi den Weg heraufkommen. Sie war nicht allein. Sie führte Wastl am Halfter, und auf dem Wastl saß eine windschiefe Gestalt, die sich offensichtlich nicht entscheiden konnte, ob sie links oder rechts aus dem Sattel purzeln sollte.

„Sven, du bist das?“ rief Frau Rauter, die im ersten Moment dachte, Billi hätte einen Kartoffelsack auf den Sattel gebunden.

„Ich könnte ganz prima reiten“, behauptete Sven, „aber das Pferd ist mir einfach unten zu breit.“

„Der kapiert das nie!“ seufzte Billi. „Der glaubt, die Ohren des Pferdes sind zum Festhalten da.“

„Außerdem habe ich Schmerzen im Gesäß“, beklagte sich Sven.

„Hintern wird der nie sagen“, erklärte Billi Frau Rauter, „dazu ist der viel zu fein. Komm, steig runter.“

Als Sven rechts hinuntersteigen wollte, brüllte sie: „Wie oft soll ich dir das noch sagen! Links steigt man rauf und runter.“

„Also gut, links.“ Mit zitternden Knien stand Sven endlich neben dem Wastl. „Jetzt weiß ich, was am Reiten schön ist“, stöhnte er.

„Und was?“

„Das Aufhören.“

„Kommt ihr zu uns, oder geht ihr zu Stefan?“ fragte Florian.

„Das wissen wir noch nicht so genau. Eigentlich wollten wir überallhin.“

„Ich bleib' hier“, entschied Sven. „Mein Gesäß braucht Erholung.“

„Bettina ist im Haus drin", meldete Florian.

Billi schwang sich in den Sattel und rief: „Ich schau' mal, was Stefan macht."

Frau Rauter sah ihr anerkennend nach. „Billi sitzt sehr ordentlich im Sattel, schau dir das gut an, Florian."

Der nickte. „Die hat auch den besseren Po", stellte er schließlich fest.

24. Kapitel

Großmutter stand am Küchenfenster und sah hinüber zum Zuhaus.

„Nein“, sagte sie, „ich glaub’ nicht, daß er jetzt noch kommt.“

„Ich möcht’ fast wetten, daß er kommt“, erwiderte Frau Rauter. „Der ist nicht hart, der tut nur so. Das ist nur ein Schutz für ihn.“

„Hm“, machte die Burgl, „ein Schutz. Es ist nur ein Glück, daß eine Rindsuppe nicht anbrennen kann. Wie lang soll ich denn noch warten?“

Vater kam von oben herunter und bemerkte lachend: „Das allgemeine große Warten!“

„Komm, du hast das Hemd falsch zugeknöpft“, sagte Mutter. „Bist du so aufgeregt?“

„Nein, ich doch nicht. Warum sollte ich aufgeregt sein?“

„Ich hab’ Hunger“, jammerte Bettina.

„Ich auch“, brummte Florian.

Billi rief: „Ich schließ’ mich der Mehrheit an.“

„Einen Moment noch“, bettelte die junge Lehrerin. „Ich wette, der steht drüben hinter der Tür und kämpft mit sich.“

„Ich glaub’s einfach nicht. Der kommt nicht“, meinte die Großmutter. „Ich kenn’ ihn.“

Stefan sagte. „Vielleicht will er, daß wir anderen gehen. Bettina, bringst du mich hinaus?"

„Nein, du bleibst", bestimmte die Mutter. „Es ist für alle leichter, wenn nicht nur die Familie da ist. Auch für mich."

„Da!" rief Frau Rauter. „Die Türklinke, ich hab's genau gesehen, sie hat sich bewegt."

Alle starrten hinüber auf die Klinke. Sie wurde tatsächlich niedergedrückt, dann ging sie wieder hoch, ohne daß sich die Tür geöffnet hätte.

„Dickschädel!" schimpfte die Großmutter, als könnte es der Großvater hören.

Dann war die Tür plötzlich offen. Der Großvater stand mit seinem Stock auf der Schwelle und tat, als müsse er den Türstock ganz genau untersuchen.

„Ich hab's gesagt, daß er kommt." Frau Rauter frohlockte.

„Er ist noch nicht ganz aus dem Haus."

Großvater musterte wieder den Fußabstreifer, stocherte mit der Spitze seines Stocks herum. Dann machte er kehrt und ging ins Haus zurück.

„Es ist eben sehr schwer für ihn", entschuldigte ihn die Lehrerin. „Er kommt eigentlich nicht nur hier herüber, den kurzen Weg von einem Haus ins andere. Er geht von einem Zeitalter ins andere, und das macht es ihm so schwer. Der Großvater hat noch nicht in der Gegenwart gelebt."

„Und die Suppe?" fragte die Burgl.

„Die ist schon in der Gegenwart", erklärte Vater, „aber sie wird bald Vergangenheit sein, und ich auch, wenn es nicht bald was zu essen gibt."

Sie hatten nur einen Augenblick nicht achtgegeben. Da stand der Großvater plötzlich wieder draußen. In der einen Hand den Stock, in der anderen die Pfeife.

„Hinsetzen alles", befahl die Großmutter. „Burgl, teil die Suppen aus."

Als der Großvater eintrat, rief die Großmutter: „Du hast es gut erraten, grad bringt die Burgl die Supp'n auf den Tisch."

„Wieviel Markknödel?" fragte die Burgl den Großvater. „Drei oder vier oder fünfe?"

„Vier", antwortete der Großvater, „wenn's g'nug sind."

Es waren genug da. Großvater schlürfte ein bißchen die Suppe, aber das machte das Beisammensitzen erst gemütlich.

„Ein schönes Pferd hast, Lehrerin", brummte er.

„Wir werden einmal einen Springwettbewerb miteinander machen", scherzte die Lehrerin.

„Und du warst am Chiemsee, hab' ich g'hört?" murrte er zu seinem Sohn hin.

„Ja, ein sehr schönes, aber runtergekommenes Haus. Das ist viel Arbeit."

„Der Florian hat mir's g'sagt."

Billi stieß Bettina in die Seite. „Das ist fast schon eine normale Unterhaltung", flüsterte sie.

„Und ihr zwei habt's neue Vorhäng g'näht?" wandte er sich an Großmutter und Mutter.

„Ja", bestätigte die Großmutter. „Die Inge hat's zusammeng'heftet und dann die Fäden rauszog'n, und ich war an der Nähmaschin'."

„Und die Bettina hat Bücher einräumen g'holfen."

„Mhm", machte Bettina.

„Willst vielleicht auch einmal Lehrerin werden?"

„Vielleicht", sagte Bettina. Und dann platzte sie heraus: „Aber eine mit 'm Pferd."

Billi rief: „Und ich mach' 'ne Schmiede auf. Hufeisen sind bald in rauhen Mengen gefragt."

„Ich werde Bankfilialleiter oder auch Bankdirektor", verriet Sven, „je nachdem, wofür man mehr bezahlt bekommt."

„Ich will ein Bauer werden", verkündete Florian.

Plötzlich sahen alle zu Stefan. Und es war ihnen bewußt, daß er es nicht so leicht hatte wie sie. Er würde immer auf seinen Rollstuhl angewiesen sein, immer auf die Hilfe anderer, zumindest aber auf ihr Verständnis.

„Und ich", sagte Stefan, „ich möchte so selbständig wie möglich werden. Und nie mehr weg von hier."

„Das möcht' ich auch." Die Mutter nickte ihm zu.

„Niemals weg von hier?" fragte Vater.

„Warum nicht beides?" meinte die Mutter.

„Willst noch Suppe?" fragte die Burgl den Großvater.

Aber sie hatte noch nicht ausgesprochen, da klopfte es. Frau Damann war wieder aus München zurück. „Guten Abend", grüßte sie. „Ach, bist du doch da, Stefan. Wie gut, daß ich nicht weitergefahren bin. Und warm ist es hier auch. Richtig gemütlich."

„Ist's schon kühl draußen?" fragte Großmutter.

„Ja, man spürt's, der Sommer ist ziemlich vorbei."

„Eine Supp'n wär' noch da", bemerkte die alte Burgl. „Eine gute Supp'n mit Markknöderln. Eine

Supp'n ist gut, wenn der Herbst kommt. Woll'n S' keine?"

„Nein, nein, danke, wir müssen ja weiter."

„Aber bitte", sagte die Großmutter. „Sie werden sich doch hersetzen."

Der Großvater schwieg. Aber er muckte auch nicht auf. Das war für ihn fast so viel wie eine freundliche Einladung.

„Kommen Sie", bat die Mutter, „hier zu mir her, es ist wirklich eine wunderbare Suppe."

Burgl schöpfte zuerst den Teller der Frau Damann voll, den Rest bekam der Großvater.

„Das ist schön", erklärte Florian.

„Was denn?" fragte Mutter.

„So viele Leute um einen Tisch. Das ist fast so schön wie in einem Buch."

Elisabeth Malcolm

Ein Herbst voller Bratäpfel

Illustriert von Frauke Trojahn

1. Kapitel

„Schuft!" brüllte Billi aus vollem Hals.

„Lümmel!" schrie Stefan, so laut er konnte.

Der Mann, ein Tourist, der gerade auf dem Weg hinter dem Zaun vorüberging, zuckte zusammen.

Nun war die Reihe an Sven, Bettina und Florian: „Schu-uft! Lüüü-mmel!"

Der Mann hielt an, stieß den Spazierstock in die Erde und betrachtete die fünf mit einem Blick, der ausdrückte, was er von der Jugend von heute so dachte.

„Lümmel!" Billi schrie das genau in seine Richtung.

„Schuft!" Auch Stefan sah zu ihm hin.

„Ja, ist denn das die Möglichkeit!" ließ der Wandersmann nun Dampf ab. „Friedliche Menschen so zu beschimpfen! Aber ich hab' das längst kommen sehen. Ich schon."

„So komm doch, Schuft!" Stefan schien sich richtig zu ärgern.

„Lümmel, du kriegst eins aufs Hinterteil!"

Der Mann schob seine Mütze aus der Stirn und japste. Dann brüllte er. „Gesindel, ihr! Ihr landet alle noch mal im Gefängnis. Ja, schaut bloß nicht so doof! Ihr landet alle dort. Auch du im Rollstuhl! Den

brauchst du ja sowieso nicht, das merke ich doch auf den ersten Blick."

Billi tat, als träume sie schlecht. Und weil sie die älteste von den fünfen war und sowieso nicht auf den Mund gefallen und weil man an ihrem T-Shirt mit der Aufschrift „Haltet unsere Umwelt sauber" gerade unter der Schrift gewisse Wölbungen feststellen konnte, die andeuteten, daß Billi ein Mädchen war, holte sie tief Luft und sagte zu dem zappelnden Mann hin: „Wie deute ich Ihre Aufregung, Mister?"

„Dumm stellen auch noch, frech werden auch noch, das ist doch der Höhepunkt! Habt ihr etwa nicht ‚Schuft' gerufen?"

„Doch, das haben wir", kam die Antwort im Chor.

„Und ‚Lümmel' etwa nicht?"

„Doch, das haben wir", sagten alle, und Billi fügte hinzu: „Mister."

„Und ist das am Ende nicht eine bodenlose Frechheit und Beleidigung?"

Darauf antworteten alle fünfe einsilbig, nämlich: „Nein."

Dann sagte Billi: „Wir haben ja gar nicht Sie gemeint, Mister."

Und Stefan: „Nicht im geringsten."

Und Sven: „So etwas würde uns ja überhaupt gar niemals je einfallen, Sir."

„Es ist ja nur, weil sie nie auf uns hören", erläuterte Bettina.

„Ja, wer denn?" wollte der Mann wissen.

„Schuft und Lümmel", sagte Florian mit einem Unschuldsblick.

„Schuft und Lümmel?"

„Genau."
„Und wer ist das?"
„Sind", verbesserte Billi. „Es sind zwei, Mister."
„Schuft heißt mein Hund", erklärte Stefan.
Und Bettina fügte hinzu: „Lümmel ist sein Kater."
„Er ist kastriert, falls es Sie interessiert", meinte Billi.
„Wir haben auch eine Katze", meldete sich Florian, „und ihr hängt die Zunge raus, weil..."
„Du hältst den Herrn auf", sagte Billi. Sie sah unten, wo das sanft geneigte Tal zu Ende war und in einen bewaldeten Steilhang überging, zwei Männer aus dem Wald heraus in die Sonne treten.
Der erste Wanderer wollte noch etwas sagen, überlegte es sich dann aber und ging weiter.
Florian hüpfte, und Billi wickelte sich die kurze Stirnlocke um den Finger. Es sah aus, als wollte sie sich das Büschel Haare ausreißen.
„Schade", sagte sie.
„Was ist schade?" fragte Florian verständnislos.
„Was ist schade!" äffte Billi Florian nach. „Die Ferien sind aus. Und die meisten Fremden sind schon daheim. Lange können wir das hübsche Spielchen nicht mehr spielen."
„Aber da kommen noch zwei!" frohlockte Stefan. „Dort unten." Er rollte vor Freude mit seinem Rollstuhl unter einen Apfelbaum.
„Hab' ich längst auf meinem Radarschirm", sagte Billi. Dann lachte sie. „Könnt ihr euch an den Bergrat erinnern, der uns nachlief? Und erst der Direktor der Odenwald-Volksbühne in Roßholzen unten, der das Ruder vom Schlauchboot am Holzzaun zer-

brach, weil ich mich schneller gebückt hab', als er dachte."

Und ob sie sich erinnern konnten!

„Und die Frau aus Köln? ‚Bodo, sprich endlich ein Machtwort! Bodo, das kannst du nicht auf dir sitzenlassen!'"

Da kamen die zwei Männer näher. Sie unterhielten sich angeregt miteinander und ließen den lieben Gott einen guten Mann sein.

Einen Augenblick blieben sie stehen und wischten sich den Schweiß aus der Stirn. Dann gingen sie im gleichen Tempo weiter.

„Schuft!" brüllte Billi.

„Lümmel!" schrie Stefan.

Die Männer zuckten zwar zusammen, hielten aber nicht ein.

„Schu-uft!" rief Bettina und darauf sofort Florian: „Lüüümmell!"

Jetzt sahen die Männer zu ihnen her, und dann taten sie, als suchten sie etwas auf dem Weg in der Nähe ihrer Füße. Schließlich wandten sie sich um und suchten auf dem Weg, den sie gekommen waren.

„Strolch!" schrie der eine.

„Lump!" schrie der andere.

Billi war ärgerlich und verdutzt: „Lümmel!" rief sie.

Sven schob noch schnell ein etwas lahmes „Schuft!" nach.

„Strolch!"

„Lump!"

„Die veräppeln uns wohl", meinte Billi. „Frechheit. Das ist unser Patent. Waren die schon mal hier?"

Keiner kannte sie.

„Die äffen uns nur nach", sagte Sven. Aber dann zeigte sich, daß er nicht recht hatte. Auf dem Weg hopste etwas Graues, halb vom niedrigen Gras versteckt. Wenn es überhaupt Tiere waren, dann waren es ganz kleine.

Als die beiden Männer den Weg zum Leitnerhof kreuzten, konnten die Kinder sehen, daß Strolch und Lump zwei Rauhhaardackel waren.

„Das war's wohl für heute", meinte Billi enttäuscht und zog an ihrer Strähne. Dann verlangte sie, daß Sven sie am Rücken kratzte. Es juckte sie.

„Einzelpersonen sind besser", sagte Stefan, der eine Weile nachgedacht hatte, sachkundig. „Stellt euch vor, die zwei hätten so reagiert, wie wir wollten, und wären vielleicht sogar angerannt gekommen. Mich in meinem Rollstuhl hätten sie bestimmt erwischt. Außerdem hab' ich jetzt einen Namen für meinen kleinen Rauhhaardackel."

Billi interessierte der Name nicht. „Ruf ihn einfach Klobürste", schlug sie vor. „Morgen ist ohnehin der letzte Ferientag. Da machen wir's noch einmal und dann lange nicht mehr."

„Interessiert euch der Name für meinen Dackel nicht?"

„Doch", sagte Bettina. „Wie soll er denn heißen?"

„Strolch", sagte Stefan stolz.

Florian war begeistert. „Da spielen wir nächstes Jahr ‚Schuft-Lümmel-Strolch'."

„Na, ich weiß nicht so recht", sagte Billi.

2. Kapitel

Strolch lag in seinem Körbchen und schlief. Diesmal war es die Rückenlage, die er bevorzugte. Er zeigte dabei sein vollgefressenes Bäuchlein, das fast unbehaart war. An dem schwarzen Knubbel zu den Hinterbeinen hin konnte man leicht erkennen, daß es sich bei ihm um ein Dackelmännchen handelte.

Da Billi, Stefan, Bettina, Florian und Sven näher traten, öffnete er blinzelnd die Augen. Es schien fast, als zähle er sie. Als er merkte, daß es fünf waren, schloß er die Augen wieder, räkelte sich zurecht und seufzte wohlig.

„Hat der ein Leben!" sagte Sven.

„Quatsch nicht so laut", zischte Billi. „Der braucht seinen Schlaf. Noch nie was von Tierschutz gehört, wie?"

Sven öffnete den Mund.

„Klappe!" rief Billi, und Sven schwieg. Er mochte es sich nicht mit Billi und schon gar nicht mit den anderen verscherzen. Er brauchte Verbündete, und zwar deswegen, weil er vor zwei Tagen mit dem Hintermeier Franz in Roßholzen unten Streit gehabt hatte. Nicht, daß sie sich geprügelt hätten, aber sie hatten einer dem anderen jede Menge Abreibungen versprochen, lange und umständlich, wie das der

Brauch ist. Sven hatte wieder mal den Mund nicht halten können und mit seinen kräftigen und angeblich zahllosen Freunden geprotzt. Schließlich hatte der Franz mit seiner Bande gedroht, die könnte Sven und die seinen nur so pulverisieren.

„Ha", hatte Sven gerufen, „in meiner Bande sind viel stärkere. Die holen euch das Sägemehl aus euren Köpfen."

Und dann geschah das Entsetzliche. Der Franz war plötzlich ganz ruhig geworden. Er suchte nicht nach neuen Schimpfworten und Schmähungen, sondern sagte nur: „Also gut, machen wir's aus. Meine Bande und deine Bande, am ersten Sonntag nach'm Schulanfang."

„Wo?" fragte Sven großspurig.

„Beim Trimm-dich-Platz vom Fremdenverkehrsverein."

„Wann?"

„Um zwoa", schlug der Franz vor.

„Zwei Uhr morgens oder zwei am Nachmittag?"

„Um vierzehn Uhr selbstverständlich, du Depp. Und deine blöde Fragerei treib' ich dir auch noch aus."

Heute war Montag, und der Samstag war in einigen Tagen ganz gewiß da. Es gab nicht die geringste Hoffnung, daß einige Tage eingeschoben wurden, um die Frist zu verlängern. Und Sven hätte die anderen längst von seinem Privatkrieg mit der Dorfbande vom Franz unterrichten sollen, aber er war noch immer nicht damit herausgerückt.

Als er sich jetzt nach eingehender Betrachtung des jungen Dackels aufrichtete und dabei zufällig aus

dem Fenster sah, entdeckte er den Franz, der mit ein paar Freunden draußen am Weg vorüberging. Nicht nur der Franz, auch seine Freunde waren einen Kopf größer als Sven, der für seine elf Jahre nicht besonders groß war. Auch Billi hatte den Franz entdeckt.

„Ach“, rief sie, „da draußen geht der Franz, soll ich ihn hereinrufen?“

„Nein, nicht“, sagte Sven schnell.

„Aber warum nicht?“ fragte Stefan.

„Er könnte... er könnte... schmutzige Schuhe haben. Er geht gern im Bachgraben und...“

„Ich möchte wissen, was der hier zu suchen hat“, rätselte Billi.

„Das ist ganz einfach“, erklärte Stefan. „Sicher geht er zu den Hangwiesen hinunter. Meine Mutter hat dem Vater vom Franz gesagt, daß er dort noch das Grummet haben kann. Wahrscheinlich soll der Franz nachschauen, ob sich die Arbeit überhaupt lohnt.“ Stefan überlegte eine Weile, dann schlug er vor: „Kommt, gehen wir wieder hinaus.“

Sven war alarmiert. „Aber hier“, sagte er, „hier herinnen ist es richtig gemütlich. Was sollen wir denn draußen? Sommergäste kommen heute ohnehin nicht mehr. Und dem kleinen Dackel ist es auch lieber, wenn wir hierbleiben.“ Er setzte sich sofort auf die Eckbank in der großen Bauernküche, in der es nach Milch und Geräuchertem roch. Und auch nach dem Brot, das Stefans Mutter zweimal in der Woche in den Backofen schob.

„Ausgerechnet er entdeckt die Romantik auf dem Bauernhof!“ maulte Billi. „Sonst hält er alles, was die Bauern machen, für rückständig und idiotisch.“

„Man kann seine Meinung ja schließlich ändern", meinte Sven.

„Ach, jetzt komm' ich erst drauf", rief Billi. „Er hat Schiß."

Sven wies diesen Verdacht weit von sich. „Ha, ich möchte wissen, vor wem. Sag mir's doch, vor wem ich Schiß haben sollte. Vor dem Mann vielleicht, der sich vorhin so aufgeregt hat?"

„Klar, du fürchtest, daß er gleich den Weg zurückkommt und dir eins mit dem Bergstock überzieht."

„Ha, der soll sich nur trauen!" Sven war gleich im alten Fahrwasser. „Da wende ich bloß einen meiner zahlreichen Tricks an und lege ihn auf die Schulterblätter. Ich lasse ihn erst los, wenn er um Gnade fleht."

„Ja, du", sagte Billi verächtlich. „Ausgerechnet du."

„Müßt ihr fortwährend Streit anfangen", schimpfte Stefan. „Ihr treibt es schon wie die Alten."

„Sie hat immer die große Klappe", beklagte sich Sven.

„Was, ich? Wer will denn Touristen samt Bergstock auf die Schulterblätter legen, du oder ich?"

„Hört auf!" flehte Bettina.

Und Florian, der immer etwas ins Hintertreffen geriet, weil er mit seinen neun Jahren der Jüngste war, erklärte, daß er Streit ganz und gar nicht leiden konnte.

Am nächsten Tag wollten sie es noch einmal mit Rufen nach Schuft und Lümmel versuchen. Sie hockten gespannt unter dem Apfelbaum, um auf den ersten Wanderer zu warten, der für diese Zwecke geeignet war. Nach einiger Zeit tauchte auch wirklich ein Mann unten am Waldrand auf. Aber der schien sie nicht alle zu haben, denn er schrie dauernd nach irgendwas. Erst, als er näher herangekommen war, verstanden sie, wonach er verlangte. „Whisky!" brüllte er. „Whisky, her! Sofort!"

„Ja, ja", meinte Billi weise, „hier seht ihr, wie weit einen der Alkohol bringt. Habt ihr schon mal Whisky getrunken? Brrr, ist das ein scheußliches Gesöff."

„Ich", sage Sven. „Wenn du den echten schottischen meinst und nicht den amerikanischen, aus Mais gebrannten."

„Der muß doch immer gleich angeben", sagte Bettina. „Was interessiert uns der Unterschied zwischen schottischem und amerikanischem Whisky."

„Whisky!" brüllte der Mann wieder, und Sven äffte ihn nach und schrie: „Doppelwhisky!"

„Bist du ruhig!" zischte Billi. „Was ist, wenn der auf uns losgeht? Betrunkene sind unberechenbar."

Und da änderte der Mann auch schon seine Richtung und kam auf die fünf zu. Sven sprang auf und sagte: „Ich müßte eigentlich rasch..."

„Kneifen", ergänzte Billi.

Aber das hörte Sven nicht mehr. Er war schon ums Haus herum.

„He!" rief da der Mann. „Habt ihr Whisky gesehen?"

„Meinen Sie den echten schottischen oder nur den amerikanischen, Mister?" fragte nun Billi.

„Ich meine den Hund", sagte der Mann. „Meinen Hund. Einen jungen Hund, einen Basset."

„Ach, sind das diese dackelähnlichen Hunde, die

eigentlich sechs Beine haben sollten?" erkundigte sich Billi.

„Meinetwegen. Habt ihr ihn gesehen?"

„Nein. Und der heißt wirklich Whisky?"

„Ja", sagte der Mann. „War so eine Schnapslaune. Wir haben Kognak getrunken, und da sagt mein Freund, schade, schade, sagt er, daß dein junger Hund kein französischer Hund ist. Warum? frage ich. Weil wir ihn dann Kognak nennen könnten. Und warum soll er nicht Kognak heißen, frage ich. Weil es Kognak nur in Frankreich gibt. Ja, und so sind wir dann auf Whisky gekommen. Und ihr habt ihn nicht gesehen?"

„Nein", sagten die vier wie aus einem Mund.

„Und wer von euch hat da Doppelwhisky gerufen?"

„Der ist schon abgedampft", erklärte Billi. „Der hat's mit der Angst zu tun gekriegt. Wie das halt so ist, große Klappe und nichts dahinter, Mister."

„Ich hab' ihn an der Leine geführt", redete der Mann weiter. „Da ist sie noch." Er hielt eine Hundeleine mit einem Halsband in die Höhe. „Da vorn am Waldrand war er noch dran. Und wie ich wieder zu ihm runterschaue, da hab' ich an der Leine nur das leere Halsband. Hier."

„Sie haben manchmal so Tricks", meinte Stefan. „Da halten sie den Kopf gerade und den Hals steif, und dann sind sie draußen."

„Wenn ihn mir bloß kein Jäger erschießt", jammerte der Mann. „Der Hund war 'ne Wertanlage."

„Ich werd' nicht mehr", rief da Billi. „Was kommt denn da an?"

Der Mann drehte sich um. „Whisky!“ rief er dann. „Whisky, wie oft schon hab' ich dir gesagt, du sollst nicht...“ Er hielt ein. „Himmel, wie siehst du denn aus?“

„Er scheint alten Kuhmist mit einem Wannenbad verwechselt zu haben“, meinte Billi.

„Whisky!“ zeterte der Mann. „Hab' ich dir nicht schon zwanzigmal gesagt, du sollst das nicht! Weißt du, was du bist? Hm? Weißt du das?“

Whisky ließ den Kopf hängen und verdrehte schuldbewußt die Augen.

„Ein Schwein bist du, jawohl, ein Schwein.“

Whisky war es sichtlich peinlich, daß dies vier Leuten zu Ohren kam, die nicht zu seiner Familie gehörten.

3. Kapitel

Nun hatte also die Schule wieder begonnen. Für Bettina und Florian war es der erste Tag in der bayerischen Schule. Na ja, Schule war Schule; weder hier noch dort ein besonderes Vergnügen. Florian hatte es noch gut, seine Schule war am Ort, er konnte zu Fuß hingehen, in die 4. Klasse der Grundschule. Und viele seiner Klassenkameraden kannte er schon einen ganzen Sommer lang. Bettina dagegen mußte mit dem Schulbus nach Rosenheim ins Gymnasium fahren. Für sie war der Wechsel besonders aufregend. Das erste Jahr im Gymnasium, eine dreiviertelstündige Busfahrt hin und zurück und lauter fremde Gesichter. Zum Glück gingen Stefan und Sven ins gleiche Gymnasium, Stefan in die 7. und Sven in die 6. Klase, so ganz allein war sie also nicht. Und in solch einer Situation bedeutete selbst jemand wie Sven eine seelische Stütze. Auch Billi fuhr im Schulbus mit. Sie allerdings hatte in diesem Jahr vom Gymnasium auf die Realschule gewechselt. Für die praktisch veranlagte Billi war Latein ein Dschungel, in dem sie sich hoffnungslos verfranste. Genau diesen Eindruck hatte auch ihr Lehrer gehabt. Ein Mädchen, das am liebsten Autos reparierte, sollte sich nicht mit Cäsars Gallischem Krieg herumplagen.

Nach dem ersten Schultag, dem Mief im Klassenzimmer und dem vollgestopften Schulbus hatte Billi nachmittags Lust nach frischer Luft. Nun gab es frische Luft genug um das Haus ihrer Eltern herum, aber die reichte ihr nicht. Es sollte ein bißchen mehr sein. Und die war garantiert entweder am Brunntalerhof bei Bettina und Florian oder am Leitnerhof bei Stefan zu finden.

Außerdem war ihr Vater, wie oft zum Wochenende hin, wieder mal schief gewickelt, und da wich man ihm am besten aus.

Auf dem Weg aus dem Dorf Roßholzen traf sie jedoch auf noch einen, dem sie gerne ausgewichen wäre. Dazu war es jedoch zu spät. Er stand da wie ein Auto im absoluten Halteverbot und schien hocherfreut, als er Billi entdeckte. Es war Sven.

„Billi", rief er, „gut, daß ich dich sehe. Ich hab' eine unerhört wichtige Meldung!"

„Wird schon unerhört wichtig sein. Was gibt's denn?"

„Der Hintermeier ist mit seinem Auto beim Krambichler vorbeigefahren, und da ist der verkehrt mit dem Traktor auf die Straße hinaus, rrrrtsch, eine Schramme den ganzen Wagen entlang."

„Und?" fragte Billi gequält.

„Sie haben zu schreien begonnen."

„Toll. Und wer hat gewonnen?"

„Hm", machte Sven und zögerte. „Das war so, da kamen dann die beiden Hunde hinzu."

„Welche Hunde?"

„Der vom Krambichler und der vom Hintermeier."

„Irrsinnig aufregend. Und?"

„Die haben auch miteinander gestritten. Und dann haben sie die zwei Hunde auseinanderreißen müssen."

„Tierquäler", sagte Billi. „Jeden einzeln?"

„Nein, die beiden, sie hatten sich ineinander verbissen."

„Gut. Und wo ist die unerhört wichtige Meldung?"

Sven wurde rot. „Das war sie ja", stammelte er.

„Oh, wie aufregend." Billi machte ein Gesicht, als wollte sie gleich einschlafen. Dann aber riß sie sich zusammen und fragte Sven, weshalb er sich auf der Straße und nicht am heimischen Herd befinde.

„Krisenstimmung", antwortete er. „Vater kam übel gelaunt aus München und wurde noch übel gelaunter, als er in der Küche den Berg Zwetschgen sah, den die Mutter zu Marmelade verbraten wollte.

‚Soll dieser Berg Zwetschgen mein Wochenende sein?' fragte er mit Curry in der Stimme.

‚Du mußt dich nicht drauflegen', sagte meine Mutter, und so folgte ein Wort dem anderen, und zum Schluß bewarfen sich meine Eltern mit Zwetschgen, was ja eigentlich sehr lustig gewesen wäre. Aber immerhin hatten die Früchte aus Feilnbach einen gewissen Reifegrad erreicht und zerplatzten deshalb klatschend an der Wand, nicht ohne ziemlich bunte Flekken zu hinterlassen."

Ja, und dann sei noch Fietje, seine kleine Schwester, frech zu ihm geworden.

Ich kann es ihr nicht verdenken, dachte Billi.

Und da habe er Fietje eine geklebt, darauf habe ihm der Vater eine geklebt, weil er Fietje eine geklebt habe, und Fietje habe auf den Boden gestampft, leider auf dort befindliche Zwetschgen, worauf die Mutter Fietje eine geklebt hatte.

„Da verließ ich eilenden Schrittes das traute Heim“, schloß Sven seinen Bericht.

„Und warum gehst du nicht wieder hinein?“ fragte Billi interessiert.

„Ich denke, die kleben mir dann noch eine.“

„Und warum?“

„Weil ich was gesagt habe.“

„Und was hast du gesagt?“

„Ich hab' ihnen gesagt, sie streiten wie kleine Kinder.“

„Ich weiß nicht, wie das kommt“, sagte Billi nachdenklich, „aber manchmal hast du recht.“ Er tat ihr ein bißchen leid, aber gerade, als sie „armer Hecht“ oder etwas in dieser Richtung zu ihm sagen wollte, besann sie sich, daß sie ihn nicht ausstehen konnte. „Ziemlich uninteressant, was du da vermeldest“, sagte sie und versuchte, von ihm wegzukommen.

„Wo gehst du hin?“ fragte Sven und lief hinter ihr her.

„Weiß noch nicht, nur 'n bißchen die Füße vertreten.“

„Kann ich mitkommen?“

„Nein!“ schrie sie heftig. Und Sven blieb tatsächlich stehen, mit offenem Mund, weil er die Frage: „Aber warum denn nicht?“ nicht herausbrachte.

Billi überlegte. Wenn sie jetzt am Haus von Svens Eltern vorbeiging, könnte Sven ziemlich leicht auf den Gedanken kommen, daß sie zum Brunntalerоder zum Leitnerhof ging. Sie tat deshalb so, als ob sie etwas vergessen hätte, und lief zurück.

Haltet
sauber

„Warum kehrst du um?“ fragte Sven, den alles interessierte, wenn ihm langweilig war, und langweilig war ihm oft. Außerdem war ihm wieder der Kampf eingefallen, den er mit dem Hintermeier Franz ausgemacht hatte. Er stand immer noch ohne einen einzigen Verbündeten da!

„Warum soll ich umgekehrt sein?“ antwortete Billi kratzbürstig. „Da vorne gefällt's mir nicht. Ich schau' lieber da entlang, vielleicht kommt er von da.“

„Wer?“ Sven hatte unter anderem den Fehler, daß er ungeheuer neugierig war.

„Wer schon? Der Mann!“

„Welcher Mann?“

„Der Mann aus Tirol eben.“

„Was ist das für ein Mann?“

„Mensch, du fragst! Ich meine den Schneeaufkäufer. Der kauft immer unseren Schnee.“

„Nein...“

„Doch! Für die Skipisten, Mann, und für die Sprungschanzen. Dafür braucht er ihn tonnenweise.“

„Ja, aber...“ Sven dachte nach.

„Was aber?“ fragte Billi unwirsch.

„Es gibt doch noch keinen Schnee.“

„Du merkst aber auch alles! Er macht jetzt nur die Vorbestellungen. Er sagt, was er braucht, und wir sagen ihm, was wir meinen, liefern zu können. Und so kommen wir ins Geschäft.“

Sven schien zu überlegen, wieviel Schnee bei ihnen im vorigen Winter gefallen war. Wenn er sich recht erinnerte, war das eine ganze Menge gewesen, die man gut hätte verkaufen können.

„Schickst du den Mann bei uns vorbei, Billi?"

„Wenn er mit sich reden läßt, ja. Aber versprechen kann ich's nicht. Er hat's immer furchtbar eilig."

Billi ging weiter und schlug die Richtung zur Straße nach Steinkirchen ein. Das war eine unverdächtige Richtung. Als sie zurückblickte, merkte sie, daß Sven sie nicht weiter beobachtete. Er stand vielmehr da und schien auszurechnen, wieviel Geld er für den Schnee, der auf das Kloppenburgsche Grundstück und vor allem auf den Garagenvorplatz fiel, bekommen könnte.

Als Billi schon ein ganzes Stück außerhalb von Roßholzen war, fiel ihr ein, daß sie lieber den Wastl, ihren Haflinger Wallach, hätte satteln sollen. Danach aber dachte sie wieder an Sven und überlegte, warum sie ihn nicht ertragen konnte. Er redete immer einen Ton zu laut, und vor allem redete er zu viel. Er hing sich an wie eine Klette und merkte absolut nicht, wenn man allein gelassen werden wollte. Und dann war da noch das Großspurige! Er benahm sich, als wäre er sein eigener Vater. „Verdammt", sagte er manchmal, „heute habe ich mich vielleicht wieder mal geärgert."

Na, Schwamm drüber. Billi sah sich viel lieber die Landschaft an. Der Himmel über den Bergen war blau mit weißen, linsenförmigen Wolken drin. Also Föhn. Und der Föhn machte die Luft so klar, daß man auf dem Hausberg von Rosenheim, dem 1570 m hohen Hochries drüben, die Bäume zählen konnte. Jeder einzelne Wipfel in den Wäldern hob sich klar gegen den anderen ab. Weiter oben, wo der Baumwuchs aufhörte, erkannte man im Fels genau die Rinnen, die das ablaufende Regen- oder Schmelzwasser grub. Die nun schon von der Seite her einfallenden Sonnenstrahlen machten dies besonders deutlich.

Verdammt schön, dachte Billi bei sich. Und außerdem würden die letzten Gäste auch bald weg sein. Dann hatte man wieder Platz in der Gegend. Man konnte durch den Wald gehen, ohne einen Fremden zu treffen oder gar eine Horde von Rotstrümpfen, die lauthals jodelnd daherkam. Und die Rauchsäulen standen früher am Abend über den Bauernhöfen.

Das Gehupe eines Kleinbusses schreckte sie auf. Schon wollte sie den Vogel zeigen, denn sie war streng links am Straßenrand gegangen, da erkannte sie zum Glück gerade noch, wer am Lenkrad saß.

Stefans Mutter war es. Genauer gesagt, nur die Ziehmutter, aber da Frau Damann wie eine richtige Mutter zu Stefan war, dachte niemand daran, daß Stefan nicht ihr eigener Sohn war.

„Na, Billi, willst du nach Steinkirchen hinauf oder gehst du nur ein bißchen spazieren?"

„Ach", schimpfte sie, „zuerst bin ich von daheim ausgebüxt und dann vor Sven, der sich wieder dranhängen wollte. Ich weiß gar nicht, wo ich hingehe."

„Dann bist du sicher mir entgegengegangen. Komm, steig ein."

„Gut. Falls Sven aber unten an der Straße herumstehen sollte, dann sehen wir ihn nicht, ich ducke mich, und Sie fahren an ihm vorbei."

„Abgemacht." Frau Damann öffnete die Tür, und Billi setzte sich neben sie.

„Mhm!" rief Billi sofort. „Da duftet es ja nach Frucht und Honig."

„Ja, ich war vorhin noch in Feilnbach. Da gibt es heuer jede Menge Zwetschgen. Ich will übers Wochenende einkochen. Und vielleicht mach' ich auch ein bißchen Dörrobst."

„Fein, kann ich da helfen?"

„Wenn du willst."

Also war das Wochenende schon irgendwie gerettet. Daheim bei ihren Eltern war zum Wochenende immer Hochspannung. Ihre Mutter wäre gern gewandert, aber nicht nur kurze Stückchen. Vater faulenzte lieber. Da hatte es Frau Damann gut. Nicht nur, weil sie Schauspielerin war und weil ihr Gesicht viele kannten, sondern auch deswegen, weil sie machen konnte, was sie wollte. Sie hatte ja keinen Mann, nach dem sie sich richten mußte.

Am Leitnerhof kam Stefan mit seinem Rollstuhl zum Wagen gerollt. Er hatte ein Buch auf den Oberschenkeln liegen. Seine Wangen waren gerötet. „Hallo!" sagte er und streckte beide Hände seiner Mutter entgegen. Dann begrüßte er auch Billi. „Fein, daß du mitgekommen bist, Billi."

„Kannst von Glück reden, daß Sven nicht mit dabei ist", verkündete Billi. „Der weiß wieder mal nicht, was er tun soll."

„Dafür wissen wir, was wir tun sollen", meinte Frau Damann. „Schau, Stefan, zwei große Körbe voll mit Zwetschgen. Billi, hilfst du mir?"

Als sie vom Kleinbus zum Haus gingen, meinte Frau Damann: „Zwetschgendatschi müßten wir auch backen. Und dann könnten wir ja versuchen, ob wir ihn morgen zum Kaffee noch im Freien essen können."

„Zwetschgendatschi kann man doch immer im Freien essen", meinte Billi.

„Du könntest vielleicht die Lust verlieren, wenn zu viele Wespen angerast kommen. Die Bauern sagen hier, wenn man vor lauter Wespen die Zwetschgendatschi nicht im Freien essen kann, gibt's einen strengen Winter."

„Da hocken sich schon einige Wespen auf die Zwetschgen!" warnte Stefan.

Frau Damann verscheuchte sie, und sie brachten keine Wespe mit ins Haus.

„Da fällt mir was ein", sagte Stefan. „Vorhin ist der Franz vorbeigekommen."

„Welcher Franz?" fragte Billi.

„Na, der Hintermeier Franz, und der hat mir erzählt, daß es eine Schlacht gibt. Seine Bande und die Bande von Sven hauen sich morgen beim Trimm-dich-Platz vom Fremdenverkehrsverein."

„Was?" rief Billi. „Der Sven hat eine Bande? Das sagst du so einfach? Wo soll denn ausgerechnet der eine Bande herhaben? Mit dem läuft ja nicht mal die Fietje, seine doofe Schwester, mit."

„Aber der Franz hat gesagt, daß der Sven gesagt hat, er habe eine große Bande."

„Das schau' ich mir an", rief Billi. „Wann soll die Schlacht stattfinden?"

„Morgen um vierzehn Uhr."

Billi hüpfte herum. „Morgen um vierzehn Uhr wird Sven verhauen, ich kann's gar nicht erwarten."

„Ich denke, der kommt gar nicht hin, was soll er denn allein gegen das halbe Dorf?" wandte Frau Damann ein.

„Der kommt hin, wetten? Der bildet sich ein, daß er stark genug ist, alle anderen zu vermöbeln. Der braucht sich das nur ein paarmal laut vorzusagen, dann glaubt er es auch schon. Stefan, kommst du mit?“ Billi war ganz zappelig.

„Nein, Stefan, das mag ich nicht“, warf Frau Damann ein.

„Aber Mutti“, sagte Stefan. „Das muß man doch miterleben! Bettina und Florian wollen bestimmt auch dabeisein!“

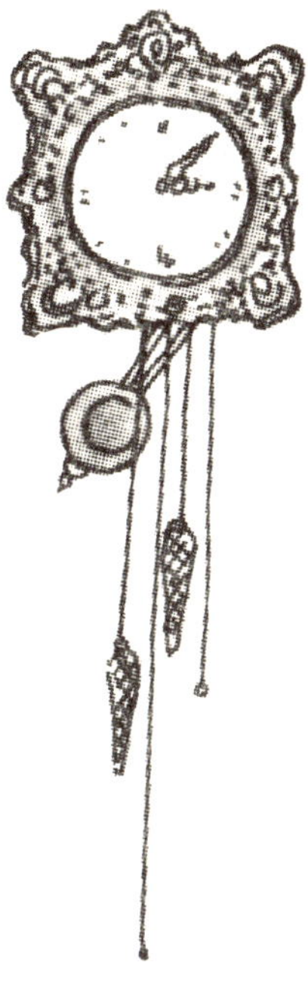

4. Kapitel

Sie taten so, als ob sie Brombeeren suchen würden. Bettina blieb immer in der Nähe von Stefan, und Florian und Billi trieben sich im dichten Gestrüpp hinter dem Trimm-dich-Platz herum.

„Psst", machte Billi. „Hier ist eine gute Stelle, da ist Stefan gedeckt und hat eine gute Sicht auf den Trimm-dich-Platz."

Sie schoben und zerrten Stefan samt seinem Rollstuhl durch das weiche Moos.

Stefan bog einen Zweig zur Seite und sagte: „Ja, das ist ein prima Platz. Ich bin nur neugierig, ob Sven tatsächlich kommt."

„Der kommt, da kannst du dich drauf verlassen", erklärte Billi.

„Na, ich weiß nicht."

„Und wenn er nicht kommt, dann kommt garantiert seine große Klappe allein. Den kenn' ich doch."

„Hier sind wirklich Brombeeren!" rief Florian.

„Gut, dann pflück sie."

Florian war sichtlich aufgeregt. Er hatte schon eine Menge Balgereien miterlebt in Duisburg, wo er aufgewachsen war. Und einmal hatte einer ganz fürchterlich aus der Nase geblutet, da waren alle davongerannt, nur er war bei Gernot geblieben, bis ein paar

Erwachsene kamen, die Papiertaschentücher hatten. Und ein anderes Mal, im Winter, da hatten größere Jungs Bettina eingekreist und mit steinharten Schneebällen beworfen; da hatte er ihr geholfen, aber die anderen wollten das nicht und hatten ihm einen Schneidezahn wackelig geschlagen. Das hatte aber nichts ausgemacht, weil es sowieso ein Milchzahn war, der raus mußte, weil darunter schon der andere Zahn kam.

„Horch!" rief da Bettina. „Ich glaub', da kommen ein paar."

Sie lauschten angestrengt. Und da war nicht nur das Rauschen der Bäume im Wald, da waren wirklich ein paar Stimmen zu hören und dann Gelächter.

„Ich glaub', das sind sie", sagte Billi und duckte sich ein wenig. Und wie immer, wenn sie nervös war, drehte sie mit dem rechten Zeigefinger eine Locke ein.

Es war tatsächlich der Hintermeier Franz mit einigen Buben aus dem Dorf. Allzu viele waren es jedoch nicht.

„Also", rief der Franz, daß es die anderen hören konnten. „Wenn der Sven mit seiner Bande daherkommt, dann sagen wir, wir sind nur ein Teil von meiner Bande, die anderen haben sich im Wald versteckt und werden zu gegebener Zeit auf mein Kommando hin eingreifen. Habt's es?"

Die anderen murmelten und nickten mit den Köpfen.

„Das nennt man eine List", erklärte der Franz. „Eine List wendet man an, um den Feind zu täuschen. Wir täuschen den Sven, habt's es?"

TRIMM
DICH
Pfad

„Ja", riefen die anderen, „des hamma."

„Und ang'fangt, ich mein, zum Raufn ang'fangt, wird nur auf mein Kommando. Wenn ich sag' ‚jetzt', nacha geht's los. Also nur, wenn ich ‚jetzt' sag', habt's es?"

Die anderen nickten. „Mir san ja net deppert", sagte der größte, der Wiggerl.

Franz wartete eine Weile und rief dann: „Psst!"

„Was ist?" fragte ein anderer.

„War da nicht was?"

Die anderen hatten nichts gehört. Obwohl Franz fest und steif behauptete, er hätte einen Huster gehört.

„Paß doch auf", zischte Billi Florian zu. „Ausgerechnet jetzt mußt du husten."

Florian wollte etwas erwidern, da wurde es jedoch spannend. Vor ihnen, es mußte ungefähr dort sein, wo der Weg in den Wald tauchte, pfiff jemand.

„Achtung!" rief Franz. „Alarmstufe eins. Und denkt's dran, nur, wenn ich *jetzt* sag', wird losg'schlagn."

Obwohl das Pfeifen immer näher kam, wurde der Ton immer dünner und setzte dann ganz aus. Und da war der, der gepfiffen hatte, auch schon zu sehen.

„Der Idiot kommt tatsächlich allein", flüsterte Billi.

Sven trat auf die Lichtung des Trimm-dich-Platzes und sah sich unsicher um. Dann gab er sich einen Ruck, blies sich auf und öffnete den Mund.

„Was?" fragte er so großmäulig, wie er es nur fertigbrachte. „Was, so eine kleine Bande hast du nur?"

„Wir sind eine List", meldete sich der kleinste von Franz' Bande.

„Halt's Maul", fauchte der Franz, und Sven antwortete er: „Und wo ist nachher deine Bande?"

„Der hab' ich heute freigegeben", sagte Sven. „Was ich allein erledigen kann, das erledige ich alleine."

Billi grub vor Ärger die oberen Schneidezähne in ihre Unterlippe, aber das hielt sie nicht lange aus, sie mußte einfach losschimpfen. „Jetzt hört euch das an, was der für eine fürchterliche Klappe hat. Wenn ihn die jetzt verprügeln, rühr' ich keinen Finger für ihn. Blöd werd' ich sein und mich für den verhauen lassen!"

Franz sagte jetzt: „Es war ausgemacht, daß wir Bande gegen Bande kämpfen, also hol die deine her, und wenn dir meine zu klein ist, dann wirst schon merken, wo ich meine Reserven hab'. Geh nur und hol, soviel du kannst."

Sven überlegte krampfhaft, was er sagen sollte. Und eine ganze Weile fiel ihm nichts ein.

„Nein", sagte er schließlich. „Kommt überhaupt nicht in Frage. Könnt ihr überhaupt Latein?"

„Ich werd' verrückt!" murmelte Billi. „Der kann ja auch nicht Latein. Asinus maximus, elendiger, der."

„Aber er tut so, als ob er es könnte", flüsterte Stefan. „Der blufft immer."

Da sprach jedoch schon der Franz: „Latein!" sagte er verächtlich. „Triffst du hier im Wald irgendeinen, der Latein kann? Aber dafür kannst du net boarisch reden."

„Kann doch jeder."

„Na, dann sag Oachkatzlschwoaf."

Sven vermied es, sich zu blamieren. Und Franz

war ratlos. Er fragte seine Bande: „Was machen wir jetzt?"

Die Bandenmitglieder hörten nur das eine Wort, auf das sie schon die ganze Zeit gewartet hatten, nämlich das Wort „jetzt". Schreiend stürmten sie los und begruben den verdatterten Sven unter sich. Da war zunächst nur ein wirres Knäuel von Armen und Beinen zu sehen, ein wildes Gekeuch hob an, das hin und wieder von Schmerzensschreien oder Flüchen unterbrochen wurde, wenn einer von Franz' Bande den Verkehrten erwischte.

„Was meinst du, tun sie ihm ernstlich was?" fragte Stefan Billi.

Die antwortete in ihrer trockenen Art: „Am Leben wird er wohl bleiben. Ich glaub', die hauen zum Teil auf die eigenen Leute ein."

„Sag, sie sollen aufhören", flehte Florian, der noch keine richtige Dorfrauferei erlebt hatte.

„Schiebt mich raus!" kommandierte Stefan. Sie zogen und zerrten ihn mit seinem Rollstuhl hinaus auf den festgetretenen Waldweg, wo Stefan sich allein weiterbewegen konnte.

„Aufhören!" schrie er, griff nach einer seiner Krükken und schwang sie wie ein Schwert. „Sofort aufhören, sage ich!"

Keiner achtete auf ihn. Stefan fuhr ganz dicht an die Raufenden heran und stocherte mit dem Krückstock in ihnen herum wie in einem Sandhaufen.

Als erster merkte der Wiggerl, daß da noch andere waren, er zog den Franz am Hemd hoch. Und Franz zeigte sich aufs äußerste überrascht, Stefan, Billi, Bettina und Florian auf dem Kampfplatz zu sehen.

„Ja, was macht's ihr denn da?" fragte er verdattert. „Gehört's ihr vielleicht zu dem seiner Bande?"

„Sehen wir so dumm aus?" fragte Billi. „Aber laßt ihn lieber los, sonst machen seine Eltern noch einen Kriminalfall draus. Bayerische Übermacht schlägt armen, schweigsamen Jungen aus dem Norden nieder, oder so."

„Ha, der und schweigsam!" rief der Franz.

Sven, der sich mittlerweile hochgerappelt hatte und Walderde und Fichtennadeln von seinen Jeans klopfte, machte den vieren bittere Vorwürfe. „Warum habt ihr euch eingemischt? Bald hätte ich sie alle miteinander besiegt! Und jetzt helft ihr ihnen, aus dem Schlamassel unbeschädigt herauszukommen."

„Ich werd' verrückt!" schrie Billi. „So was gibt's doch nicht! Liegt als unterster auf dem Boden, steckt ein, was die Post bringt, und bildet sich noch ein, er allein hätte die anderen... Nein, ich werd' nicht mehr!"

„Hej!" meinte da Franz. „Wieso wißt ihr überhaupt, daß hier der Kampf...?"

„Jetzt mach aber einen Punkt!" entgegnete Stefan energisch. „Zuerst erzählst du mir selber, daß ihr euch da verhauen wollt, und jetzt möchtest du wissen, wer uns das gesagt hat."

„Und von wem wissen es die anderen?"

„Die wissen es von mir. Wir wollten doch sehen, was Sven für eine Bande hat, deshalb sind wir hier."

Sven wollte noch weiter von seiner Bande reden, aber die anderen ließen ihn gar nicht zu Wort kommen. Am ärgsten drohte ihm Billi.

„Wenn du nicht sofort den Mund hältst", rief sie, „dann kannst du dir jemand anders suchen, der dir deine idiotische Gangschaltung am Radl immer wieder richtet. Und wenn du bis Rosenheim oder München mußt, ich rühr' keinen Finger mehr für dich."

Sven öffnete den Mund, dann aber schloß er ihn wieder, ohne einen Laut dem Gehege seiner Zähne entschlüpfen zu lassen.

„Seht", sagte Stefan, „er lernt es noch."

5. Kapitel

„Wird allmählich Zeit", hörte Bettina die Burgl eines Morgens zum Großvater sagen, als sie zum Frühstück in die Küche kam.

Burgl stand am Fenster und schaute hinaus in den Nebel. Man konnte fast gar nichts sehen, nicht einmal den Zaun beim Schuppen, an den sich Astern und Dahlien anlehnten und in allen Farben leuchteten. Bettina fröstelte, obwohl im Küchenherd ein Feuer prasselte. Der Nebel von draußen schien durch alle Ritzen zu dringen. Naß und kalt legte er sich ums Haus. Später am Tag, wenn die Sonne kräftiger wurde, löste sich der Nebel allmählich auf, dann strahlte der Herbsthimmel stahlblau über den buntgefärbten Laubbäumen. Leider wurde es rasch wieder dämmrig und kühl, sobald die Sonne hinter dem Wendelstein verschwunden war. Manchmal löste sich der Nebel aber überhaupt nicht auf, dann nieselte es unangenehm, man mochte gar nicht aus dem Haus gehen. Es war halt Herbst. Hier auf dem Land spürte man ihn viel mehr als früher in der Stadt. Da war einfach schönes oder schlechtes Wetter gewesen, Laubbäume sah man so gut wie nie, und der Nebel hing düster zwischen düsteren Mauern und nicht fein wie Spinnweben in den Sträuchern und Büschen. Bettina wußte den Unterschied sehr wohl zu schätzen, das änderte aber nichts daran, daß sie es scheußlich fand, an so einem nebelfeuchten Morgen aufzustehen und zur Schule fahren zu müssen.

„Was wird allmählich Zeit?" fragte sie, eigentlich nicht sehr interessiert.

„Daß das Vieh von der Alm runterkommt", antwortete die Burgl und goß ihr die Milch in den Becher.

Richtig, auf der Wirtsalm waren noch die Kühe, die den ganzen Sommer über mehr oder weniger im Freien gelebt hatten. Bettina und Florian waren nur ein einziges Mal oben am Feichteck gewesen, um die Sennerin Resi zu besuchen, die ebenfalls den ganzen Sommer über auf der Alm wohnte, nur nicht im Freien wie die Kühe, sondern in einer gemütlichen Almhütte. Der Vater hatte keine Zeit gehabt, die Mutter war vom Bergsteigen nicht so sehr begeistert, und Sven und Billi hatten sowieso dauernd was anderes vor. Es war überhaupt immer so viel Interessantes und Neues hier unten geschehen, daß der Herbst wie im Flug vorüberging. Und nun mußte also das Vieh von der Alm heruntergeholt werden.

„Wann denn?" erkundigte sich Bettina.

„Die Resi hat gemeint, am nächsten Sonntag", sagte die Burgl. „Der Franz vom Huber am Berg ist gestern rauf und will heut Bescheid geben."

Inzwischen war auch Florian erschienen und hatte gerade noch mitbekommen, daß am Sonntag ein besonderer Tag sein sollte. Am liebsten wäre er nicht zur Schule gegangen, sondern hätte sich genauestens erkundigt, was da vor sich gehen sollte, aber da kannte die Burgl kein Pardon. „Nix da, trink deine Milch und iß was, dann ab mit euch. Wenn's heut mittag heim kommt's, weiß ich schon mehr. Dann reden wir drüber."

Wohl oder übel trotteten die beiden zur Bushaltestelle. Florian bog zur Grundschule ab, Bettina wartete mit Sven und Biggi, der Schwester vom Mittermeier Sepp, auf den Bus. Stefan war wohl mit seiner Mutter gefahren.

Als Bettina mittags nach Hause kam, hatte sie die Almabtriebsgeschichte schon vergessen. Sie hatten heute Mathe rausgekriegt, und sie hatte eine Zwei geschrieben. Darüber vergaß sie beinahe die Kühe.

„Mama", rief sie beim Eintritt in die nach Essen duftende Küche. „Mama, rat mal, was ich in Mathe gekriegt habe!"

„Eine Drei?" fragte die Mutter vorsichtig und bereit, in Jubel auszubrechen.

„Nein!"

„Eine Zwei vielleicht?"

„Ja!"

„Toll! Gratuliere! Und ich hab' auch eine Überraschung für dich. Am Sonntag ist wirklich Almabtrieb. Nach allem, was ich bis jetzt gehört habe, muß das etwas sehr Feierliches sein. Das ganze Dorf scheint da mitzumachen."

„Und ob", meinte die Burgl. „Kein Unglück ist passiert, den ganzen Sommer lang. Da werden die Küh geschmückt mit Kränz und Blumen. Geh, Bettina, schau amal in die Kammer hinter dem Schuppen. Der Florian ist auch schon drin. Aber bring nix in Unordnung!"

Sie hatte kaum ausgeredet, da war Bettina auch schon verschwunden. Sie rannte über den Hof zum alten Schuppen, stieg über einen Brennesselbusch, schob ein altes Leiterwägelchen zur Seite und tastete sich in dem stockfinsteren Schuppeninneren vorwärts. Nach der hellen warmen Oktobersonne draußen war es hier drinnen besonders finster. Dann stieß sie die angelehnte Tür an der hinteren Seite auf und entdeckte Florian, der den Kopf in eine alte Kiste steckte. Gerade tauchte er auf und hielt vorsichtig einen Kranz aus roten und gelben Papierrosen in die Höhe. Neugierig blickte Bettina in die Kiste und sah noch mehr Papierrosen, grüne Bänder und seltsame Gestecke mit kleinen Spiegeln dran.

„Was ist das denn?“ fragte sie entgeistert.

„Das ist für den Almabtrieb“, klärte Florian sie auf. „Die Kühe werden ganz toll geschmückt, wenn sie von der Alm heruntergeholt werden, weil den ganzen Sommer über nichts passiert ist. Die Burgl hat gesagt, heute und die nächsten Tage müssen wir beim Kränzebinden helfen, und am Sonntag holen wir das Vieh herunter.“

Nach dem Mittagessen und nach den Schularbeiten, die heute besonders schnell erledigt waren, versammelte sich die ganze Familie, das heißt, Bettina, die Mutter, die Großeltern und die Burgl, in der Küche. Die Burgl hatte in der Zwischenzeit Tannengrün, kleine rote Äpfel und Buchsbaum besorgt. Aus der Kammer hinter dem Schuppen holten die Kinder alles, was die Kiste hergeben wollte: Rollen von Kreppapier, Papierrosen, Holzgestelle, die Kreuze oder Kronen darstellten. Dann fertigten sie alle unter

Burgls und der Großeltern Anleitung Kränze, umwanden die Holzgestelle mit Tannengrün, steckten zwischenhinein die kleinen roten Äpfel, schnitten aus dem Kreppapier lange breite Bänder und befestigten diese an den Gestellen. In manche Gestelle wurden kleine Spiegel eingesetzt. Es duftete in der Küche wundervoll nach Tannen und Äpfeln, es war ein ganz klein wenig wie Weihnachten, obwohl draußen gerade die Sonne hinter dem Hügel unterging und das Laub der Kastanie und der Buchen an der Wegbiegung rot und goldgelb aufleuchten ließ.

Gerade war es so schön gemütlich, als draußen polternde Schritte hörbar wurden. Bettina sandte einen Blick zum Himmel, und Florian murmelte etwas, das gar nicht gemütlich klang. Dann klopfte es, und Sven trat herein.

„Was sehen meine entzündeten Augen", erkundigte er sich, und als niemand so recht Antwort gab, fügte er hinzu: „Habe da etwas von Almabtrieb läuten hören. Darf man mal sehen?"

„Komm, setz dich her und tu was", forderte die Burgl ihn auf. „Da, du kannst die Tannenzweig um das Steckerl rumwickeln. Aber g'scheit."

„Das mach' ich doch mit links", prahlte Sven, setzte sich umständlich auf die Bank, ließ erst einmal alles fallen, was er in die Hand gedrückt bekommen hatte, bückte sich ächzend und machte sich ans Werk. Schön wurde es nicht gerade, was er da zustande brachte, aber wenigstens hielt es ihn davon ab, weitere Sprüche loszulassen, denn er mußte die Zunge vor lauter Konzentration zwischen den Zähnen einklemmen.

Nachdem sie emsig etwa zwei Stunden gearbeitet hatten, schien die Burgl mit der geleisteten Arbeit zufrieden. „Wißt's, die anderen Bauern binden auch ihre Kränz", erklärte sie. „Mir brauchen bloß welche für unsere Küh machen. Und die Krone für die Leitkuh. Die g'hört auch uns." Während sie dies sagte, holte sie aus einer Ecke eine große Krone aus Weidenstangen hervor. Die Grundform war ein Kreuz. Wie zu einer Kugel wölbten sich um den unteren Teil des Kreuzes dünne Zweige und genauso um den oberen Teil, hier aber zu einer kleineren Kugel. Diese Krone wollte die Burgl allein schmücken. Sie mußte auch besonders schön werden. Tannengrün kam um die Kreuzform, die dünnen Weidenzweige der beiden Kugeln wurden mit Buchsbaum umwickelt. Dazwischen befestigte sie rote und gelbe Bänder aus Seidenpapier und kleine rote Äpfel. Winzige runde Glöckchen steckte sie mit Draht zwischen das Grün, und als Krönung kam vorne in die obere Kugel ein Spiegel, ebenfalls von Tannengrün umrankt.

„So, jetzt haben wir alles, glaub' ich", meinte die Burgl. „Wenigstens für heut. Am Samstag schneiden wir noch frische Blumen, die werden dann in die Kränze gesteckt. G'fallt's euch?"

„Recht hübsch, ja, ja", meinte Sven und wiegte den Kopf hin und her. „Ich möchte so ein Dings ja nicht auf dem Kopf tragen."

„Ochsen tragen so was nicht", brummte Florian.

„Jetzt legen wir alles ganz vorsichtig beiseite", sagte die Burgl. „Wär' ein Jammer, wenn irgend etwas Schaden nehmen tät."

Sie räumte die Kränze und die Kronen, das übriggebliebene Papier und die Drahtrollen in einen großen Korb, den der Großvater vorher in die Küche gebracht hatte. „So, jetzt ist es aber Zeit, ans Abendessen zu denken", sagte sie. „Sven, willst du bleiben?"

„Nö, ich muß meine Schritte wieder heimwärts lenken. Wollte bloß mal hier nach dem Rechten sehen." Damit schob er sich zur Tür hinaus.

„Ein komischer Bua", meinte die Burgl kopfschüttelnd. „Könnt eigentlich ganz nett sein, wenn er bloß net so blöd daherreden tät."

„Wie ist das eigentlich", fragte Bettina. „Wenn die Kühe am Sonntag ganz früh runterkommen, da muß doch noch viel früher jemand hinaufsteigen und sie runterholen. Die Resi kann das doch nicht allein, oder?"

„Des is so", erklärte die Burgl. „Die Küh gehören ja nicht alle uns. Das ist eine Almgenossenschaft vom ganzen Samerberg. Da gehen am Sonntag ganz in der Früh die Burschen und Mädl von Roßholzen und von Törwang und von Grainbach und aus der ganzen Gegend rauf und schmücken die Küh. Da fällt mir was ein – ihr könntet's eigentlich schon am Samstag rauf und auf der Hüttn übernachten! Wär des was? Der Mittermeier Sepp geht am Samstag abend rauf, der könnt euch mitnehmen."

Als sich die erste Begeisterung gelegt hatte, meldete sich die Mutter zu Wort. „Ob das der Resi recht ist? Eigentlich müßten wir sie vorher fragen, oder nicht?"

„Der is des scho' recht", entschied die Burgl. „Die is froh, wenn ihr wer hilft."

6. *Kapitel*

Am Samstag um drei Uhr nachmittags erschien der Mittermeier Sepp und holte die Kinder ab. Mit ihm kam auch Billi. Sie war schon oft auf der Wirtsalm gewesen, allerdings hatte sie noch nie oben übernachtet. Daß sie Bettina und Florian nicht allein da hinaufgehen ließ, war Ehrensache. Schließlich waren die beiden doch noch halbe Stadtkinder, da konnte so allerhand passieren. Ein bißchen mußte man schon auf sie aufpassen. Und der Sepp war ja nicht gerade ein Kirchenlicht, dem konnte man die beiden nicht allein anvertrauen.

Die Kränze und Kronen waren schon im Korb verstaut, und zu allerunterst lagen zwei schwere bronzene Glocken. Ganz besonders schön geputzte Glokken, die breiten Lederriemen mit Tannengrün besteckt. Die eine sollte die Leitkuh tragen, die andere die beste Milchkuh.

„Und Sven, wollte der nicht auch mitkommen?" erkundigte sich Florian.

„Er wollte schon", sagte Billi, „aber *ich* wollte nicht. Meinst du, ich mag dem sein Gequassel auch noch die ganze Nacht über hören? Denn daß der im Schlaf still ist, das glaubst du doch wohl selber nicht. Nein, nein, dem hab' ich gesagt, er muß dafür sorgen, daß hier unten alles zu unserem Empfang bereit ist. Ohne ihn klappt das nicht, das hat er geglaubt. Sollen die hier unten sehen, wie sie mit ihm fertig werden."

Fröhlich wanderten die drei und der Mittermeier Sepp über den Moserboden und dann das Steilstück durch den Wald hinauf. Der Weg war feucht und etwas glitschig, das herabgefallene Laub verwandelte manche Stelle in eine Rutschbahn. Da war vor allem der Florian doch recht froh, wenn ihn der Mittermeier Sepp über die abschüssigsten Stellen hinaufzog. Richtig erleichtert traten sie nach einer halben Stunde aus dem Wald auf den Weg hinaus, der sich in Serpentinen bergan schlängelte. Puh, das ging ganz schön steil hinauf. Florian und Bettina kamen richtig ins Keuchen. Billi und der Mittermeier Sepp hingegen wirkten, als spazierten sie auf ebener Straße dahin. Endlich tauchten am Hang die Dächer der Almhütten auf. Rings herum grasten die Kühe, als gelte es, auch noch den letzten Halm Berggras mit ins Tal zu nehmen.

Verschwitzt, müde und hungrig betraten die vier die Almhütte. Resi hatte sie schon erwartet und stellte ihnen einen Berg Butterbrote und kuhwarme Milch hin.

Von der Hütte aus konnte man bis weit ins Land hinaus sehen. „Fast bis nach München", sagte die Resi, „wenn an klarer Föhntag is."

Jetzt lagen Nebelschwaden über der Ebene, nicht einmal die Hügel des Samerberges waren richtig zu sehen. Nur hier oben schien die Sonne, über dem Inntal breitete sich schon die Dämmerung aus. Kühl wurde es und dann empfindlich kalt, als die Sonne hinter den gegenüberliegenden Bergen hinabsank und noch ein, zwei lange, blasse Strahlen durch einen Bergeinschnitt zu ihnen herüberschickte.

Florian saß ganz still auf dem großen Stein vor der Hüttentür, der als Treppe diente. So etwas hatte er noch nie gesehen, er war ja am Abend noch nie hier oben gewesen. Er spürte plötzlich keinen Hunger mehr, und müde war er auch nicht. Stundenlang hätte er so sitzen und schauen können, aber stundenlang war es nicht mehr hell. Die Kühe drängten sich um die Hütte, muhten schläfrig.

„So, kimm eina jetzt", sagte die Resi und zog Florian am Arm hoch. „Jetzt wird's kalt. Morg'n müssen mir früh auf. Beim Schmücken willst doch helfen, oder?"

Und ob Florian das wollte, deswegen war er ja heraufgekommen! Aber er hatte auch noch etwas anderes erfahren: wie schön es auf dem Berg war, wenn man schauen konnte und still sein.

Bettina, Florian und Billi kletterten eine Leiter hinauf, die von der Stube unters Dach führte. Dort war Heu und Stroh aufgeschüttet. Es roch würzig und süß. Und mollig warm war es auch. Der Mittermeier Sepp hatte ein paar Decken ausgebreitet und noch ein paar zum Zudecken hingelegt. Die Kinder schlüpften in ihre Trainingsanzüge und krochen auf ihre Lager. Das war schön!

„Du, wir haben uns gar nicht gewaschen", erinnerte sich Bettina.

„Na, davon wird die Welt schon nicht untergehen. Ich steig' jedenfalls nicht mehr runter", erklärte Billi.

Florian sagte nichts, der schlief schon.

Von unten hörte Bettina das Prasseln und Knacken des Feuers im Herd. Die Resi und der Mittermeier Sepp unterhielten sich noch leise. Gesprächsfetzen flogen unters Dach hinauf. „... strenga Winter...", „... Käs' net vergessen...", „... wieder verheilt, der Fuaß...".

Als letztes hörte Bettina ein tiefes Schnaufen und das Klingen einer Glocke.

Um fünf Uhr am nächsten Morgen war es dann soweit. Bettina, Florian und Billi wurden durch das Scheppern der Milchkannen geweckt. Zuerst wußten sie gar nicht, wo sie sich befanden, dann aber sprangen sie auf.

„Au!" jammerte Billi laut. In ihrem Eifer hatte sie vergessen, daß dicht über ihrem Kopf die Dachbalken der Almhütte verliefen.

Draußen war es noch dunkel, doch am östlichen Himmel zeigte sich schon ein hellrosa Schein. Resi und der Mittermeier Sepp hatten bereits gefrühstückt. Für die Kinder gab's Brot, Milch, Käse und ein Stück Speck.

„Eßt's richtig", riet die Resi. „Mir ham noch a Menge zu tun."

Aber so früh am Morgen ließ der Appetit zu wünschen übrig, außerdem war es viel zu spannend, was sich da vor der Hütte tat. Der Sepp hatte die Kühe zusammengetrieben und fing an, die Kränze an ihren Hörnern zu befestigen. Als wüßten sie, welche Bedeutung das hatte, hielten die Viecher mucksmäuschenstill.

Billi hielt den Kopf der Kühe fest, und Sepp band die Kränze dran. Die Leitkuh kam als letzte an die

Reihe. Sie stand abwartend etwas im Hintergrund und muhte manchmal vor sich hin.

„Kimm her, Florian, halt amal die Kuh da an die Hörner fest", rief der Sepp. „Des G'lump bleibt einfach nett auf dera ihrem Kopf droben."

Vorsichtig näherte sich Florian der Kuh. Er hatte Kühe gern – besonders, wenn sich zwischen ihnen und ihm ein Zaun befand. Aber er konnte sich vor dem Sepp und vor allem vor Billi doch nicht blamieren! Er holte tief Atem und redete sich ganz fest ein, daß das eine liebe Kuh sei, die ihm ganz bestimmt nichts tun würde, auch nicht mit ihren schrecklichen großen und spitzen Hörnern. Er hoffte nur, daß die Kuh wußte, was er von ihr hielt. Dann griff er todesmutig nach den Hörnern und kniff die Augen zu. Nichts passierte. Die Hörner fühlten sich angenehm rauh und ein bißchen fettig an. Die Kuh hielt ganz still, und langsam wagte Florian, die Augen aufzumachen. Er sah direkt in das große, feuchte, sanfte Kuhauge.

Vom Weg herauf waren Stimmen zu hören und Lachen. Und kurz darauf tauchten etwa acht Burschen und Mädchen auf. Alle trugen Körbe und Kränze bei sich und schienen trotz der frühen Stunde hellwach und fröhlich zu sein. Nun wurde es lustig auf der Alm. Die Resi füllte viele Becher mit Milch und viele Gläschen mit einem Obstler. Der Obstler war für die Burschen, die Milch für die Mädchen und für die Kinder. In kürzester Zeit waren alle Kühe geschmückt und standen erwartungsvoll herum, als wollten sie fragen, wann es endlich losgehen sollte.

Billi und Bettina hatten in der Zwischenzeit mit ein

paar anderen Mädchen in der Hütte geholfen, alles aufzuräumen und wegzupacken. Schließlich mußte für die langen Wintermonate alles ordentlich verstaut werden. Natürlich kamen in den nächsten Tagen Leute aus den Dörfern herauf, um noch mal nach dem Rechten zu sehen, aber man wollte die Hütte doch ordentlich zurücklassen. Dann war es soweit. Die Resi steckte von außen den Schlüssel ins Schloß und sperrte ab.

„So, dann also bis zum nächst'n Sommer", sagte sie ein kleines bißchen wehmütig. Dann packte sie ihren Stecken, versetzte der Leitkuh einen leichten Schlag aufs Hinterteil und rief: „Weida!"

Mit wiegendem Gang setzte sich die geschmückte Kuh in Bewegung, und hinter ihr drein trottete die ganze Herde. Die Glocken läuteten, die Kühe schnauften, rupften hier und da noch ein Büschel Gras, muhten wie zum Abschied. Die Burschen und Mädchen lachten und riefen „Weida!" und „geh!", und Bettina, Florian und Billi waren so richtig glücklich.

Trittsicher fanden die Kühe ihren Weg bergab. Die bunten Aufbauten auf ihren Köpfen schwankten manchmal bedenklich, hin und wieder blitzte es auf, wenn sich die Strahlen der Sonne in den kleinen Spiegeln fingen. Hin und wieder wollte eine der Kühe seitwärts ausbrechen, aber da war schnell jemand zur Stelle, der sie mit dem Stecken in die richtige Richtung wies. Auf halbem Weg beim Brunnen machten alle halt. Langsam und behutsam tunkten die Kühe ihre Mäuler in den Wassertrog. Man hörte es gar nicht, wenn sie tranken. Sie tauchten einfach

die Schnauze ein und sogen das Wasser in sich hinein. Bettina und Billi tauchten die Arme bis über die Ellenbogen ins Wasser. Die Kälte kroch ihnen fast bis zum Hals hinauf, aber nachher waren sie herrlich erfrischt. Florian wollte nicht so recht, er trank nur ein paar Schluck aus der hölzernen Rinne, die das Wasser von der Quelle in den Trog leitete.

Ein paar Bergwanderer waren schon unterwegs und blieben stehen, als der Zug vorüberkam. „Alles guat ganga des Jahr?" riefen sie sachverständig, und: „Ja freili, nix is passiert!" antwortete die Resi freundlich und versetzte der neben ihr gehenden Leitkuh einen freundschaftlichen Schlag.

Am Dorfeingang standen die Leute Spalier. Ein paar Fremde waren auch noch da, ältere Leute und ganz junge Ehepaare mit kleinen Kindern. Billi suchte die Reihen der Leute mit den Augen ab. Natürlich, das hätte sie sich ja denken können! In vorderster Front, bewaffnet mit einem Stecken gespickt voller Stocknägel, hatte sich Sven aufgepflanzt. Und vor ihm saß Stefan in seinem Rollstuhl. Er winkte ihnen schon von weitem zu. Billi mochte gar nicht zurückwinken, am Ende bezog Sven diese Geste auf sich. Ein schrecklicher Gedanke!

Auch Frau Damann war gekommen. Sie trug ihr schönstes Dirndl und hielt einen Korb frisch gepflückter Äpfel am Arm. Ganz stolz und feierlich marschierten Bettina und Florian inmitten der Kühe durch die Beifall klatschenden Leute. Um zu zeigen, wie wichtig und unentbehrlich er war, hob Florian auch einmal seinen Stock, aber auf das Hinterteil einer Kuh ließ er ihn nicht sausen.

Sven trat auf sie zu, etwa wie ein Dorfältester, der die Ankommenden begrüßen wollte. Hoffentlich hält er jetzt keine Rede, schoß es Billi durch den Kopf.

„Na, wie habe ich das wieder gemacht?" trompetete er laut und vernehmlich. „So was muß nur richtig organisiert werden, dann kommen die Leute schon. Ist ja auch ein recht imponabelhafter Anblick, wie man so schön sagt."

„Mann!" zischte Billi und stieß mit dem Stecken nach ihm.

Die ersten paar Kühe lösten sich von der Herde und schwenkten nach links ab. Sie kannten ganz genau den Weg zu ihrem Stall. Einer der Burschen ging mit ihnen.

Platsch! Platsch! Warm und dunkelbraun zerplatzten die Kuhfladen auf der Straße. Am besten hielt man sich in einiger Entfernung von den hin und her schwankenden Kuhhinterteilen.

Platsch! „Verda..." Sven hatte sich vor lauter Hochstimmung zu nahe an eine Kuh herangewagt. Aber vielleicht gefielen der auch die vielen Stocknägel nicht. Jedenfalls geriet Sven direkt in einen Fladen hinein, mit den Schuhen, dem Hosenbein und mit der Hand.

Billi prustete vor Lachen, und Florian und Bettina mußten mitlachen. Sven blickte angewidert und verzweifelt an sich herunter, dann überlegte er kurz, hob die Schultern und lachte erst leise, dann immer lauter und zuletzt so, daß ihm die Tränen über die Wangen liefen.

Immer mehr Kühe lösten sich von der Herde, nacheinander kehrten alle heim in ihre Ställe. Manche hatten noch ein ganzes Stück zu laufen, in andere Dörfer. Die Burschen und Mädchen der verschiedenen Höfe gingen mit ihnen. Lachend verabschiedeten sie sich von den anderen. Am Abend gab es Tanz in einem der Dorfwirtshäuser. Schließlich mußten die gute Heimkehr und der gute Abschluß des Almsommers richtig gefeiert werden.

Bettina und Florian marschierten ganz stolz mit „ihren" Kühen in den Hof hinein. Die ganze Familie empfing sie, und Billi mußte natürlich dableiben. Die Burgl hatte „Ausgezogene" gebacken, man roch es im weiten Umkreis des Hauses. Diese in schwimmendem Fett herausgebackenen Hefeküchlein, die in der Mitte hauchdünn und am Rand dunkelbraun und weich waren, gehörten auch zu den Annehmlichkeiten des neuen Lebens in Bayern.

Sven drückte sich etwas schüchtern im Hintergrund herum, was sonst gar nicht seine Art war. Erst, als in der Ferne Frau Damann mit Stefan auftauchte, wurde er wieder lebendig. Er ging ihr entgegen, nahm ihr Stefans Rollstuhl ab und schob ihn an den Tisch, der vor dem Haus gedeckt war. Wenn er sich so sehr nützlich machte, durfte er doch wohl bleiben? Die Burgl hatte jedoch das Malheur bereits entdeckt, winkte Sven zu sich heran, zog ihn mit ins Haus und gab ihm eine alte Arbeitshose von Florians Vater. „So, jetzt geh wieder raus, jetzt rieacht ma wenigstens bloß no die Auszognen. Könnt den andern ja vielleicht sonst der Appetit vergehn, und des wär schad drum."

7. Kapitel

In der Küche vom Brunntalerhof roch es ganz stark nach Äpfeln. Körbeweise standen sie herum, und die Burgl hatte sich daran gemacht, sie zu waschen und zu putzen. In einem großen Topf kochten bereits geviertelte Äpfel, sie sollten zu Apfelgelee verarbeitet werden.

Die semmelblonde Katze lag vor dem Herd und fühlte sich so wohl, daß sie nicht aufwachte, als Bettina und Florian die Küche betraten. Die Katze war ihnen als einzige Erinnerung an die junge Lehrerin, Frau Rauter, geblieben. Auch das Pferd war weg. Vorübergehend, wie die Burgl weise erklärte. Frau Rauter wohnte seit einigen Wochen unten in einem Reithof bei Rosenheim. Nicht allein, wie die Kinder natürlich herausbekommen hatten. Es sollte da einen jungen Lehrer geben, der Reitpferd und Lehrerin für sich haben wollte.

„Oje", rief die Burgl, „ihr seid's ja ganz naß. Regnet's schon wieder draußen?"

„Ja, Burgl, schaust du denn nicht aus dem Fenster?" fragte Florian.

„Ich hab' die ganze Zeit nur auf die Äpfel geschaut, damit mir kein wurmiger durchgeht. Und dann hab' ich zum Topf auf dem Herd geschaut, daß er mir

nicht überkocht. Nein, aus dem Fenster hab' ich gar nicht rausg'schaut. Aber freilich, die Katze liegt da, die ist naß reinkommen, aber ich hab' das Gefühl g'habt, daß es schon lang zu regnen aufgehört hat."

„Es ist ein ganz feiner Regen", erklärte Bettina. „Man hört ihn gar nicht."

„Ja, der Herbst fängt stad an", meinte die Burgl. „Ganz still. Zuerst wird die Sonn blasser, dann werden die Schatten länger, und dann regnet es sich ein. Wird nimmer mehr lang dauern, liegt oben auf der Hochries oder hinten am Heuberg, ganz oben zuerst bloß, der erste Schnee. Und dann kommt er immer tiefer, bis zum Waldrand dahinten, und dann liegt er plötzlich auf'm Dach. Und dann kommt a Nacht, da haut's so viel Schnee vor die Tür, daß d' die freischaufeln mußt. Ja, so ist's." Sie sah sich einen Apfel ganz genau an und warf ihn dann weg. „Aber bis dahin ist noch Zeit", tröstete sie die Kinder. „Und der Herbst ist schön da bei uns. Mei, eine Sicht hat man da manchmal, bis zum Bayerischen Wald hinter!"

Sie beschäftigte sich wieder eine Weile angestrengt mit ihren Äpfeln. Dann erkundigte sie sich: „Und wie geht's dem Stefan droben?"

„Ach", sagten die beiden gleichzeitig. Mehr nicht. Sie verschwiegen, daß sie meinten, er sei zuviel allein. Aber Stefan beklagte sich nicht. Er war es gewohnt, daß er allein war. Und er hatte viel Bücher, er las gern.

„Seine Mutter ist oben", verriet die Burgl, „bei eurer Mutter. Ich hab' ihnen vorhin Tee hinaufbracht."

„Wir haben ihren Bus gesehen", sagten Bettina und Florian gleichzeitig. Sie hatten sich beide gewundert, daß der Kleinbus von Frau Damann vor ihrem Haus stand und nicht oben am Leitnerhof.

„Ja, ja“, meinte die Burgl. „Es scheint was Wichtiges zu sein. Die Frau Damann ist schon eine ganze Weil oben. Ist ja aber auch eine nette Frau, eure Mutter. Die zwei verstehen sich gut.“

Plötzlich riß es die Burgl zusammen. „Mein Gott, ich red', und ihr habt's vielleicht einen Hunger. Soll ich euch Kakao machen oder warme Milch mit Honig drin und a Stückl Butterbrot, hm?“

„Mir nicht“, rief Bettina und ging hinaus auf den Flur.

„Mir schon“, sagte Florian und setzte sich an den Tisch auf die Eckbank.

Als Bettina die Treppe erreichte, hörte sie oben die Stimme von Frau Damann. Eigentlich hatte sie die Treppe hochpoltern wollen, aber jetzt zwang sie irgend etwas, still zu sein. Vorsichtig stieg sie ein paar Stufen hoch, und da sagte Frau Damann eben: „... was ich an ihm mag, ist seine Ruhe und seine Gelassenheit. Weißt du, du hast das Gefühl, es kann dir nichts passieren, wenn er da ist. Absolut nichts.“

„Und was hindert dich, ihm zuzugeben, daß du ihn magst?“

„Mehreres, Inge. Erstens die Angst, daß solch ein Glück nicht dauern kann, und zweitens weiß er nichts von Stefan. Er denkt, ich bin allein. Und ich weiß, Stefan wird der Prüfstein sein. Zuerst dachte ich, es ist nicht so wichtig, ob ich es sage oder nicht, es wird sowieso nicht lange dauern. Und jetzt ist es ernst geworden, und da hab' ich das Gefühl, ich hab' den richtigen Zeitpunkt verpaßt.“

„Und weiß Stefan etwas von der Sache?"

Bettina wurde hellwach. Sie schlich noch zwei, drei Stufen höher und hörte: „Nein, der weiß natürlich auch nichts von Fred, wie Fred nichts von ihm weiß."

Fred war mit Bestimmtheit kein Junge, dachte Bettina, sondern ein Mann. Und wenn er ein Mann war, dann war Stefans Mutter, ja, wie nannte man das schnell? Dann war sie verliebt in ihn. Ach, und jetzt wußte sie also nicht, was Fred zu Stefan und was Stefan zu Fred sagen würde.

Zuerst fand Bettina das noch ziemlich lustig. Dann aber erschrak sie. Was würde geschehen, wenn Frau Damann unbedingt heiraten wollte, und Fred wollte sie auch heiraten, und er stellte nur eine Bedingung: Stefan mußte aus dem Haus. Was war dann?

Bettina stieg noch zwei Stufen hoch. Jetzt konnte sie Mutter und Frau Damann im oberen Flur sitzen sehen. Mutter legte gerade zwei Buchenscheite in den skandinavischen Holzofen, der aussah wie eine Regentonne an der Dachrinne, wobei die Dachrinne das Ofenrohr war.

„Ich lasse die Ofentüren offen, dann muß ich kein Licht andrehen", sagte Mutter und setzte sich wieder.

Eine Weile unterhielten sie sich nun über den Ofen. Frau Damann fand ihn hübsch. Sie erkundigte sich, was er gekostet hatte und wo es solche Öfen gebe. Ein bißchen später sprachen sie wieder von diesem Fred.

„Vielleicht ist es ein Fehler, daß ich da hineingeschlittert bin", meinte sie. „Schließlich bin ich nicht

mehr so jung, und meine Erfahrungen mit Männern sind nicht so, daß ich..." Sie überlegte eine Weile, dann sagte sie nur: „Nun ja..."

Bettinas Mutter schwieg. So konnte Bettina bleiben, wo sie war. Die beiden noch länger zu belauschen, das wäre gewiß nicht schön gewesen. Und so stand sie nun auf der Treppe, die rechte Hand auf dem Geländer, und oben saßen die beiden Frauen und wandten ihre Gesichter den zuckenden Flammen zu. Draußen brach der Herbstabend an, und das Spiel der Flammen im dunklen Flur wurde immer deutlicher, der Widerschein an den Wänden immer heller.

„So ein Feuer ist geradezu tröstlich", sagte jetzt Bettinas Mutter.

Frau Damann nickte. Dann sagte sie: „Ich muß mir auch so einen Ofen kaufen. Was das Schöne daran ist, man kann ihn als Kamin und als Ofen verwenden. Und wenn man den so richtig mit Scheiten vollstopft, wird es vielleicht auch in den oberen Zimmern ein bißchen warm. Vergangenen Winter war es immer saukalt auf dem Flur, obwohl ja alle Wände aus Holz sind." Und dann redete sie davon, daß der Schornsteinfeger wohl den Kamin ansehen müßte.

Während sie redete, schlich Bettina die Treppe hinunter und lockte dann Florian aus der Küche in den Stall zu den Pferden. Sie sah sich vorher noch um, ob auch niemand da war, dann sagte sie zu ihrem Bruder: „Wenn du willst, daß ich dir etwas erzähle, mußt du mir hoch und heilig versprechen, daß du es keinem anderen sagst. Versprochen?"

„Versprochen", sagte Florian, der im Dunkeln versuchte, im Gesicht seiner Schwester eine Spur von dem zu finden, was sie erfahren hatte und was sie bis jetzt verschwieg.

Bettina ließ sich auf einen Ballen Preßstroh sinken und zog Florian zu sich heran. „Ich hab' was gehört", sagte sie und erzählte schließlich, was sie gehört hatte.

Florian ließ es zu, daß Bettina ihren Arm um seine Schultern legte, nach der warmen Küche war es hier doch ein wenig kühl.

Sein Herz klopfte bei dem Bericht seiner Schwester, denn irgendwie liebte er Frau Damann. Er freute sich, wenn er sie traf, und war glücklich, wenn sie mit ihm sprach. Und wenn sie ihm auf die Schulter klopfte oder die Wangen tätschelte, dann durchschoß ihn ein warmer Blitz vom Scheitel bis in die große Zehe hinein. Er fand es daher nicht ganz in Ordnung, wenn sie schon Stefan und ihn hatte, daß sie sich noch in einen anderen Mann namens Fred verliebte, der für das Glück Stefans ebenso überflüssig war wie für das seine.

Bettina puffte ihn mit dem Ellenbogen. „Warum sagst du nichts?" fragte sie.

„Ich find's nicht schön, daß sie sich verliebt", sagte Florian. „Ich bitte dich, in ihrem Alter!"

„Sie soll erst zweiundvierzig sein, hat Billi neulich rausgekriegt. Und sie sieht doch noch toll aus."

„Trotzdem. Was soll Stefan von ihr denken?"

„Was Stefan von ihr denken soll? Schließlich hat sie auch ein Recht, glücklich zu sein. Und du weißt ja noch gar nicht, vielleicht mag dieser Fred den Stefan und der Stefan den Fred."

„Ich mag diesen Fred bestimmt nicht“, versicherte Florian. „Wie man nur Fred heißen kann! Was ist er denn überhaupt?“

„Ich weiß es nicht. Aber vielleicht ist er auch Schauspieler wie Frau Damann, und sie haben sich bei Fernsehaufnahmen kennengelernt.“

„Ehen unter Schauspielern gehen meistens schlecht aus.“

„Wieso?“

„Weil sie im Beruf dauernd andere küssen müssen und sich privat meistens scheiden lassen.“

„Woher weißt du das?“

„Weil es in den Zeitungen steht.“

„Ach“, sagte Bettina, „du regst dich nur auf, weil du eifersüchtig bist.“

Florian riß den Mund auf, um irgend etwas zu sagen, da flog die Stalltür krachend gegen die Wand, und im selben Augenblick drehte Burgl das Licht an.

„Ach, da seid's ihr!“ rief sie überrascht. „Mei, und im Haus drin is' so warm und gemütlich.“

Draußen sprang ein Automotor an. Frau Damann fuhr zum Leitnerhof hinauf.

8. Kapitel

Stefan saß im dunklen Flur des Leitnerhofes und sah hinaus in die Nacht. Eine alte Bauernuhr mit schweren Messinggewichten tickte laut, schnarrte und rasselte hin und wieder ein bißchen. Draußen regnete es. Schuft zeigte kein großes Verlangen nach draußen. Er saß dicht neben Stefan, spitzte die Ohren und ließ sich von ihm das Fell im Nacken kraulen.

Es war Anfang Oktober. Tagelang hatte es keinen Sonnenschein gegeben, und nun war es im Flur mit dem Steinplattenfußboden schon ein bißchen klamm und feucht.

Stefan war eigentlich nicht ängstlich. Aber eine große Angst hatte er: Daß er eines Tages auf seine Mutter warten würde und sie nicht kam. Nicht, weil sie auf und davon war, nein, weil sie einen Unfall hatte, schwer verletzt im Krankenhaus lag oder gar tot auf der Autobahn. Trotzdem wartete er gerne im dunklen Flur auf sie. Er sah dann die Lichter der Scheinwerfer früher und konnte am Strahl auch gleich erkennen, ob es tatsächlich der eigene Wagen war oder ein anderer. Stefan erkannte den Kleinbus am Lichtstrahl, Schuft am Motorengeräusch. Jedesmal, wenn Schuft dieses Geräusch hörte, begann er ganz hoch zu fiepen und wurde dabei immer unruhiger.

Draußen sang der Regen ums Haus. Es war wie ein leises Seufzen oder Weinen. Es schüttete nicht, es sprühte. Stefan schien es, als übten sich die Wolken ein, Schnee fallen zu lassen. Er liebte dieses Geräusch, das fast keinen Laut hatte, diese Stille.

Gerade, als er sich vorzustellen versuchte, was mit ihm geschehen würde, käme Mutter einmal nicht aus München nach Hause, sah er unten Lichter an den nassen Baumstämmen am Waldrand zucken. Und im selben Augenblick begann Schuft unruhig zu werden und zu winseln.

„Ruhig, Schuft", flüsterte Stefan, obwohl er wußte, daß dies nichts nützte.

Jetzt bewegten sich die Scheinwerfer den langen Weg am Bach entlang, hopsten ein bißchen, wo der Weg uneben war, und schwenkten schließlich zum Haus her ein, daß das Licht hart in den Flur strahlte, er die Hand vor die Augen halten mußte und sich die Lider fast automatisch zusammenzogen. Dann stand der Wagen, das Motorengeräusch erstarb, die Scheinwerfer verglommen. Schritte kamen aufs Haus zu, Schuft sprang hoch und stand schwanzwedelnd an der Tür, kratzte mit den Vorderpfoten am Holz und Glas, stellte sich auf die Hinterbeine und unterdrückte sein Freudengebell nicht mehr.

Als die Tür endlich aufging, zeigte er, daß er vor Freude hecheln, gackern, winseln und bellen konnte. Einmal hatte Schuft sich so gefreut, daß er beim Hochspringen Mutter die Oberlippe blutig geschlagen hatte. Auch heute konnte er sich nicht halten, beschnupperte die Strümpfe und das Kostüm von Frau Damann gründlich, ja, er schien sich von den Gerüchen, die sie mit hereinbrachte, gar nicht trennen zu können.

Endlich war sie bei Stefan und küßte ihn auf die Stirn. „Entschuldige, daß ich mich ein bißchen verspätet habe. Warum hast du dir kein Licht gemacht?“

„Ich fürchte mich nicht im Dunkeln. Warst du bei jemand Bekanntem, weil dich Schuft so beschnuppert?“

„Wie?“

„Ob du bei jemandem warst, weil dich Schuft so beschnuppert.“

„Ich? Ja, doch, bei Frau Pichler war ich. Ich wollte nur kurz hineinschauen und schnell Grüß Gott sagen, aber dann hat die Burgl Tee gebracht, und Frau Pichler hatte schon Feuer im Ofen... Sag, ist dir nicht kalt, hier auf dem Steinfußboden?“

Sie schob Stefan in seinem Rollstuhl in die Küche, in der es wärmer war. In einem Korb in der Ecke neben dem großen Küchenherd schliefen Lümmel, der Kater, und Strolch, der borstige Rauhhaardackel, Rücken an Rücken. Nur Strolch wachte auf, linste träge über den Korbrand, zuckte ein paarmal mit dem Schwanz und drehte sich auf den Rücken, um seinen nackten Bauch zu zeigen.

„Du wirst sicher Hunger haben, Stefan.“

„Keinen großen.“

„Aber ein Butterbrot und Tee... oder willst du Wurst?“

„Gut. Was hast du denn mit Frau Pichler besprochen?“

„Ich? Besprochen? Wie kommst du darauf, Stefan? Nichts haben wir besprochen, Grüß Gott wollte ich nur sagen, weil ich ein bißchen früher dran war als sonst. Und ich kann doch bei unseren nächsten Nachbarn nicht ewig nur vorüberfahren... Ja, über den Ofen haben wir gesprochen. Ich weiß jetzt nicht, war es ein schwedischer oder ein norwegischer... Er sieht aus wie eine schwarze Regentonne, und man kann die Türen zur Seite schieben, dann sieht er aus wie ein Kamin. Es war hübsch, so ins Feuer zu sehen. Ich will den Kaminfeger anrufen und ihn fragen, ob unser Rauchfang auch einen solchen Ofen verkraftet."

„Sag mal, hast du Schnaps im Brunntalerhof gekriegt?"

„Schnaps? Wieso?"

„Weil du so viel redest."

„So, tu' ich das?" Sie lachte. „Nein, Schnaps hab' ich nicht gekriegt. Moment, ich muß mir noch die Hände waschen."

Sie ging hinaus ins Bad, wusch sich die Hände und betrachtete dabei ihr Gesicht im Spiegel. Merkt er irgend etwas? fragte sie dieses Gesicht. Sehe ich anders aus, oder bin ich gar anders? Aber heute sage ich ihm noch nichts, beruhigte sie sich gleich halblaut. Das muß wohl überlegt sein.

Als sie in die Küche zurückkehrte, hatte Stefan schon im alten Herd Feuer gemacht, es knisterte und knackte. Und als er das Herdtürchen öffnete, um nachzulegen, war sein Gesicht rötlich beschienen. Sein braunes Haar, das er frisch gewaschen hatte, schimmerte.

„Jetzt hast du richtig schön ausgesehen", sagte sie, als er die Herdtür wieder schloß. „Ich muß morgen gleich den Schornsteinfeger anrufen, daß er den Kamin überprüft, ob wir da einen solchen Ofen, wie sie ihn unten im Brunntalerhof haben, anschließen können."

„Tu das", sagte er. „Ich finde, im Herbst müssen wir fast mehr heizen als im Winter, wenn der Schnee liegt. Ein kaltes Haus verträgt man leichter als ein feuchtes."

Und so redeten sie den ganzen Abend über Öfen, Kaminfeuer, über Herbst und Winter und das Klima in den bayerischen Bergen.

Ziemlich zum Schluß, ehe Frau Damann aufstand, um den Tisch abzuräumen, betrachtete Stefan sie eine Weile, und dann sagte er: „Du siehst so eigenartig aus. Ich weiß gar nicht, wie. Manchmal bist du am Abend so richtig abgespannt und schlaff, aber heute..."

„Ach, das ist nur die Freude über die gemütliche Wärme hier, Stefan. Und du hast so lieb auf mich gewartet und Schuft auch, das ist es wohl."

„Nein, es ist etwas anderes, ich fühle das."

„Wir hatten heute einen sehr guten Drehtag. Es gibt Tage, da klappt einfach alles, fast auf Anhieb. Man kann ein ziemlich großes Pensum vom Drehbuch abhaken. Und es gibt andere Tage, da geht überhaupt nichts. Man muß wiederholen und wiederholen. Zuerst verspricht sich der Kollege, dann verspricht man sich selber, und dann sagt der Kameramann: ‚Noch einmal, das Mikrofon hing von oben rein.' Diese ewigen Wiederholungen schaffen einen."

Stefan sagte nicht mehr, daß er etwas anderes meinte, was nicht mit ihrem Beruf zusammenhing, und deshalb schwieg seine Mutter auch. Plötzlich zuckte sie zusammen und meinte, ob es nicht besser wäre, sich nach einer Haushälterin umzusehen.

„Meinst du, es gibt noch solche Menschen wie die Burgl?“ fragte sie. „Ich meine, sie muß nicht eigens verwachsen sein. Aber so ein Leut eben, das froh ist, wenn es eine Kammer, eine nicht zu schwere Arbeit, Essen und Geld hat. Und du hättest dann auch immer jemand, der ständig zur Hand ist.“

„Es macht mir nichts aus, allein zu sein“, sagte Stefan.

„Ich meine nur, wenn es jetzt mal im Winter bei den Dreharbeiten später werden sollte, oder wenn wir zu Außenaufnahmen nach Garmisch müssen. Oder es ist Glatteis, und es ist besser, in München zu übernachten. Damit dann hier alles seinen Gang hat.“

„Dann bringt mich eben jemand von den Pichlers in die Schule hinunter und wieder herauf. Und am Nachmittag ist entweder Billi bei mir oder Bettina oder Florian, oder es sind gar alle vier da mit Sven.“

„Aber wenn wir den Ofen oben haben, muß das Holz hinaufgeschafft werden.“

„Das machen Billi oder die anderen jederzeit.“

„Hast du grundsätzlich etwas gegen eine Hilfe im Haushalt?“

„Da ist ja auch noch die Frage, ob wir uns das leisten können.“

„Diese Frage dürfte keine Frage mehr sein, Stefan. Es ist so gut wie sicher, daß ich wieder eine tragende Rolle in einer größeren Serie bekomme.“

„Meinetwegen muß niemand hierher“, sagte Stefan. „Gut, ich kann kein Holz hinauftragen, aber ich kann allein, mit den Krücken, die Treppe hinauf. Und wenn Holz oben ist, kann ich einheizen oder nachlegen.“

„Es ist nicht nur deinetwegen. Ich darf mich dann einfach nicht mehr so abstrampeln.“

„Wir haben ja noch längst nicht so ein Wesen wie die Burgl gefunden“, beruhigte Stefan sich selbst.

9. Kapitel

„Wer sagt es ihr?“ fragte Bettina, als sie auf den Klingelknopf an Billis Gartentür drückte.

Florian hob die Schultern. „Ich war ja nicht dabei“, meinte er dann. „Du hast doch alles gehört.“

„Wer ist's?“ fragte da Billi in der Gegensprechanlage.

„Wir sind's“, sagten sie gleichzeitig. „Bettina und Florian.“

„Und Sven ist nicht in der Nähe?“

„Nein, keine Angst.“

Die Tür sprang auf, und sie konnten die paar Schritte über den Steinplattenweg zum Hauseingang gehen.

Billi stand schon da und begrüßte sie flüchtig. „Ich kann euch nicht die Hand geben, seht meine Hände an“, entschuldigte sie sich.

Billi hätte sie nicht darauf aufmerksam machen müssen, sie hatten sofort bemerkt, daß ihre Hände schwarz und schmierig waren.

„Ich verstehe eines nicht“, schimpfte sie, während sie voraus in ihr Zimmer ging, in dem es nach Benzin und Motorenöl stank. „Ich verstehe wirklich nicht, wie die Leute mit Motoren umgehen, ohne etwas von ihnen zu verstehen.“

Die beiden fragten gar nicht, woran sie arbeitete, weil sie es ohnehin nicht ganz verstanden hätten. Nach dem, was da bei Billi herumlag, schien es um einen kleinen Motor und Dichtungsringe zu gehen.

„Sven hockt mir schon wieder den ganzen Tag auf der Pelle", beklagte sich Billi. „Na, ich weiß nicht, wenn der nicht verhaltensgestört und milieugeschädigt in einem ist, dann verstehe ich nichts vom Mechanikerhandwerk."

„Was ist denn los?" wollte Bettina wissen.

„Ach, heute, da möchte er dauernd zu mir herein. Und Billi hin und Billi her. Aber Freitag, Samstag, Sonntag, wenn sein Daddy bei ihm ist und wenn er mit seinem Daddy auf der Straße geht, da kennt mich diese miese Null überhaupt nicht. Sieht weg und behandelt mich wie Luft. Am Montag dann, da zehrt er noch ein bißchen von dem, was ihm sein Daddy ins Ohr geflüstert hat. Daß ich nicht der rechte Umgang für ihn bin, da unweiblich und außer für Reparaturen für nichts zu gebrauchen. Vom Dienstag an bis Freitag nachmittag wird er dann zur Landplage für mich, bis sein Daddylein auftaucht und ihm wieder die Ohren mit Benimmsprüchen vollbläst."

„Hast du schon Schulaufgaben gemacht?" erkundigte sich nun Florian, weil Billi eine Pause einlegte.

„Natürlich. Die mach' ich immer mit links. Und was führt euch zu mir?"

Jetzt sah Florian zu Bettina hin, und Bettina wurde sogar etwas rot im Gesicht. Florian stieß seine Schwester in die Seite, und sie stieß ihn zurück und schimpfte: „Laß mich, ich rede schon."

„Um wen geht's denn?"

„Ach", sagte Bettina, „das ist so eine dumme Sache, ich hab' da rein zufällig..."

„Rein zufällig!" äffte Florian sie nach. „*Gehorcht* hast du!"

„Natürlich hab' ich gehorcht, aber begonnen hat es rein zufällig."

„Was hast du gehört?"

„Ich glaube, Frau Damann liebt einen Mann. Sie hat's meiner Mutter erzählt."

„Und dabei ist sie schon zweiundvierzig", fügte Florian schnell ein. „So alt!"

„Und?" fragte Billi.

„Es ist wegen Stefan."

„Was hat er damit zu tun?"

„Frau Damann traut sich nicht, Stefan etwas von diesem Mann zu sagen. Und dem Mann, Fred heißt er, sagt sie wieder nichts von Stefan."

„Fred?" wiederholte Billi. „Fred und wie noch?"

„Weiß ich nicht. Sie hat immer nur Fred gesagt."

„Das kriegen wir raus", meinte Billi. „Fred. Und ihr glaubt nun, daß da eine Gefahr für Stefan heraufzieht?"

„So ähnlich."

„Verliebt sich noch mit zweiundvierzig", sagte Florian.

„Quatsch nicht so dusselig!" fuhr ihm Billi über den Mund. „Meine Oma hat sich noch mit fast siebzig verliebt. Und wie! Wir kannten sie nicht mehr wieder. Sie schmiß alle grauen Sachen weg, tapezierte ihre Wohnung orange und rosa, lernte Schwimmen und Radfahren und flog mit ihrem Sonnyboy ab nach Mallorca. Und vorher..."

„Vorher?"

„Vorher hatte sie immer geschworen, daß keine zehn Pferde sie jemals in ein Flugzeug hineinbringen würden. Ja, aber warum erzählt ihr mir das Ganze?"

„Eigentlich, weil Frau Damann sich fürchtet, Stefan etwas von diesem Mann zu sagen."

„Und?"

„Und? Das zeigt doch schon, daß dieser Mann etwas gegen Stefan haben wird. Wahrscheinlich will er, daß sie ihn weggibt in ein Internat oder in ein Heim oder so..."

„So einer ist das", schimpfte Florian. „Was macht Stefan, wenn er uns nicht mehr hat? Und den Hund darf er sicher auch nicht mitnehmen."

„Moment! Moment!" rief Billi. „Ich glaub', ihr verrennt euch da in etwas. Wer sagt denn, daß dieser Fred den Stefan in ein Heim stecken will?"

„Wenn sie selber sich nichts zu sagen traut?"

„Und wo will Stefan den Fred hinstecken, auch in ein Heim?"

„Wieso?" fragte Florian.

„Na, weil sie dem Stefan auch nichts vom Fred sagt."

Das mußte man natürlich bedenken. Es war einfach eine verzwickte, weil ungewohnte Situation für Frau Damann. Es war immer verzwickt, wenn ein Mann auftauchte.

„Machen wir uns doch nichts vor", sagte da Bettina. „Männer wollen die Frauen immer für sich allein haben."

„Zumindest am Anfang", fügte Florian hinzu, „damit sie so richtig mit ihnen schmusen können."

Billi wischte sich die Hände an einem Lappen ab und hockte sich auf einen Stuhl. „Ich merke schon, was ihr meint", sagte sie. „Aber da können wir kaum eingreifen."

„Und wenn wir Stefan warnen?" schlug Florian vor.

„Warnen? Auf keinen Fall. Wir würden ihn nur beunruhigen. Ich finde, es ist am besten, wir tun so, als wüßten wir nichts, halten aber Augen und Ohren offen. Außerdem kann ich mir nicht vorstellen, daß Frau Damann ihn in ein Heim abschiebt. Von sich aus bestimmt nicht."

„Und Fred?"

Billi winkte ab. Sie schien zu grübeln. Welche bekannten Männer, insbesondere Schauspieler oder Filmregisseure, hießen Fred? Denn daß es ein unbekannter Fred sein könnte, darauf kam sie nicht.

Sie schickte Florian ins Wohnzimmer, er sollte das Fernsehprogramm holen. Dann schauten sie unter Dienstag nach, an dem immer die Serie gesendet wurde, in der Frau Damann mitwirkte. Sie lasen die Namen der wichtigsten Schauspieler: Valentina Damann, August Bürger, Gisela Warning, Alfred Delbrügg und Sigbert Seemann. Daneben war ein Foto, das Anna (Valentina Damann) und Kropke (Alfred Delbrügg) zeigte.

Florian schnappte ein paarmal nach Luft. „Da ist er!" rief er.

„Was'n los?" fragte Billi.

„Er muß ja gar nicht Fred heißen, er kann auch Alfred heißen. Hier, Alfred Delbrügg."

Billi studierte das Gesicht von Kropke, dargestellt

von Alfred Delbrügg. Er hatte eine Knollennase mit einer Warze drauf, und die war echt. Und dann hatte er dunkle Ringe um die Augen, Hängebacken und Tränensäcke. Nein, das war gewiß nicht *der* Fred.

„Ich geb's auf", sagte Billi. „Es muß ja kein bekannter Fred sein. Am Ende ist es bloß der Kameramann oder der Wirt in der Kantine oder irgendein Angestellter vom Fernsehen."

„Aber was machen wir jetzt? Wie soll es weitergehen?"

„Das wichtigste ist", begann Billi und überlegte, „daß Sven keine Silbe von dem erfährt, was wir hier gesprochen haben. Und Stefan darf auch nichts davon erfahren."

„Und sonst?" fragte Florian.

„Sonst müssen wir nur Augen und Ohren offenhalten."

10. Kapitel

Den ganzen Freitag nachmittag hatte die Kreissäge sich kreischend in die runden Holzstämme gefressen. Man konnte es bis tief in den Wald hinein, ja, bis nach Roßholzen hinunter hören. War ein Korb mit zersägten Rundstämmen voll, trugen Florian und Bettina das Holz zum Hackstock, wo der Großvater schon darauf wartete, es zu spalten. Er hackte sich das Holz so schmal und breit, wie er es wollte. Nur die ganz dünnen Rundlinge ließ er verschont.

Billi und Sven klaubten das Hackholz in einen Korb und schichteten es an der Mauer vom Häusl hoch, in dem der Großvater Pichler und die Großmutter wohnten.

Der Großvater war guter Dinge, weil bei der Arbeit „was weiterging“, wie er es nannte. Seit dem Sommer hatte er sich etwas verändert. Er war nicht mehr ganz so griesgrämig. Er redete sogar mit seinem Sohn, Bettinas und Florians Vater, wie ein ganz normaler Vater. Und er mußte zugeben, wenn auch widerwillig, daß sich seine Schwiegertochter gar nicht so dumm anstellte, auch wenn sie aus der Stadt kam. Aus einer norddeutschen Stadt! Bettina und Florian hatten ihren Großvater mittlerweile sogar richtig liebgewonnen.

Immer wieder spuckte er sich in die Hände, damit ihm der Stiel der Axt nicht davonrutschte. Und außerdem schien ihm das In-die-Hände-Spucken ungeahnte Kräfte zu verleihen.

„Wie unappetitlich", meuterte Sven, als er wieder mit Billi das Holz aufschichtete.

„Was ist unappetitlich?" fragte Billi gereizt.

„Wie der sich immer in die Hände spuckt."

„Laß ihn doch, sind ja nicht deine Hände."

„Ich würde das nie tun", sagte Sven.

Billi befürchtete, er würde gleich wieder mit einer Weisheit daherkommen, die mit „mein Vater sagt immer" begann.

„Mein Vater sagt immer", begann Sven.

„Wau!" schrie Billi.

„Was hast du?" erkundigte sich Sven überrascht.

„Ich hab's gewußt, daß der nächste Satz so beginnen wird. Kannst du nicht auch mal was anderes sagen als das, was dein Vater immer sagt?"

„Aber wieso?"

„Weil ein Papagei auch nachplappern kann."

Sven begriff nicht. „Aber wenn es mein Vater tatsächlich gesagt hat..."

„Ich geb's auf", sagte Billi. „Und was verkündet der Unfehlbare?"

„Er sagt, er hat mal im Fernsehen Speichel unter dem Mikroskop gesehen, da waren jede Menge Bakterien drinnen."

„Den Speichel vom Pichler-Großvater?"

Sven merkte nicht, daß Billi ihn auf den Arm nahm.

„Nein, ich denke nicht. Irgendeinen anderen. Voller Bakterien!"

„Und dann hat dein Daddy gesagt, wie unangenehm es ist, sich zu küssen, und daß man vorher immer schön die Zähne putzen muß, mindestens fünf Minuten ..."

„Nein, er sagte nur, wenn im Menschenspeichel schon so viele Bakterien sind, dann sind im Hundespeichel noch viel mehr, und deshalb soll man sich immer die Hände waschen, wenn man etwas angefaßt hat."

„Was?"

„Verschiedenes."

„Wie versteh' ich das jetzt? Alles? Oder nur das, was vorher Hunde abgeschleckt haben? Und wie ist das jetzt mit der Spucke vom Pichler-Großvater?"

Sven suchte nach Worten, aber zum Reden ließ ihn Billi gar nicht kommen.

„Und warum hört eine Wunde zu bluten auf, wenn man sie mit Speichel in Berührung bringt, hm?" fragte sie. „Hast du schon einmal eine zerschrammte Hand von einem Waldarbeiter gesehen? Und glaubst du, so ein Holzarbeiter hat immer eine Hausapotheke dabei? Aber seine Zunge, die hat er immer dabei, und das ist besser als vieles andere. Einmal hat mein Haflinger, der Wastl, sich das linke Vorderknie blutig gerissen, ich stand daneben und heulte, weil ich nicht wußte, was ich tun sollte, da kam zum Glück ein Bauer und hat ..."

„... draufgespuckt, igittigitt", sagte Sven.

„Nein, du Neunmalkluger, er hat draufgepinkelt, und die Wunde ist schön verheilt. Aber vorher hat er gesagt: ‚Schau weg, Madl.' Ich hab' weggeschaut und gedacht, weiß Gott, was er jetzt dem Wastl antut."

Sie hatten den Korb mit den Scheiten halb geleert, da klatschte der Großvater in die Hände. „Brotzeit ist!" rief er. „Alles kommt hierher!"

Jetzt wurde Billi erst gewahr, daß die Kreissäge schon lange geschwiegen hatte. Und sie sah die Burgl aus dem gegenüberliegenden Haus mit einem Riesentablett herüberkommen zum Tisch am Austragshäusl, wo die Großmutter wartete.

Bettina, die gerade einen Schluck Milch nehmen wollte, prustete los, Florian grinste, und der Pichler-Großvater klopfte Billi auf die Schulter und sagte anerkennend: „Wie dir das immer so einfällt, Madl. Du werst amal richtig."

Billi tat, als überhöre sie das Lob, und stellte sich zu Bettina und Florian. „Ich hab' gerade ein Auto brummen hören", sagte sie. „Ob das Frau Damann mit Stefan ist?"

Florian lief um das Haus des Großvaters herum, da konnte man nach unten auf eine Wegkehre sehen. Hier hörte man das Motorengeräusch besser, aber der Wagen schien schon die Kehre hinter sich zu haben und im Wald zu fahren. Da, jetzt schaltete der Fahrer auf einen niederen Gang. Florian rannte zu den anderen zurück. „Gesehen hab' ich sie nicht mehr, aber ein Auto kommt schon herauf zu uns."

Vor dem Auto kam jedoch noch Sven aus dem Haupthaus herüber, betrachtete wohlgefällig seine sauberen Hände und verkündete, daß er jetzt ordentlich einhauen werde.

„Mensch, bin ich vielleicht hungrig!" rief er.

„Ja", sagte der Großvater, „wenn's dir so lang die Händ waschst, da kannst leicht an Hunger kriegen."

„Was haben wir denn da?“ fragte jetzt Sven. „Aha, Wurst, Schinken, ziemlich fett allerdings, Käse und Gürkchen. Na, ich denke, ich werde mir zwei, drei Schnittchen machen. Eines mit Wurst und Schinken und eines mit...“

„Käse“, ergänzte Billi. „Gott sei Dank, da kommt Frau Damann, hoffentlich ist Stefan mit dabei.“

Stefan war mit dabei, aber da war noch jemand, den Florian sofort mit scharfen Blicken maß. Ein großer, breitschultriger Mann mit einer Latzhose.

Bettina musterte ihn auch und war empört, daß Fred, denn um keinen anderen konnte es sich handeln, daß Fred offensichtlich um einiges jünger war als Frau Damann.

„Kommt's her, Leutln!“ rief der Großvater, der offenbar glücklich darüber war, daß die Arbeit mit dem Holz so schnell vorangegangen war. „Es ist noch genug da. Und wenn's zu wenig wird, nachher bringen wir noch was dazu.“ Und der Burgl, die am großen Haus drüben stand, rief er zu: „Burgl, ein Bier muß noch her!“

„Das sieht ja wie ein Fest aus“, sagte Frau Damann. „Eine Tafel wie im Schlaraffenland.“

„Mein Vater sagt immer...“, begann Sven.

„Oje“, hauchte Billi und ließ sich auf die Bank neben den Großvater fallen.

„Wo man ißt, da laß dich ruhig nieder, nur böse Menschen hungern lieber“, fuhr Sven fort und war verwundert, daß diesen schönen Spruch niemand originell fand.

„Ist das von Goethe?“ fragte Billi.

„Nein, von meinem Vater.“

„Kaum ein Unterschied, nicht wahr, Frau Damann?"

„Nein, keiner. Übrigens, das hier ist Herr Berg." Sie wies auf den Mann mit der Latzhose, der jetzt ein wenig verlegen lächelte.

Inzwischen hatten Bettina und Florian Stefan samt Rollstuhl aus dem Kleinbus geholt, und Frau Damann rief: „Ach, Stefan, wir wollten doch gleich weiter, eigentlich haben wir eine Menge vor."

„Nur ein kleiner Happen zwischendurch", sagte da der Vater Pichler. „Und vielleicht einen Schluck Bier. Sie werden sehen, es ist gut, genau bachkalt. Wir lassen nämlich das Bachwasser über die Flaschen laufen."

Billi schob jetzt Stefan in seinem Rollstuhl an den Brotzeittisch heran. „Hast du zufällig eine Ahnung, wie Herr Berg mit Vornamen heißt?" fragte sie leise.

„Nein, weiß ich nicht", sagte Stefan. „Ah, da gibt's Griebenschmalz. Billi, streichst du mir ein Brot?"

„Ich muß dich aber darauf aufmerksam machen, daß ich meine Hände nicht desinfiziert habe und daß daher möglicherweise Bakterien drauf sein könnten, die auf solche Weise zuerst aufs Brot, nachher in deinen Mund und dann in deinen Körper gelangen."

Stefan schmunzelte und fragte leise: „Hat etwa Sven..."

„Genau. Er hat wieder mal zugeschlagen. Und ich fürchte sehr, es war nicht das letzte Mal."

Stefan biß in das Schmalzbrot und lobte sofort den herrlichen Geschmack. Und da die Burgl gerade leere Flaschen vom Tisch räumte, konnte sie das Lob hören.

„Gelt", sagte sie stolz, „des schmeckt. So ein Schmalz hat schon mei Großmutter selig gemacht. Da ist eine halbe Zwiebel, ein halber Apfel und ein Häuferl Majoran drinnen."

Etwas später ging es darum, daß Frau Damann mit Herrn Berg weiter mußte und Stefan noch bleiben wollte.

„Lassen Sie ihn doch da", schlug Herr Pichler vor. „Ich bring' ihn dann hinauf, wenn meine Frau zurück ist. Wer weiß, wie viele schöne Herbsttage wir noch haben."

„Also gut." Frau Damann stieg mit Herrn Berg in den Kleinbus und fuhr los.

Kaum war der Bus zwischen beiden Häusern durchgefahren und um die nächste Biegung verschwunden, fragte Sven: „War das ein Freund von deiner Mutter?"

Stefan sah sich um und fragte dann gedehnt: „Meinst du mich, beziehungsweise meine Mutter?"

„Natürlich."

„Also, wenn es dich beruhigt, kann ich dir verraten, es war nicht der Freund meiner Mutter. Und falls du nun wissen willst, wer es dann ist: Sie hat keinen Freund."

„Aber was macht sie oben mit Herrn Berg?"

„Mensch, Sven, du Fettnäpfchentreter! Merkst du denn nicht, wie mies du dich aufführst?" schimpfte Billi.

„Ich wollte ja nur wissen..."

„Und was geht's dich an?"

„Einen feuchten Staub!" schimpfte Bettina nun auch.

„Jawohl!“ bestätigte Florian.

„Aber Kinder!“ rief Stefan. „Ihr müßt euch nicht aufregen. Ich bin ja aussagebereit. Meine Mutter macht oben nichts mit Herrn Berg, sondern er macht etwas. Nicht mit ihr, sondern mit dem Haus. Nämlich ein Loch, genau so groß, daß man ein Ofenrohr reinstecken kann. Zufrieden?“

„Aber wie ein Handwerker sieht er nicht aus“, behauptete Sven.

»Erraten. Ein Handwerker ist er auch nicht. Er ist Bildhauer.“

„Fein“, sagte Herr Pichler und zeigte damit an, daß die Brotzeit vorüber war. „Da kann er euch ja ein wunderschönes, künstlerisch wertvolles Loch machen.“

11. Kapitel

Ein paar Tage später stand die Pichlersche Kreissäge oben beim Brunntalerhof und schrie weit in die umliegenden Wälder hinein. Zum Teil zersägte sie fast endlos lange Holzschwarten von Fichtenstämmen, die von einem Sägewerk stammten, zum Teil war es Meterholz von Buchen, das dann noch gehackt werden mußte. Das Fichtenholz duftete nach Sommer und Harz, das Buchenholz hatte einen säuerlichen Geruch, der an gefallenes Laub und Herbst erinnerte.

Stefan war der eifrigste Holzaufschichter, der sich denken ließ. Die anderen brauchten ihm nur die Körbe hinzustellen, dann schichtete er das Holz an der Südmauer des Bauernhofes hoch, so weit er vom Rollstuhl aus reichen konnte. Für die oberen Regionen waren dann andere zuständig.

Auch Frau Damann arbeitete mit, ein bißchen nervös allerdings, weil sie einen Telefonanruf erwartete.

Sven hatte es wieder einmal genau wissen wollen. „Ein privater oder beruflicher Anruf?“ hatte er in seiner unaufdringlichen Art gefragt. Frau Damann hatte ihm jedoch nicht die Freude gemacht, zu verraten, wessen Anruf es sein sollte. Sie hob nur hin und wieder den Kopf, aber Stefan, der besser hörte, sagte dann gleich: „Nein, es hat nicht geklingelt.“

Es war ein wunderschöner Tag Ende Oktober. Der Himmel wölbte sich tiefblau über ihnen, die Berge ohne jeden Dunstschleier hoben sich scharf und kantig gegen ihn ab, in den schwarzgrünen Wäldern loderten golden die Lärchen, und hin und wieder flammten die ockerfarbenen Blätter der Birken auf. Die Apfelbäume um sie herum waren fast kahl. Von der Hausmauer strahlte es noch warm zurück.

Den Sommer voller Ferien hatten sie schon fast vergessen. Die Rufe nach Schuft, Lümmel und Strolch dienten jetzt wirklich nur noch dazu, die Tiere herbeizurufen, und nicht, Touristen zu schokken. Es kamen auch keine mehr vorbei. Und schließlich entwächst man eines Tages jedem Spiel. Sie lachten zwar noch, wenn sie sich daran erinnerten. Zum Beispiel, wie der eine Mann ihnen eine kriminelle Zukunft prophezeit hatte, ja, auch dem im Rollstuhl. Jetzt werkelten sie um die Häuser herum, bewiesen, daß sie nützlich sein konnten, arbeiteten sich hungrig und schafften eine Menge. Selbst Sven, der anfangs immer über sein Kreuz geklagt hatte, ließ das jetzt sein, nachdem Billi ihm auf den Kopf zusagte, daß er damit nur seinen Vater nachäffe.

Jetzt stand er am Hackstock und spaltete das Holz. Manchmal hieb er zwar daneben, aber den Hackstock traf er zum Glück immer. Wenn er einmal die Mitte eines groben Klobens getroffen hatte, schwoll er an und verlangte, daß die anderen hersahen.

Und sie sagten „toll“ oder „super“ oder ähnliche Dinge, die einem armen Knaben wie Sven Freude machten.

Als sie dann auf der Bank am Tisch vor dem Haus

saßen und ordentlich zulangten, fragte sich Billi, wieso gerade sie fünf einander gefunden hatten. Gut, Stefan und Bettina und Florian waren Nachbarskinder, zwar ein bißchen entfernt, aber immerhin. Sie aber und auch Sven waren aus dem Dorf, mit ihren Eltern zugereist nach Roßholzen, als die Grundstücke und auch das Bauen noch erschwinglich waren. Stefan hatte sie als erste gekannt und gemocht, und vielleicht hatte am Anfang ein bißchen der Stolz mitgespielt, daß sie überall herumerzählen konnte, sie kenne die Schauspielerin Valentina Damann. Das war dann aber sehr schnell in den Hintergrund getreten, als sie Stefan näher kannte. Da hatte sie noch manchmal gedacht, schade, daß er nicht laufen kann. Das dachte sie jetzt nicht mehr. Natürlich wäre es schön, wenn er laufen könnte, aber wer weiß, wie er dann sonst wäre. Sicher nicht so eingebildet wie Sven oder so angeberisch wie der Hintermeier Franz. Aber kerngesund wäre er auf jeden Fall anders geworden, als er jetzt war. So aber war er still, wußte eine Menge aus den Büchern, die er las, suchte keinen Streit, sondern schlichtete ihn lieber.

„Du hast ja noch nichts gegessen, Stefan", sagte sie jetzt.

Er fuhr hoch, als wäre er in Gedanken woanders gewesen.

„Soll ich dir ein Brot machen?"

„Ja, bitte."

Und sie fragte ihn, was er auf dem Brot haben wollte, ob lieber Wurst oder Käse. Es ist wie in einem Theaterstück, dachte sie. Sie spielte eine Frau mit drei Kindern, und er war der Mann. Abgestürzter

Testpilot oder so etwas Ähnliches, zeitlebens an den Rollstuhl gefesselt.

Da klingelte drinnen das Telefon, Frau Damann sprang auf und stürzte hinein. Man hörte noch, wie sie sich meldete, dann wurde ihre Stimmer leiser.

Bettina warf Billi einen Blick zu, und Billi zwinkerte kaum merklich.

„So, da hast du eine schöne Brotzeit", sagte sie zu Stefan. „Ein mit Wurst und Käse beladenes Brot." Und sie dachte: Telefoniert Frau Damann jetzt mit diesem Fred? Vielleicht sagt er ihr gerade, daß sie sich entscheiden müsse. Entweder er oder Stefan.

Billi, nimm dich in acht, schalt sie sich dann. In letzter Zeit galoppiert dir öfter die Phantasie davon. Spring rechtzeitig runter, sonst landest du im hohen Bogen im Dreck.

„Ich könnte mich ärgern", verkündete Sven.

„Oje, warum?" wollte Bettina wissen.

„Wir haben in unserem Wohnzimmer einen Kachelofen, aber nur eine Attrappe. Ein Heizkörper ist drunter versteckt, von der Zentralheizung. Wir haben nämlich keinen einzigen Kamin im Haus. Außer diesem einen für die Ölheizung, aber da können wir nichts anderes anschließen. Mein Vater wollte einen einbauen lassen, aber der Architekt hat es ihm ausgeredet. ‚Wozu', hat er gesagt, ‚Öl gibts in Hülle und Fülle.'"

„Da hatten wir einen besseren Architekten", erzählte Billi. „Der hat meinem Vater, der keinen Kamin wollte, geraten: ‚Lassen Sie ihn einziehen, man weiß nie, was kommt. Später sind Sie froh darüber!'"

Herr Pichler war aufgestanden und rollte das Kabel der Kreissäge auf die Trommel. Dann hob er die Säge auf den Pritschenwagen und verriegelte die Seitenwände. Schließlich wartete er auf Frau Damann.

Als diese wieder herauskam, sagte er, was er zu sagen hatte, verstummte aber, als er merkte, daß sie kaum zuhörte, begann dann noch einmal: „Ich wollt' nur Pfüat Gott sagen, Frau Damann." Er wehrte jeden Dank ab und sagte zum Abschied: „Das nächste Mal wieder, gell?"

Als sein Wagen schon auf dem Weg am Bach entlang auf den Wald zu schaukelte, fragte Stefan seine Mutter: „War etwas?"

„Nein, nein", sagte Frau Damann. „Alles okay."

Florian schickte einen verstohlenen Blick zu Bettina, und die sah ganz offen Billi an.

Billi zuckte mit den Schultern. „Wollen Sie noch ein Brot, Frau Damann?" fragte sie. „Ich mach' Ihnen ein besonders schönes."

„Nein, nein, danke, Billi."

Sven, der irgendwie spürte, daß etwas geschehen war, verkündete:

„Meine Mutter hat manchmal direkt Angst, den Hörer abzuheben, wenn es klingelt. Sie steht vor dem Apparat und zittert und sagt zu mir, ich bitte dich, heb du ab."

„Eine schöne Geschichte", sagte Billi. „Aber was macht sie, wenn du nicht da bist?"

„Weiß ich nicht. Sicherlich geht Fietje ran."

„Los", kommandierte Billi, „es gibt noch einiges zu tun!"

Sven ging zum Hackstock, und Bettina und Florian klaubten die Scheite aus dem Korb.

Stefan war bei seiner Mutter geblieben und fragte: „Was war denn vorhin?“

„Nichts“, sagte Frau Damann, „nichts Besonderes. Nur ein kleiner Ärger, der vorübergeht. Ich dachte, wir hätten eine Haushälterin gefunden. Sie kommt aber nicht.“

„Und warum nicht?“

„Es ist ihr zu entlegen.“

„Entlegen?“ wiederholte Stefan. „Findest du das auch?“

„Nein, nicht im geringsten.“ Sie biß kurz die Lippen aufeinander und schlug dann vor: „Ich hab' noch einen Sack Kartoffeln hinten im Auto und Bratwurst im Kühlschrank, wir könnten nachher ein Feuerchen machen und Kartoffeln in die Glut werfen und die Wurst auf dürre Zweige stecken.“

„Fein!“ rief Stefan und rollte seinen Wagen zu den anderen.

Auch die waren begeistert, als sie erfuhren, was ihnen bevorstand.

„Und wer ist so gut und trägt mir ein paar Körbe Holz hinauf zu dem neuen Ofen?“ fragte Frau Damann.

Bettina und Florian wollten das tun. Billi ließ ihnen gerne den Vortritt, so konnte sie in der Nähe von Stefan die Scheite schichten.

„Ich bin ja nicht neugierig“, begann sie, „aber deine Mutter war ganz abwesend, als sie nach dem Telefongespräch zurückkam. Gab's schlechte Nachrichten?“

Stefan musterte sie eine Weile, dann sagte er: „Ich werd' in letzter Zeit nicht ganz schlau aus ihr. Ich glaub', da ist etwas, von dem sie nicht will, daß ich es erfahre."

„Zerbrich dir nicht den Kopf, Stefan", beruhigte ihn Billi. „Frauen haben manchmal Schwierigkeiten, und dann sind sie komisch."

12. Kapitel

Als die Sonne hinter den Bergen versank, wurde es schnell kühl. Nur die Mauer strahlte noch ein wenig Wärme aus.

„Hört auf", empfahl Frau Damann. „Der Haufen Holz hier kann liegenbleiben. Den kann ich morgen selber in die Küche bringen. Macht jetzt das Feuer an, es wird sonst zu spät."

Ein kleiner Holzstoß war schnell aufgeschichtet, ein bißchen trockenes Stroh zuerst, dann dürre Zweige darüber, trockene Rindenstückchen, dünne Speile vom Fichtenholz, zwei, drei leichte Scheite.

„Wer zündet es an?"

Alle wollten es, da sich aber Sven besonders drum bemühte, gab Frau Damann ihm die Zündhölzer.

„Machen wir es so, jeder hat drei Versuche, bis es klappt."

„Ich schaffe es beim erstenmal", behauptete Sven. Er hatte aber wenig Glück. Immer, wenn er ein Zündholz anriß, blies ein leichter Wind aus einer unerwarteten Richtung. Er gab die Streichholzschachtel an Bettina weiter und verkündete, daß er sonst bei Sturm und strömendem Regen Feuer machen könne. Aber diese Zündhölzer hier seien wahrscheinlich naß geworden.

Auch Bettina brachte nur kümmerliche Flämmchen zustande, mehr nicht.

Florian hatte sich einen Fidibus aus einem Zeitungsblatt gedreht und versuchte es nun zum erstenmal. Und was niemand erwartet hatte: Der Kleinste brachte es fertig. Und das mit dem ersten Zündholz.

Die Flamme fraß sich knisternd ins Stroh, dann prasselten die Zweige auf, und schließlich war das Feuerchen so weit gediehen, daß man schwere Scheite darüberlegen konnte.

„Kennst du die Nummer der Feuerwehr auswendig?" fragte Stefan seine Mutter.

„Erstens ja, und zweitens hab' ich sie direkt auf dem Apparat kleben."

„Da weiß ich einen Witz", meldete sich Sven. „Mein Vater bringt nämlich öfters Witze aus der Abteilung, die er leitet, nach Hause."

„Oh!" stöhnte Billi, und bei sich dachte sie: Der Mann hat 'nen richtigen Vaterfimmel. Aus der Abteilung, die er leitet... Ph!

„Jetzt wissen wir zwar, daß dein Vater eine Abteilung leitet", sagte sie dann laut, „aber noch immer nicht den Witz. Oder ist es ein Witz, daß dein Vater Abteilungsleiter ist?"

„Nö", sagte er. „Mein Vater ist dort ein ganz wichtiger Abteilungsleiter."

„Und da soll ich nun drüber lachen? Ich frage dich, was ist der Witz an der Sache?"

Sven sah sie eine Weile ratlos an, dann sagte er: „Also, der Witz, der geht nämlich so. Da richtet ein Fernmeldetechniker bei einer alten Dame einen Telefonanschluß ein. Und dann erklärt er ihr, wie sie

wählen muß, und zuletzt sagt er: ,Und wenn es brennt, rufen Sie einfach einhundertzwölf.'

Da sagt die alte Dame: ,Immer dieses neumodische Zeug! In meiner Jugend hat man einfach Feuer gerufen.'"

„Und den Witz brachte dein Vater nach Hause?"

„Ja."

„Aus seiner Abteilung?"

„Ja."

„Die er leitet?"

„Ja."

„Billi!" mahnte da Stefan. Mehr sagte er nicht. Aber sie wußte, was er damit meinte. Und es war nicht nur die Wärme des Feuers, die verursachte, daß sie rot wurde.

„Okay", sagte sie leise, „ist schon gut."

Und bei sich dachte sie, warum ist der Sven mit seiner pomadigen Art ein rotes Tuch für mich? Mein Magen zieht sich zusammen, wenn er nur den Mund aufmacht. Wenn ich einen Witz erzähle, den ich von meinem Vater habe, sage ich ja auch nicht: ,Ich habe ihn von meinem Vater, der, wie ihr eigentlich wissen müßtet, auf eine höchst selbständige Weise so runde sechstausend im Monat verdient.' Als sie die Gedanken abschüttelte, erzählte Sven schon wieder. Diesmal von seiner Mutter, die eine Frau war, die immer die Milch überlaufen ließ, weil sie die Schnellkochplatte auf die höchste Stufe einstellte und dann aus der Küche ging und die Milch vergaß.

„Ach", sagte Billi, „wie peinlich."

„Und unlängst", fuhr Sven fort, „da hat sie Öl in die Pfanne gegossen und wiederum die höchste

Stufe eingestellt, und dann dachte sie, ach, rufste mal 'ne Bekannte an, und als sie in die Küche zurückkam, da war schwarzer Qualm, und das Öl brannte in der Pfanne."

„Päng", sagte Billi, „und das war wieder mal eine Folge aus unserer beliebten Sendereihe ‚Was gibt es Neues aus dem Hause Kloppenburg'."

Da geschah etwas, das niemand erwartet hatte. Bettina sagte: „Sven, mir gefällt es nicht, wie du über deine Mutter redest. Du stellst sie immer als ein bißchen dumm hin."

„Wieso? Ich lüge ja nicht. Und die Wahrheit darf man immer sagen."

„Das sag lieber nicht zweimal", fuhr Billi dazwischen. „Sonst sag' ich dir die Wahrheit über dich, und dann möchte ich sehen, ob du entzückt darüber bist. Mensch, man muß doch nicht alles herumtragen, was daheim passiert."

Sven wurde rot. „Aber ich wollte doch nur... ich wollte doch bloß..."

„Daß wir über deine Mutter lachen", schloß Bettina streng.

„Ich glaub', wir können langsam die Kartoffeln in die Glut legen", sagte Stefan. „Was glaubst du, Mutz?"

„Ich denke auch", sagte Frau Damann schnell. „Und hier sind auch die Würste, ich hab' sie schon aufgespießt. Es ist besser, wenn ihr sie in einer gewissen Entfernung über die Glut haltet, damit die Haut nicht platzt."

Sven mußte vorher noch einmal verschwinden. Eigentlich wollte jeder etwas über ihn sagen, als er weg war. Aber sie sahen einander nur an und wußten, was sie sagen wollten. Daher schwiegen sie.

Sven kehrte zurück und hockte sich auf einen Hackklotz, den er noch nicht auseinandergehackt hatte. „Mann, bin ich jetzt erleichtert", seufzte er.

Billi sah zu Stefan, aber der schüttelte den Kopf.

Als sie später mit nicht sehr sauberen Fingern die garen heißen Kartoffeln auseinanderbrachen und aus der Schale pulten, wurde es richtig gemütlich. Die Sterne flimmerten über ihnen, und Stefan entdeckte sogar den Orion.

„Zum Kartoffelfeuer gehört der Orion", sagte Frau Damann. „Das war schon in meiner Kindheit so, da durfte ich zwei-, dreimal mit aufs Feld, und das waren große Erlebnisse. Und die Kartoffeln schmeckten herrlich, ein bißchen süß, fast wie Edelkastanien."

Billi hatte sich den Mittelfinger der rechten Hand ein wenig angesengt, aber sie hielt still. Auch diese Kartoffeln hatten einen leicht süßlichen Geschmack. Kommt wahrscheinlich daher, daß wir kein Salz draufstreuen, dachte sie. Oder kam es daher, daß den Kartoffeln in der Glut Wasser entzogen wurde? Machte das den besonderen Geschmack aus?

„Mit den Fingern essen ist doch schön", sagte Stefan. „Mir kommt es vor, als hätte ich schon mal nur so mit den Fingern gegessen, immer nur mit Fingern, ich weiß aber nicht, wann."

„So um die Steinzeit rum", sagte Billi. „Und noch viel später, im Mittelalter. Ich hab' neulich in einem Buch gelesen, in vielen Ländern der Dritten Welt ist die rechte Hand dazu da, um das Essen zum Mund zu führen, mit der linken reinigt man sich."

„Wenn überhaupt“, sagte Sven.

„Dafür könnte ich dir eine runterhauen“, fauchte Billi und versuchte, kühl zu bleiben. „Du solltest über viele Dinge erst reden, wenn du sie begreifst. Das heißt, du müßtest eigentlich die nächsten Jahre nur schweigen.“

„Billi sagt immer alles so treffend“, stellte Stefan fest. „Komm du mal mit fünf Liter Wasser am Tag aus“, wandte er sich an Sven, „und zwar zum Waschen und zum Trinken, und dann gib deinen Tieren noch was davon ab, nicht einer Katze oder einem Hund, sondern einer mageren Kuh vielleicht...“

„Bei einer Hitze, wie du sie noch nicht kennengelernt hast und bei der Weiße sieben bis neun Liter Flüssigkeit aufnehmen müssen, um überhaupt durchzukommen...“

„Ist schon gut“, sagte Sven. Und das war, soweit sie sich erinnerten, das erstemal, daß er klein beigab.

Da knurrte Schuft leise, und alle waren sofort still.

Billi hatte das Gefühl, daß irgendwo im Dunkeln um sie herum jemand war.

„Ruhig, Schuft“, sagte Stefan. Aber Schuft hielt sich nicht daran, er spitzte die Ohren und knurrte wieder.

Billi ergriff einen Ast und legte ihn in die Glut, rein vorsichtshalber. Wenn da irgend jemand auftauchen sollte, der keine guten Absichten hatte, dem wollte sie den brennenden Ast über den Schädel ziehen.

Sven vermutete: „Ob sich da der Hintermeier Franz mit seiner Bande anschleicht?“

„Wieso? Hast du ihm wieder einen Zweikampf mit deiner Bande angeboten?“ fragte Stefan.

„Nein, aber der ist einfach so."

Wieder knurrte Schuft.

Florian rückte näher zu Bettina und legte die Hand auf ihre Schulter. Nicht, daß ihm vor Furcht die Zähne klapperten, aber in diesem Augenblick war's schön, eine Schwester zu haben, wenn sie ihn auch sonst ein bißchen rumkommandierte. Aus dem lächerlichen Grund, weil sie knapp zwei Jahre älter war.

„Da scheint jemand zu sein", sagte Frau Damann, als Schuft erneut knurrte.

„Auf mich darf der nicht losgehen", verkündete Sven. „Den leg' ich mit meinem Patentgriff erst mal auf die Schulterblätter, und dann..."

„...dann fragst du deinen Vater, was du tun sollst."

„Hallo!" rief da Frau Damann. „Ist hier jemand?"

„Ja", antworteten zwei Stimmen gleichzeitig. Eine Männer- und eine Frauenstimme. Es waren die Mutter von Bettina und Florian und Herr Berg.

„Ich wollte eigentlich nur sehen, wo mein Nachwuchs bleibt", sagte Frau Pichler.

„Und ich wollte mich nach meinem Loch erkundigen", sagte Herr Berg. „Und nur kurz sehen, ob der Ofen richtig zieht. Besser gesagt, das Feuer im Ofen."

„Das klappt wunderbar", berichtete Stefan. „Kommen Sie mit, ich zeige es Ihnen."

Den anderen erklärte Frau Pichler: „Wir standen eine Weile draußen am Weg. Wir fanden das Bild hier richtig schön."

13. Kapitel

Im Radio sagte der Sprecher: „In Nordstaulagen andauernde Niederschläge."

„Ja, ja", meinte Frau Damann, „in Nordstaulagen ein Niederschlag nach dem anderen."

Stefan, der eben Scheite in den „Regentonnen"-Ofen gelegt hatte, betrachtete sie von der Seite und fragte: „Ist etwas mit dir, Mutz?"

„Mit mir? Nein. Wahrscheinlich bedrückt mich das Wetter. Dieser ewige Regen."

„Und sonst nichts?"

„Was sollte mich sonst bedrücken?"

Stefan musterte aufmerksam das Gesicht seiner Mutter, aber sie war fest entschlossen, nichts zu verraten. Er spürte, daß sie ihm etwas verschwieg, aber er wußte nicht, was.

„Ich habe immer das Gefühl, du wartest auf etwas."

„Ich?" fragte Frau Damann. „Ich wüßte nicht, auf was."

Und dann fiel ihr plötzlich ein, daß sie am Samstag nach Bozen fahren könnten. Das hätten sie doch eigentlich schon lange vorgehabt. Nach Bozen zu fahren auf den Markt mit seinen Bergen von Gemüse und Obst, mit den Steigen voll fast pflaumengroßer

Weintrauben, mit den Äpfeln, die wie geschminkt aussahen. „Und vielleicht erhaschen wir dort noch ein paar Sonnenstrahlen, ehe hier der Frost kommt."

Stefan ließ sich ablenken. „Soll ich die anderen anrufen, ob sie mitkommen?"

„Wenn du willst."

„Aber ich ruf' nur Bettina und Florian und dann Billi an."

„Wie du meinst."

„Oder soll ich auch Sven fragen?"

„Das mußt du entscheiden, Stefan. Irgendwie gehört er dazu, und irgendwie auch wieder nicht. Ich könnte selbst auf Anhieb nicht sagen, was ich an deiner Stelle tun würde."

„Billi regt sich über ihn immer so auf."

„Billi hat ein anderes Temperament und kommt aus einem anderen Elternhaus. Ich denke, sie hat auch mehr Freiheit, und sie steht ihren Eltern nicht kritiklos gegenüber. Aber ein wenig unduldsam ist sie schon."

„Ich rufe zunächst einmal die Pichlers an, und dann sehen wir ja." Stefan rollte mit seinem Wagen zum Telefon, aber bevor er den Hörer abheben konnte, klingelte es. Er hob ab und meldete sich. „Damann", sagte er.

Eine Männerstimme fragte: „Valentina?"

„Nein, hier ist Stefan Damann."

Da riß ihm seine Mutter schon den Hörer aus der Hand und meldete sich. „Hallo, Valentina Damann, wer ist dort, bitte? Hallo", sagte sie noch einmal. Und dann ganz leise: „Ist dort niemand?" Dann legte sie den Hörer auf.

Stefan konnte bemerken, daß sie enttäuscht war. „Es war ein Mann“, erklärte er. „Er hat nach dir gefragt.“

„Wie?“

„Er hat nur gefragt: ‚Valentina?‘ Da hab' ich ‚Nein, hier ist Stefan Damann‘ gesagt. Dann hast du...“

„Ja, ich weiß.“

„Wenn du einen Anruf erwartest, kannst du ja zurückrufen.“

Die Mutter schüttelte den Kopf. „Ich weiß ja nicht, wer es war. Vielleicht ruft er noch mal an.“

„Gut, dann warte ich jetzt mit meinem Anruf.“

„Nein, nein, ruf nur an.“

Stefan wählte zögernd die Nummer der Pichlers und bekam umgehend eine Zusage. Auch Frau Pichler wollte mitkommen.

Bei Billi mußte er das Signal ziemlich lange ertönen lassen, ehe sie sich atemlos meldete.

„Hej, Billi“, sagte er. „Wo hast du denn gesteckt?“

„Wo werd' ich schon gesteckt haben“, antwortete sie rauh. „In der Garage. Wär' bald was passiert.“

„Was denn?“

„Dem Mittermeier Sepp sein Vater wäre bald durch die Rückwand wieder rausgefahren.“

„Und warum?“

„Sein Wagen fuhr nur noch Vollgas. Und er hat zu spät ausgekuppelt.“

„Du lieber Vater, und hast du den Fehler gefunden?“

„Willst du mich beleidigen? Selbstverständlich. Die Feder, die das Gaspedal wieder zurückstellt in die Ausgangslage, die war gebrochen.“

„Und du hattest so 'ne Feder?“

„Zufällig. Der Mittermeier, der sein Auto schon auf dem Autofriedhof landen sah, war vor Freude fast von Sinnen. So von Sinnen, daß er mir einen Zehner zugesteckt hat. Er sagte, ich bin ein Teufelsmadel, und er wird es mir fei nicht vergessen, wo er grad so dringend zu einer Versammlung müssen hat.

Und wie ich so pfeilgrad den Fehler gefunden hab'... Er hat bedauert, daß ich nicht im Trachtenverein bin. Wolltest du eigentlich was?"

„Wir fahren am Samstag nach Bozen. Ziemlich früh allerdings, willst du mitkommen?"

„Klar!" Plötzlich wurde es eine Weile still. „Wer fährt denn alles?" fragte sie dann ängstlich.

„Meine Mutter, dann die Frau Pichler und ihre zwei natürlich. Und..."

„Und?"

„Sven hab' ich noch nicht angerufen."

„Gebe Gott, daß sein Vater ihn und seine Familie in Samt und Seide ausführen möchte."

„Ich sag' dir's dann, ob er kann oder nicht."

„Ich erwarte deinen Anruf mit Bangen."

Als sich Stefan nach diesem Anruf zu seiner Mutter umwandte, stand sie am Ende des Flurs am Fenster und sah in den Regen hinaus. Sie drehte ihm nicht ganz den Rücken zu. Er konnte sie von der Seite sehen. Ihr Gesicht war traurig.

Er rollte zu ihr hin und lehnte seinen Kopf an ihre Hüfte. Sie legte die Hand auf seine Schulter und spielte mit seinem rechten Ohrläppchen.

„Es tut mir leid, daß ich deinen Anruf..."

„Sag nichts", bat sie. „Weißt du, woran ich gerade denke? An den Weg, den das viele Wasser nimmt. Ich meine nicht das, was an der Oberfläche bleibt, sondern das Wasser, das in die Erde hineinsinkt, von den Wurzeln nicht gehalten wird, durch Sand und Schotter sinkt, durch poröses Gestein vielleicht, und dann irgendwo auf festen Grund kommt, vielleicht einen Grundwasserstrom bildet oder unterirdische

Seen, von denen wir keine Ahnung haben, oder nur Wasseradern, die tiefe Höhlen ins Gestein waschen. Nicht heute und nicht morgen, sondern in Jahrtausenden. Und dann dachte ich, wie gut, daß es so viel Wasser gibt auf der Erde. Nicht vorzustellen, wenn die Ozeane auch Landmasse wären, wie viele Menschen es dann gäbe. Oder nicht? So, aber jetzt ruf den Meister der Zunge und des Wortes an."

Was bei Kloppenburgs zunächst mickymausartig ins Telefon piepste, mußte wohl Fietje sein. „Moment", sagte sie schließlich. Und dann meldete sich der Meister aller Klassen.

„Kloppenburg junior."

„Ich dachte, du heißt Sven Kloppenburg", sagte Stefan.

„Heiße ich ja", sagte Sven. „Mein Vater meinte nur..." Stefan hielt den Hörer etwas weiter vom Ohr. „...daß sich Junior besser macht."

„Und dein Vater meldet sich mit senior?"

„Nein, der meldet sich mit Kloppenburg. Wenn du mal anrufst und es meldet sich jemand mit Kloppenburg allein, dann sprichst du mit meinem Vater. Wenn du anrufst, und ich sage Kloppenburg junior, oder hier Kloppenburg junior, dann bin ich das."

„Wenn du das so sagst, dann muß es wohl stimmen. Wie hast du dich gemeldet?"

„Kloppenburg junior."

„Also dann rede ich jetzt mit dir."

„Ja, das sagte ich doch schon. Außerdem ist mein Vater um diese Zeit noch nicht daheim."

„Nun hör mal schön zu, Junior. Wir fahren am Samstag nach Bozen, ich meine, mit dem Bus, mit unserem Bus natürlich, würdest du gerne mitkommen?“

„Moment, da muß ich erst Rückfrage halten.“ Sven hatte wohl den Hörer auf ein Tischchen gelegt, denn es krachte in der Muschel. Dann hörte Stefan ihn im Hintergrund mit seiner Mutter sprechen, erst leise, dann ein bißchen lauter.

„...aber warum nicht“, verstand Stefan. „Was heißt hier, es geht nicht. Es ist nämlich so, die brauchen mich. Wirklich. Stefan kann gar nicht ohne mich aus dem Bus raus, und dann brauchen sie mich als Kopilot und so.“ Sven schilderte seine Wichtigkeit so eindringlich, daß man den Eindruck nicht loswurde, ohne ihn würde Frau Damann in Buxtehude oder in Wanne-Eickel landen, nur nicht in Bozen.

„Aber Vati wollte doch...“ sagte nun Frau Kloppenburg. „...und Sonnabend will er doch...“

„Ich muß aber“, widersprach Sven. „Mach sie doch nicht unglücklich.“

Jetzt wurde der Hörer aufgenommen. „Hallo?“ fragte Frau Kloppenburg. „Ach, Stefan, du bist's. Ja, will denn deine Mutter Sven tatsächlich...“

„Es ist alles besprochen, Frau Kloppenburg. Aber wenn es nicht geht, dann können wir nichts machen.“

„Nein, nein, es ist nur, unser Vati, das heißt, mein Mann, ist noch nicht zu Hause, und ich weiß nicht, was er Sonnabend vorhat...“

„Ja, da wird es wohl nichts, schade. Auf Wiederhören.“

„Nein, nein, Moment noch, Stefan. Also gut, ja, Sven darf mitfahren.“

„Dann soll er zehn nach sieben bei der Bushaltestelle in Roßholzen warten."

Er legte den Hörer auf. „Wuff, sind die immer umständlich. Aber jetzt muß ich noch Billi sagen, daß Sven doch mitfährt."

Billi war alles andere als erfreut. „Der ganze Ausflug versaut", sagte sie. „Aber sag's nicht deiner Mutter. Wenn er nur ein einziges Mal ‚mein Vater' sagt, rede ich kein Wort mehr mit ihm."

Kurze Zeit später läutete wieder das Telefon. Stefan streckte schon die Hand aus, da kam ihm seine Mutter zuvor. Plötzlich hatte sie leuchtende Augen, und eine schnelle Röte flog über ihr Gesicht.

„Damann", meldete sie sich. Kaum hatte sie ihren Namen genannt, erlosch der Glanz in ihren Augen, und ihr Gesicht wurde bleich. Stefan wollte schon in sein Zimmer fahren, da sagte seine Mutter: „Halt, bleib da. Es ist für dich. Sven ist dran."

Stefan übernahm den Hörer und meldete sich.

„Kloppenburg junior", sagte Sven. „Warte mal." Mindestens eine halbe Minute sprach Sven nicht weiter, dann meldete er sich wieder. „So, jetzt ist die Luft rein. Ich könnte mich vielleicht ärgern!"

„Aber warum denn, Kloppenburg junior?"

„Ich muß meine Zusage für Sonnabend zurücknehmen."

„Und weshalb?"

„Das ist es ja, warum ich mich so ärgern könnte. Mein Vater erlaubt es nicht, wir hätten ihn vorher fragen müssen. Und das Wochenende ist für die Familie da, genauer: für den Familienkrach."

„Mist. Und wenn meine Mutter mit ihm spricht?"

„Nützt nichts. Dann schaltet er auf stur und redet von Prinzipien. Moment mal." Sven schwieg wieder eine Weile, dann sagte er, etwas leiser als vorhin: „Ich glaub', ich werde ihm mal ordentlich meine Meinung sagen müssen."

„Tu das", sagte Stefan, „ich drück' die Daumen."

Er legte auf und rief Billi an. „Billi", begann er traurig, „wir werden nicht das Glück haben, daß Sven mit uns fährt."

„Ich könnte vor Freude an die Decke springen!" rief Billi.

„Im Grunde ist er doch ein armer Kerl."

„Er hätte sich längst seine Eltern anders erziehen können", sagte Billi hart und kühl.

14. Kapitel

Oben am Brunnenrand standen die Eltern und schrien: „Billi, Billi, komm rauf!“ Aber Billi wollte nicht hinauf. Es lag sich so wunderbar auf dem Brunnenboden, und niemand störte einen, außer dem Vater, der jetzt das Mauerwerk erzittern ließ.

„Billi, komm rauf, Billi, womm rauf, Billikach auf!“ Nein. „Billi, wach auf“, hieß es.

Oh, dachte sie, kein Brunnen also, keine Möglichkeit, allein und unerreichbar für andere zu bleiben.

„Was ist?“ fragte sie und zog sich die Decke über die Ohren.

„Es ist gleich halb sieben, und zehn nach sieben sollst du draußen an der Bushaltestelle sein.“

„Bushaltestelle?“ Sie richtete sich auf. „Warum Bushaltestelle? Ach ja, die Fahrt nach Bozen!“

In der Küche sagte Mutter: „Du mußt heute ordentlich frühstücken, wer weiß, wann du wieder was in den Magen bekommst. Und dann vergiß die zweihunderttausend nicht.“

„Zweihunderttausend?“

„Ja, die zweihunderttausend Lire. Und bring auch solch einen hübschen Knoblauchzopf mit, wenn du einen findest.“

„Und hier ist dein Paß, Billi, verlier ihn nicht.“

„Nein“, sagte sie, „vergess’ ich nicht, verlier’ ich nicht. Noch etwas?“

„Was denn noch?“ fragte Vater irritiert.

„Nun, blamier uns nicht“, mahnte die Mutter, „und sei immer nett zu Frau Damann und Frau Pichler, schau immer, wohin sie gehen, damit du sie nicht verlierst und sie dich nicht suchen müssen. Macht euch einen Treffpunkt aus, falls ihr euch doch verlieren solltet.“

„Und falls Frau Damann einen Weinkeller anpeilt und du noch Geld hast, ein paar Flaschen Gewürztraminer und ein Edel-Vernatsch würden mir und auch deiner Mutter, denk’ ich, Freude machen.“

Billi dachte, in Wirklichkeit sind es ganz annehmbare Eltern. Und sie meinen’s gut, und sie gönnen mir den Spaß, und sie freuen sich sicher, wenn ich am Abend mit allem möglichen nach Hause komme.

„Iß was Ordentliches zu Mittag, ach, in Südtirol ißt man so gut.“

„Wir müssen da auch wieder mal hin, bevor der Schnee kommt“, sagte der Vater. Er ging mit Billi bis an die Gartentür, fragte noch einmal, ob sie alles habe, ließ sich das Geld und den Paß zeigen und prüfte dann den Himmel.

„Na“, sagte er, „so durchwachsen. Kann besser werden. Schlechter, glaub’ ich, wird’s nicht.“ Er klopfte Billi auf die Schulter, und sie gab ihm plötzlich, und für sie selbst überraschend, einen flüchtigen Kuß auf die frisch rasierte Wange.

Roch übrigens gut, das Väterchen! Irgendwie nach Weihrauch und so. War ja auch kein billiges Rasierwasser, das er sich zu kaufen pflegte.

Als sie am Haus von Kloppenburgs vorüberkam, guckte sie auf die Uhr. Es war gerade zwei nach sieben, und sie malte sich aus, wie die Familie in ihren Betten lag, die Eltern, Fietje und selbstverständlich auch Sven. Ob er wenigstens beim Schlafen den Mund hielt? Jetzt, so im Vorübergehen, in sicherer Entfernung und weil es früh am Morgen und fast noch dunkel war, da hatte sie fast ein bißchen Mitleid mit ihm. Kinder wurden meistens so, wie die Eltern sie machten. Oder? Konnten Kinder auch die Eltern ein bißchen verändern? Darüber mußte sie mal nachdenken, wenn sie Zeit dazu hatte. Sven machte immer nur seinen Vater nach. Aber bei ihr zu Hause war es anders, da schlug sie den Ton an.

Bei der Einmündung der Dorfstraße in die Landstraße mußte sie warten, weil ein Auto daherkam. Ein Postauto, vielleicht mit einem Telegramm oder sonst was Eiligem unterwegs. Als sie zur Bushaltestelle hinschlurfte, merkte sie, daß da schon jemand stand, obwohl der Bus erst um halb ging. Dann aber fuhr ihr der Schreck in die Glieder. Wer da stand, war niemand anderes als Sven.

„Einen wunderschönen guten Morgen", sagte Sven frohgelaunt.

Das war er, zumindest bis jetzt, dachte sie. Dann sagte sie als Gruß: „Wie kommst denn du hierher?"

„Ich hab' meinen Vater in die Knie gezwungen", berichtete Sven stolz. „Er mußte mich einfach fahren lassen."

Ausgerechnet diesmal, dachte Billi, dann fragte sie: „Wissen die anderen schon von ihrem Glück, oder harrt ihrer noch die freudige Überraschung?"

„Ich hab' gestern abend noch nach zehn Frau Damann angerufen... Komisch, die fragte ‚Fred?', als ich mich nicht gleich meldete.

„Da hat sie sich bestimmt nur versprochen oder du hast falsch gehört. *Sven* wird sie gesagt haben."

Sven wollte widersprechen, aber sie würgte seinen Widerspruch ab. „Was ist los mit deinem allerwertesten Vater, daß er dir nun doch für diesen Tag freigibt?"

„Ich hab' ihm des längeren und breiteren sein grundgesetzwidriges Verhalten erläutert. Zur freien Entfaltung der Persönlichkeit, sagte ich ihm, gehört auch, daß abhängige Kinder hin und wieder das tun dürfen, was der Entfaltung ihrer Persönlichkeit dient. Und da Mutter auch wieder eine Phase hat, in der sie sich frei entfalten möchte, hat er in meinem Punkt nachgegeben und in ihrem das Geschirr spülen müssen. Weil er nach wie vor der Meinung ist, eine Spülmaschine mache mehr Arbeit als keine."

Sie brauchte nicht zu antworten, denn ein Bus, ein Kleinbus, kam angefahren, blinkte schon von weitem und hielt direkt vor ihnen.

„Sind wir also vollzählig!" rief Frau Damann fröhlich.

„Ja", sagte Billi, „vollkommen vollzählig, indem noch Zeichen und Wunder geschehen."

„Mein Vater sagte nämlich..." begann Sven, als er im Bus saß.

„Doch keine Zeichen und Wunder", maulte Billi. „Was sagt denn der Gute?"

„Gut", sagte er, „du sollst auch mal deinen Willen haben."

„Na herrlich“, sagte Frau Pichler. „Da warst du bestimmt froh, Sven.“

Bevor Sven eine Antwort formulieren konnte, fuhr Billi dazwischen. „Na, und du, Stefan, hast du auch deiner Mutter das Grundgesetz vorgelesen, wie Sven seinem Vater?“

„Das braucht er nicht“, sagte Frau Damann. „Ich lese ihm die Wünsche von den Augen ab.“

Sie mußte den Scheibenwischer einschalten, weil es ein bißchen regnete, bald aber quietschten die Wischblätter auf dem trockenen Glas, und sie schaltete ihn wieder aus. Bei Nußdorf fuhren sie über den Inn und bei Brannenburg auf die Autobahn.

Der junge österreichische Zollbeamte in Kiefersfelden hielt mitten in seiner Frage, ob sie etwas zu verzollen hätten, inne, weil er Frau Damann erkannte.

„Reschpekt“, sagte er. „Bitte fahren Sie weiter.“

Im Tiroler Inntal fuhren sie immer wieder durch Regenschleier, aber es war weiter nicht schlimm. Zum Brenner hinauf gerieten sie in einen schweren Guß. Danach lagen Nebelschleier dicht über ihnen, die manchmal absackten und die Sicht nahmen. Auf der Paßhöhe gab es wiederum Regen.

Der italienische Zöllner sah in seinem Häuschen etwas verfroren aus und winkte sie durch.

In der Höhe von Brixen lockerte sich die Bewölkung auf, und dann sahen sie blauen Himmel vor sich. In Bozen empfing sie Sonnenschein.

„Genauso hab' ich mir's gedacht“, verkündete Sven.

15. Kapitel

Frau Pichler hatte zwar schon vom Bozener Markt gehört, was sie aber jetzt sah, hatte sie nicht erwartet. Diese riesigen Berge von Trauben, Äpfeln und Birnen, von hühnereigroßen Pflaumen, von allen möglichen Melonen, von Gemüsen und Kräutern! Gelbe, rote und grüne Paprikaschoten, zu Ketten aufgezogene Pfefferoni, Zwiebeln, weißhäutig, als hätten sie nie in der Erde gesteckt, Karotten, ja selbst Kartoffeln, als kämen sie aus einem Kosmetikstudio. Und da waren auch die Knoblauchzöpfe.

Frau Damann und Frau Pichler fanden bald heraus, an welchem Stand die Trauben am billigsten waren und wo man das andere Obst und das Gemüse am preiswertesten kaufte. Sie brachten Kistchen mit Trauben, Kartons mit Äpfeln und Birnen, Säcke mit Zwiebeln zum unteren Ende des Marktes, wo sie dann den Bus beluden und in eine Tiefgarage brachten.

Nachher bummelten sie durch die Laubengasse, guckten sich die vielen Schaufenster an, rechneten Lire in Mark um, worüber besonders Sven seufzte. „Immer diese vielen Tausender", stöhnte er. „Wozu brauchen die nur die vielen Nullen?"

„Damit du etwas zum Reden hast", sagte Stefan, den Bettina vor sich her schob.

Obwohl nicht mehr so viele Touristen da waren wie im Sommer, herrschte noch immer ein reges Treiben in den Lauben. Florian trat auf die Straße hinaus, um den Himmel zu sehen. Er sah nur einen schmalen Streifen, denn die Dächer ragten weit in die schmale Fahrstraße hinein. Ihm schien, als wollten sie zusammenwachsen. Er war so fasziniert von dem Anblick, daß ihn Billi zu den anderen holen mußte.

Frau Damann hatte es eine Pelerine aus fast weißem Loden in einem Schaufenster angetan. Sie war an der einen Seite nach außen gewendet, damit man den roten Futterstoff sehen konnte, der kleine grüne Muster aufwies. Sie rechnete den Lirepreis in Mark um und fand das Stück nicht zu teuer.

„Ich suche jemand, der mir diesen Umhang aus- oder einredet", sagte sie zappelig. „Meinst du nicht, daß die Farbe zu heikel ist?" fragte sie Frau Pichler.

„Es kommt immer darauf an, wer es trägt und wo man's trägt."

„Wenn ich mir einen grünen Hut dazu kaufe, oder auch einen roten..." Frau Damann konnte den Blick nicht von dem weißen Stück wenden.

„Mit einer kühnen Feder wie der Räuberhauptmann Rinaldo Rinaldini", fügte Stefan hinzu. „Dann fällst du bestimmt auf."

„Ach, ein bißchen möchte ich schon auffallen", sagte Frau Damann. „Noch bin ich nicht sooo alt."

„Dann probier ihn doch mal", schlug Frau Pichler vor.

Frau Damann hatte Pech, der weite ärmellose Mantel paßte auf den Zentimeter genau, und sie fühlte sofort, daß er ihr auch stand.

„Ich überleg' mir's noch", sagte sie und sah sich ein Lodenkostüm an. Doch als Stefan sagte: „Nimm die Pelerine", ließ sie den Mantel sofort einpacken.

Jetzt suchte Frau Pichler nach etwas Passendem. Sie entschied sich schließlich für einen weiten grünen Lodenmantel mit Kutscherkragen, der ihr sehr gut stand.

„Mein Schwiegervater wird Augen machen, wenn ich plötzlich im grünen Loden dastehe", lachte sie und prüfte den leichten, weichen Stoff.

„Eine hervorragende Qualität", pries die Verkäuferin. „Selbst bei sechs Stunden Dauerregen geht keine Nässe durch."

„Wenn meine Mutter jetzt dabei wäre, würde sie auch einen Mantel haben wollen", sagte Sven. „Aber ihr steht Loden nicht."

„Wer sagt das?" fragte Billi.

„Mein Vater."

„Hab' ich mir's doch gedacht", meinte Florian, der sich langsam zum Menschenkenner entwickelte.

Billi kaufte noch glasierte Edelkastanien, weil ihr Vater eine Naschkatze war. Und kandierte Meraner Früchte, weil ihre Mutter ihrem Mann in nichts nachstand.

Sven war unentschlossen. „Wenn ich wüßte, was das Mittagessen kostet, könnte ich auch noch so was kaufen", meinte er.

„Das Essen kostet nichts, Sven", versprach ihm Frau Damann. „Ich lade dich ein."

Nach dem Essen in einem alten Tiroler Gasthof mit dunkler Holztäfelung fuhren sie ins nahe gelegene Weindorf Terlan, um dort Wein zu kaufen. Billi freute sich, die von ihrem Vater gewünschten Sorten zu bekommen. Sie erstand je drei Flaschen. Von ihr aus hätte man jetzt nach Hause fahren können. Frau Damann deckte sich für den langen Winter mit Wein ein, und Frau Pichler nahm ebenfalls zwei Kartons für ihren Mann und das eine oder andere Fläschchen für ihren spröden Schwiegervater.

Als sie wieder im Wagen saßen, waren sie ganz aufgekratzt. Sie überlegten, ob der Bus nicht überladen sei, schätzten, ob sie genug Geld für den Zoll dabei hatten, und zählten zusammen, was sie alles eingekauft hatten, um es treu und redlich anzugeben.

Sie fuhren in einen sonnigen Herbstabend hinein. Dämmerung senkte sich schon in die Täler und zeichnete die Falten der Berge tiefer als am hellen Tag. Um Brixen herum tauchten die ersten Wolken auf. Hinter Franzensfeste war der Himmel bedeckt, in Sterzing an der Mautstelle regnete es schon, und auf der Paßhöhe des Brenners waren sogar weiße Striche im Scheinwerferlicht zu erkennen.

Diesmal winkte sie der österreichische Zöllner durch, und sie bereiteten sich vor auf das große Sündenbekenntnis, wie Frau Damann sagte, das nach Kufstein folgen mußte.

„Also, wie viele Flaschen Wein habe ich? Sind es achtundvierzig oder zweiundsiebzig? Dann der Mantel, die anderen Kleinigkeiten zählen wohl nicht."

„Wir sagen am besten alles", meinte Frau Pichler. „Sonst beschlagnahmen sie noch den Wagen."

Billi, die ein wenig vor sich hingedöst hatte, sagte halblaut: „Sechs Flaschen Wein und Süßigkeiten, dolce Sachen, Signore, per favore."

Zoll
Douane

Dann lag Innsbruck leuchtend und blinkend unter ihnen. Die einzelnen Schneeflocken waren verschwunden, es regnete nur noch.

„Habt ihr Hunger?“ fragte Frau Pichler nach hinten.

Keiner meldete sich. Florian stellte fest: „Bettina schläft und Sven auch.“

„Ein Wunder, daß Sven nicht im Schlaf redet“, sagte Billi.

„Aber er hat sich immerhin einmal daheim durchgesetzt“, meinte Frau Damann anerkennend. „Das ist wahrscheinlich eine sehr wichtige Erfahrung für ihn.“

Stefan stützte sich in seinem Sitz auf und rückte sich zurecht.

„Sitzt du gut, Stefan?“

„Ja.“

„Sollen wir keine Pause machen?“

„Bringen wir lieber den Zoll hinter uns“, schlug Stefan vor.

Fünf, sechs Autos standen vor ihnen am Zollamt Kiefersfelden.

„Soll ich gleich ausschwenken?“ fragte Frau Damann.

„Nein, das tut man erst hinterher.“

„Also, wenn er fragt, ob wir etwas zu verzollen haben, sagen wir ja, und jeder zählt seine Sachen auf. Verstanden?“

Frau Pichler reichte Frau Damann die Pässe, diese kurbelte das Fenster herunter. Drei Wagen noch vor ihnen. Sven und Bettina waren aufgewacht, als der Wagen anhielt.

„Mein Vater sagt immer“, begann Sven, „Zöllner sind das letzte, was wir brauchen.“

„Das erzähl jetzt dem Mann da vorne lieber nicht."

Der Wagen vor ihnen fuhr weiter.

„Guten Abend", sagte Frau Damann zum Zöllner und hielt ihm die Pässe hin. Der lächelte und winkte sie durch.

„Aber wir haben..."

„Fahren Sie weiter, Frau Damann", sagte der Zöllner.

Und sie fuhren zwei, fünf, zwanzig und dann schon hundert Meter in Deutschland, und kein Zoll hatte sie kontrolliert, und keinen Pfennig hatten sie zu zahlen.

„Wozu haben wir uns aufgeregt?" rief Frau Damann. „Aber ihr habt es gehört, ich wollte sagen, wir haben etwas zu verzollen, und er ließ mich nicht aussprechen."

„Wenn ich noch mal auf die Welt komme", meinte Frau Pichler, „dann werde ich auch Schauspielerin. ‚Fahren Sie weiter, Frau Damann.' Da braucht man ja nicht mal einen Diplomatenpaß."

„Mein Vater wird Augen machen, wenn ich ihm das erzähle", verkündete Sven. „Den durchsuchen sie immer."

„Meiner wird Augen machen, wenn er die Weinflaschen sieht", rief Billi. „Hätte ich bloß sechs von jeder Sorte gekauft!"

In Roßholzen fuhr Frau Damann zunächst zu Billis Haus.

Billi packte ihr Obst, den Knoblauchzopf, die Weinflaschen und die Süßigkeiten und stellte alles neben sich an die Gartentür. Sie bedankte sich und versprach, daß sie sich gerne revanchieren würde, Frau Damann brauche es nur zu sagen.

„Schon gut, Billi, schönen Gruß zu Hause."

„Nun", sagte Sven, als er ausstieg, „jetzt habe ich wieder eine große Menge Erzählstoff. Wie hieß noch der Mantel, den Sie kauften, Frau Damann?"

„Das ist eine Pelerine."

„Komisches Wort."

„Warum? Das war ursprünglich ein Pilgermantel, Pelerine heißt auf französisch auch Pilgerin."

„Aha", sagte Sven. „Und besten Dank. Auch für das schöne Mittagessen."

„Ist schon gut, Sven."

Im Brunntalerhof waren sie gerade beim Abendessen, auch die Großeltern saßen mit am Tisch. Frau Damann und Stefan mußten bleiben.

„Setzt's euch!" rief die Burgl. „Mein Gott, daß ihr nur wieder da seid. Es passiert so viel auf den Straßen. Na, is wieder amal gutgangen. War's schön, Kinder?"

Die Kinder erzählten begeistert, was sie alles gekauft hatten, und dann mußten die beiden Mütter ihre Mäntel anziehen, und der Großvater hatte glänzende Wangen und leuchtende Augen und lobte, was sie gekauft hatten.

„Sehr schön, sehr schön, g'fallt ma sakrisch guat", rief er. Und zu seiner Schwiegertochter, die er einmal nicht gemocht hatte, sagte er: „In dem grünen Loden, Madl, schaugst aus wia a Hiesige. G'fallst ma direkt."

Der Vater von Bettina und Florian brachte die Weinkartons und die Trauben herein, dann das andere Obst und Gemüse und ein paar kleinere Päckchen, die seine Frau noch erstanden hatte. Jeder bekam etwas, die Großmutter, der Großvater, der Vater und selbstverständlich auch die Burgl.

„Hörst auf!“ sagte sie, als sie ihr Päckchen bekam. „Immer so viel Geld ausgeben. Wär do gar net notwendig g'wen. An recht an schönen Dank auf jeden Fall und vergelt's Gott.“

Als die Damanns aufbrachen, um zum Leitnerhof weiterzufahren, fanden sie es draußen ziemlich frisch.

Die Burgl schaute zum Himmel und meinte: „Da schaut's, es reißt auf, na, wenn's ganz klar wird, nachher geht's tief runter, das Thermometer.“

„Meinst, daß es scho reift?“ fragte der Großvater.

„Könnt schon sein“, sagte die Burgl. „Jessas, da fallt ma noch was ein, für die Frau Damann, aber des is a längere G'schicht. Da komm' ich morgen rauf, wenn's recht ist, am Nachmittag.“

„Ist gut“, sagte Frau Damann, die schon im Wagen saß und startete. Der Motor war noch warm, und das war angenehm.

„Die Burgl ist eine gescheite Frau, findest du nicht?“

„Ja“, sagte Stefan einsilbig. Er freute sich schon auf Schuft, Lümmel und Strolch.

„Ich glaub', die weiß sehr viel, was die ganz gescheiten Leute oder die, die sich dafür halten, schon längst vergessen haben.“

„Das glaub' ich auch.“

„Und ich mein', sie fühlt sich wohl bei den jungen Pichlers. Weil Inge sie ja auch schalten und walten läßt. Und sie ist eine ehrliche Haut.“

„Das ist sie ganz bestimmt.“

„Wär doch schön, wenn wir auch so eine Art Burgl hätten. Eine, die jetzt auf uns warten würde.“

Da schwieg Stefan.

Auf sie warteten die Hunde. Schuft gebärdete sich im Zwinger wie wild, er raste aufgeregt in dem engen Geviert herum, spang gegen den Zaun, daß er zu reißen drohte. Strolch, der Dackel, verhielt sich ganz entgegengesetzt. Er tat so, als bemerke er die Ankunft der beiden nicht und würdigte sie keines Blickes.

Erst, als die Mutter Stefan in den kühlen Hausflur schob, sagte er:

„Wenn wir so eine Burgl hätten, wär es jetzt wärmer hier. Aber wenn du mir in der Küche einen Stuhl an den Ofen setzt, mach' ich schnell Feuer. Du mußt dann die schweren Sachen nicht hereinschleppen, sondern kannst sie auf dem Rollstuhl hereinfahren."

„Darauf wäre ich nicht gekommen." Sie fuhr ihm durchs Haar, half ihm dann, auf einen Küchenstuhl umzusteigen, und sah noch zu, wie die Flamme im Herd ansprang. Sie öffnete die Tür zur Backröhre, damit es in der Küche schneller warm wurde, holte dann mit dem Rollstuhl den Wein, das Obst und das Gemüse vom Bus herein und stellte alles schön der Reihe nach im Flur ab.

In der Küche füllte sie eine Blechkanne mit Wasser, nahm zwei Ringe aus der Herdplatte und stellte die Kanne mit dem verrußten Boden da hinein, direkt ins Feuer.

„Machst du Tee?" fragte Stefan.

„Ja, mein Lieber. – Sag, hast du eine Ahnung, was die Burgl von mir wollte?"

Stefan schüttelte den Kopf. „Ich denk' schon die ganze Zeit darüber nach, was das sein könnte."

16. Kapitel

Am Sonntag nachmittag warteten sie auf die Burgl wie auf einen Staatsbesuch. Es war ein weicher, sprühender Herbstregen draußen, der nur ab und zu unter einem sanften Windstoß über die Scheiben wischte. Nur an den weit ins Freie ragenden Dachrinnen, aus denen das Regenwasser auf die Bachkugeln am Boden platschte, konnte man erkennen, wie stark es regnete.

„Soll ich das arme alte Mädchen nicht mit dem Auto holen?“ fragte Frau Damann Stefan.

„Wie ich die Burgl kenn', macht es ihr nichts aus, durch den Regen zu gehen. Sie hat ja einen großen Schirm und feste Schuh! Da wird sie nicht naß. Und außerdem kann sie sich alles hübsch zurechtlegen, was sie dir sagen will.“

„Du weißt also doch, mit welcher Sache sie zu mir kommt?“

„Nein, ich hab' wirklich keine Ahnung. Aber es wird schon für sie etwas Wichtiges sein, denn sonst hätte sie es dir ja gestern vor allen anderen sagen können.“

Sie waren oben im ersten Stock. Stefan heizte in der „Regentonne“ ein. Frau Damann hatte ein Tischchen in die Nähe des Fensters gerückt und Stühle dazu gestellt. Von hier aus konnte man gut den langen Weg neben dem Bach bis zum Waldstück hinunter beobachten.

Endlich tauchte da unten ein schwarzer naßglänzender Regenschirm auf, der die Trägerin ganz verdeckte. Es sah aus, als ginge da ein Regenschirm ganz allein auf dem Weg.

Etwas später sah man, daß der Regenschirm Füße hatte, die in schwarzen Schuhen mit Silberspangen steckten. Und dann, am leichten Nachziehen des einen Fußes, erkannten sie die Burgl, obwohl ihre Gestalt und ihr Gesicht nicht zu sehen waren.

„Ja, wie ist das", sagte Frau Damann, „möglicherweise will sie mit mir allein sprechen. Bist du dann nicht böse?"

„Du machst dir Sorgen! Dann verschwinde ich eben."

Stefan fuhr mit dem Rollstuhl zu Schuft, der lag mit lang ausgestreckten Beinen auf der rechten Seite, nur das linke Ohr hielt er aufgestellt, es war sozusagen wach und drehte sich mal in die Richtung von Frau Damann, wenn diese sprach, und dann wieder in die Richtung von Stefan, wenn der etwas sagte.

Strolch schlief unten in der Küche in seinem Körbchen. Und wahrscheinlich lag auch wieder Lümmel bei ihm.

Frau Damann musterte den Tisch, fand dann, daß noch ein Likör fehlte, holte Flasche und Gläser und stellte sie hin.

„Vielleicht spricht es sich leichter nach einem Gläschen Likör", meinte sie.

Aber dann war die Geschichte, die die Burgl zu erzählen hatte, ganz einfach. Sie druckste nicht herum, sondern erzählte sie frei heraus, sogar Stefan konnte sie hören, weil er ja ein Mannsbild war.

Die Burgl kannte schon lange ein Mädchen aus der Gegend von Flintsbach. Ein Habenixerl, immer in Stellung gewesen als Küchenmädel oder Stubenmädel in renommierten Gasthöfen, nebenbei sei sie noch als Putzfrau gegangen, wenn die Fremdensaison aus war, in Privathäusern oder auch bei der einen oder anderen Bankfiliale, wo ja bekanntlich alles blitzsauber sein muß. Und nun käme halt ein Kind. Der Vater würde das Mädel sogar heiraten, aber zuerst wollte er nicht, und als er es sich endlich überlegt hatte, wollte sie keine erzwungene Heirat. Und die Eltern hätten das arme Mensch vor die Tür gesetzt.

„Und Sie suchen ein Unterkommen für das arme Wurm, Burgl?"

„Grad heraus g'sagt, Frau Damann, ja. Sie können mir glauben, es ist wirklich ein anständiges Madl. Kreuzbrav, aber die Leut sind halt noch immer net so weit, daß sie ein braves Mädel von einem Luder unterscheiden können."

„Wann erwartet sie das Kind?"

„Aufs Frühjahr hin, Anfang März. Und sie fällt Ihnen bestimmt net lang aus, nur die paar Tag zur Entbindung. Sie werden sehen, sie betrachtet Ihre Sach hier wie die eigene. Für Stefan, glaub ich, is es auch gut, wenn er aus der Schul kommt, daß er dann hier essen könnt und nicht unten im Wirtshaus..."

„Und wie alt ist sie?"

„Zweiundzwanzig. Ein anständiges Madl. Sie hat halt nix. Und ich komm' zu Ihnen, weil Sie halt ein bisserl Platz haben und vor allem ein Herz, und damit die Mutter beim Kind bleiben kann und das Kind bei ihr. Es ist so traurig, wenn die Kinder herumg'schoben werden, von ei'm Platz zum andern. Mir is ja selber so gangen, falls Sie des net wissen. So ein Kind weiß dann nie, wo es eigentlich hing'hört. Zur Mutter, die bloß am Abend auftaucht oder übers Wochenend, wenn's gutgeht, oder zu den Leuten, wo es grad in Pfleg' is..."

„Trinken Sie den Kaffee, eh er kalt wird, Burgl!", sagte Stefan, „und nehmen's doch auch ein Stück Kuchen."

„Ich würde das Mädchen gerne nehmen", sagte nun Frau Damann. „Sie wissen, daß mich die äußeren Umstände nicht stören. Im Gegenteil, mir imponiert, daß sie nicht um jeden Preis heiraten will. Und daß sie hier, wenn sie nett ist, echten Familienanschluß haben kann, wissen Sie auch. Sie wird sich auch nicht abrackern müssen, schon gar nicht um die Entbindung herum, das kommt gar nicht in Frage. Aber ehe ich meine Zustimmung gebe, möchte ich sie sehen. Wann kann sie kommen? Oder wo kann ich sie treffen?"

„Mei, wenn's Ihnen recht ist, sie sitzt unten in meiner Kammer und wart' auf mich, und wenn's schon so gut sind, so könnten's vielleicht so gut sein, daß sie glei..."

Valentina Damann stand auf und ging zum Telefon.

Unten im Brunntalerhof meldete sich Frau Pichler.

„Inge", bat Frau Damann, „in der Kammer von der Burgl sitzt ein Mädchen. Sag ihr, sie soll hier raufkommen, ja? Kennt sie den Weg?" fragte sie die Burgl.

„Freili."

„Sie kennt den Weg. Warst du mit deinem neuen Lodenmantel schon draußen?"

„Ja, eine Stunde, ohne Schirm."

„Und? Keine Nässe durchgegangen?"

„I wo. Nichts. Und du spürst ihn nicht, so leicht ist er."

„Fein. Also bist du so gut und schickst mir das Mädel herauf." Sie legte den Hörer auf und kam zum Tisch zurück. „Wie heißt sie denn?"

„Helene Bergmeister. Aber alle sagen bloß Leni zu ihr. Und Sie werden sehen, der Stefan wird sie auch mögen."

„Daß sie nicht um jeden Preis heiraten will", sagte Stefan, „das finde ich auch prima."

Die Burgl sah Stefan auf ihre freundlichste Art an. „Du bist ja schon groß und vernünftig", sagte sie. „Ich könnte dir Geschichten erzählen, von hier, aus der Umgebung, wie sich junge Frauen demütigen lassen und irgendeinen g'heiratet haben, der sie grad so g'nommen hat, nur, damit sie rauskommen aus der Schand. Und die Kinder erst! Ich hab' einen Schulkameraden g'habt, der war auch ein lediges Kind. Und wie dann seine Mutter an Witwer g'heiratet hat, hat ihn der Stiefvater immer g'schlagen, wenn er ihn bloß g'sehen hat. Aus dem einzigen Grund, weil der arme Bub net sein Kind war."

Die Burgl kam so richtig ins Erzählen. Und sie verglich die jetzige Zeit mit der „guten alten Zeit", sie erzählte von Lehrern, die einen Rohrstab hatten, einem auf die Finger schlugen, wenn man nicht schön genug schrieb. Freilich ging es, wenn man ein paar auf die Tatzen bekommen hatte, mit dem Schreiben schon gar nicht besser.

Sie selbst hatte es ja bei dem alten Pichler relativ gut gehabt. Der Alte hatte sie nicht viel schlechter behandelt als seine Frau und den Sohn, den Vater von Bettina und Florian. Und seit er da am Heuboden durchgebrochen und auf den harten Boden der Tenne gekracht war, da sei überhaupt was in ihm vorgegangen… „Grad so, als hätt' ihn der Herrgott mit dem Finger g'stupft."

Sie schwieg eine Weile, rührte im fast kalten Kaffee und schob sich ein Krümchen Kuchen mit der Gabel in den Mund.

Und dann knurrte Schuft, und eine Weile später begann unten Strolch zu schimpfen, als gelte es, irgend jemandem, der draußen war, fürchterliche Angst einzujagen.

„Das wird die Leni sein", sagte die Burgl.

Frau Damann stand auf, lief die Holztreppe hinunter, auf Schritt und Tritt von Schuft begleitet, und öffnete unten die Tür.

Stefan rollte zur „Regentonne" und legte drei Scheite nach.

„Ja", sagte die Burgl, während unten Frau Damann die Leni begrüßte. „Das is schön, wenn man's so warm hat. Jetzt geht's ja noch draußen. Aber wie ich a jungs Madl war, da hab' ich an den Wänden in meiner Kammer das Eis g'habt. Das blanke Eis. Und der Tuchüberzug unter meiner Nasen, der war steif g'frorn. Und dann aus dem warmen Bett raus und in'n Stall runter, sich an der Pumpen waschen. Ja, ja ..."

Stefan nickte und sah dann zur Treppe hin. Er hatte Angst, daß ihm die Leni nicht gefallen könnte. Sie konnte einen verkniffenen Mund haben oder eine spitze Nase und vielleicht auch ein bißchen hinterhältig sein.

Schade, daß jetzt nicht Billi da war, sie hätten sich sofort mit Blicken verständigen können, wie sie die Leni fanden. Mit Billi gelang ihm das.

Und da war auch schon die Leni. Ein bißchen größer als seine Mutter, etwas kräftiger in der Figur, aber das war man leicht neben der zarten Valentina Damann. Ihr blondes Haar war an der Stirn und an den Schläfen von der Sommersonne gebleicht, die Haut war braun und glatt. Als sie ihn anlachte, zeigte sie Zähne, mit denen man Walnüsse aufbeißen konnte.

Stefan rollte auf sie zu und streckte ihr die Hand hin.

„Grüß Gott, Leni", sagte er. „Ich bin der Stefan."

Sie drückte ihm die Hand, nicht zu kräftig, aber auch nicht zu weich, man konnte gut spüren, daß es keine knochige Hand war. „Grüß dich Gott, Stefan!"

„Ach du meine Güte", sagte da Frau Damann, „jetzt habe ich mir noch gar nicht überlegt, wo die Leni wohnen soll."

„Ich weiß schon etwas", rief Stefan, und er trieb seinen Rollstuhl so schnell an, daß die anderen kaum folgen konnten, dann stieß er die letzte Tür an der linken Seite des Flures auf.

„Das Zimmer ist größer als das daneben", sagte er. „Und später ..."

„Was später?“

„Na, ich meine, wenn das Kind ein bißchen größer ist, könnte es das Nebenzimmer bekommen. Und der Herr Pichler macht dann bestimmt in diese Wand eine Tür zum anderen Zimmer. Müßte ganz leicht gehen, ist ja keine Mauer, sondern nur eine Wand aus Holzpfosten.“

„Das wäre gar keine schlechte Idee, aber das hat ja noch lange Zeit“, meinte Frau Damann. „Wann können Sie anfangen, Leni? Ach ja, und wie ist es mit dem Lohn, und sind Sie in einer Krankenkasse?“

Ja, sie war in einer Krankenkasse, und das mit dem Lohn, da würde man sich schon einigen, und anfangen könne sie gleich morgen. So viel hätte sie nicht zum Einpacken.

Die Burgl drängte jetzt zum Aufbruch, man dürfe die Herrschaften nicht so lange aufhalten, sagte sie. Und sie, die Leni, könne von Glück reden, daß sie so ein Platzerl gefunden habe. Bei Leuten, die nicht selber Jüngstes Gericht spielen wollten, sondern Verständnis dafür hätten, daß es auch einmal einen schwachen Augenblick geben könne oder zwei. Und ihr, der Burgl, dürfe die Leni ja keine Schand machen. Und bedanken sollt sie sich auch nicht bei ihr. Bedanken sollt sie sich allein durch ihre Arbeit.

Sie verabschiedeten sich unten an der Tür, und Stefan, den die Leni mit dem Rollstuhl sehr vorsichtig die Treppe hinuntergebracht hatte, ohne daß er es ihr hätte erklären müssen, bemerkte, wie Schuft eine Weile neben der Leni stand und sich an sie drängte, als kenne er sie schon lange. Sie klopfte ihm flüchtig auf den Hals, als sie ging, und auch das war gut.

Draußen hatte es aufgehört zu regnen, aber es tropfte noch von den Bäumen.

„Kimm", sagte die Burgl, „laß mich ein bisserl einhängen bei dir, dann tapp' ich net so unsicher im Dunkeln rum."

Und sie redete ohne Unterbrechung auf die Leni ein, daß der Posten bei der Frau Damann eine große Chance für sie sei, da könne sie viel lernen, auch was das Körnermahlen und das Brotbacken anginge. Überhaupt könne sie glücklich sein. Jetzt hätte sie wieder einen Platz in der Welt und für das Butzerl, das sie bekommen würde, auch.

„Na, und dann wirst ja noch alle anderen Kinder kennenlernen. Da wirst a Freud haben! Sind alle verschieden, aber alle nett. Die Billi, der Florian und die Bettina, na, und den Stefan, den kennst ja schon. Und dann ist natürlich noch der Sven da, der ist ein bisserl anders. Aber der wird schon noch. Man muß sich bloß kümmern um ihn."

17. Kapitel

Ursprünglich hatte Herr Pichler die Leni an der Bushaltestelle abholen wollen, aber dann hatte er durch Zufall erfahren, daß in einem kleinen Weiler hinter dem Chiemsee die Balken von einem alten Holzhaus vergammelten und daß das ganze Holz zu haben sei. Da hatte er sich ins Auto gesetzt und war losgebraust.

„Gut", hatte Frau Pichler gesagt, „dann hole ich sie mit den Kindern und dem Pferdewagen."

Das Pferdewägelchen war lange Zeit nicht gefahren worden, und es stellte sich heraus, daß eines von den Gummirädern platt war.

„Wir könnten ja die Pferde bepacken", schlug Florian vor, der das schon einmal im Fernsehen gesehen hatte.

„Dazu brauchst du aber Packsättel", erinnerte ihn die Burgl, „und außerdem müssen die Pferde das gewohnt sein. Unsere sind keine Tragtiere. Na, na, nicht die Lisei und der Stern."

„Die Billi!" rief Bettina. „Die kann den Wastl vor ihren Zweiradkarren spannen." Sie lief sofort zum Telefon, um Billi anzurufen.

„Okay", sagte Billi, „wird gemacht. Wie erkenne ich die Maid?"

„Wir werden unten sein", versprach Bettina.

Und dann standen sie aufgeregt unten an der Bushaltestelle, streichelten den Wastl, der am liebsten samt seinem Karren in die Wiese hineingelaufen wäre, um da an Gras zu rupfen, was noch da war.

„Na, hoffentlich paßt sie zu uns", sagte Billi. „Schon im Interesse von Stefan."

„Nein, nein, da brauchst du keine Angst zu haben", meinte Bettina. „Die ist schon richtig. Wir haben gestern mit ihr gesprochen."

„Sie kriegt ein Kind", erzählte Florian. „Aber man sieht es noch nicht. Im nächsten Jahr dann, im Frühjahr, haben wir alle ein kleines Butzerl."

„Das eine weiß ich, Sven kommt mir an das Kleine nicht ran", sagte Billi. „Der läßt es noch fallen."

„Da kommt er", sagte Florian enttäuscht. „Dem entgeht auch nichts."

„Oje!" seufzte Billi. „Wenn man den Teufel nennt, kommt er g'rennt."

„Hallo!" rief Sven schon von weitem. „Was ist denn das für eine merkwürdige Versammlung?"

„Wir wollen mit dem Wastl verreisen", erklärte Billi kühl.

„Wohin?"

„Nach Achenmühle."

„Was wollt ihr denn dort?"

„Wir brauchen Bretter aus dem Sägewerk."

„Und ihr denkt, er darf in den Bus hinein?"

„Als Ehrenmitglied vom Trachtenverein schon", sagte Bettina und drehte sich schnell um, weil sie lachen mußte.

„Und wozu die Bretter?" wollte Sven wissen.

„Um sie dir vor den Kopf zu nageln!" schrie ihn Billi an. „Mann, wann wirst du endlich mit deiner dummen Fragerei aufhören?"

„Man wird doch noch fragen dürfen!"

Da verkündete Florian: „Meine Großmutter, die von hier, also nicht die da oben in Nordrhein-Westfalen, die sagt immer: Wer viel fragt, geht viel irr'."

„Was soll das heißen?" fragte Sven.

„Das heißt", erklärte ihm Billi, „wer viel fragt, bekommt viele falsche Antworten. Kapiert?"

Ehe Sven etwas erwidern konnte, begann Florian zu hüpfen und zu rufen. „Der Bus kommt! Der Bus kommt! Und im Bus ist die Leni!"

Jetzt sahen sie alle dem Bus entgegen, wie er sich da die Steigung heraufquälte und blauschwarzen Rauch aus seinem Auspuff quer über die Straße blies. Dann hielt er vor ihnen, ganz dicht an Billis Karren. Der Busfahrer stieg aus, kletterte hinten über die Leiter aufs Dach, holte einen Reisekorb herunter und wollte den allein zum Karren schleppen, aber da war schon Billi bei ihm und sagte: „Komm, laß mir den einen Henkel, und du packst den andern. Host mi?"

Der Busfahrer war sprachlos. Als sie aber den Reisekorb auf dem Karren abgestellt hatten, sah er Billi von oben bis unten an und meinte: „Ja, Billi, jetzt hörst aber auf. Du redest ja schon ganz boarisch."

„Na und?" sagte sie. „Paßt's dir vielleicht net?"

Inzwischen hatte Bettina die Leni begrüßt, ihr geholfen, den Koffer und zwei verschnürte Kartons aus dem Bus zu holen, und Sven angefaucht, daß er lieber zupacken solle, anstatt zu glotzen. „Marsch, trag die Sachen zum Karren!"

Der Fahrer war wieder eingestiegen, hupte und fuhr weiter. Florian erklärte inzwischen, daß sein Vater irgendwo altes Holz kaufen wolle, das so herumlag, und daß er sonst mit dem Auto gekommen wäre. Und dann hörte er zu, wie sich Sven bei der Leni vorstellte.

„Ich heiße Sven Kloppenburg", sagte er. „Auch Kloppenburg junior genannt."

„A geh", sagte die Leni. „Du kannst Leni zu mir sagen."

Billi kam jetzt auf Leni zu und gab ihr die Hand. „Servus, Leni, zu mir sagst Billi. Hamma alles?"

„Servus, Billi", grüßte die Leni. „Vier Stück sind's. Der Korb, der Koffer und zwei Schachteln.

„Dann kann's ja losgehen."

Billi übernahm die Zügel, und der Wastl schritt munter aus. Er schien den Weg zu kennen, er war ihn ja einmal in stockdunkler Nacht, aber ohne Gespann, gegangen. Als die erste steilere Steigung kam, blieb er stehen, als wolle er sagen, Leutln, jetzt müßt's mir helfen. Und da schoben auch alle an, und der Wastl zog eifrig mit. War ein braver Bursch, der Wastl. Wenn man bei einem Wallach von einem Burschen reden konnte.

Als sie beim Brunntalerhof ankamen, legten sie eine kleine Pause ein. Die Burgl kam heraus, wischte sich die nassen Hände an ihrer Schürze ab und sagte zur Leni: „Mei, jetzt bist tatsächlich da, Madl. Freust dich?"

Die Leni nickte nur und lächelte. Dann sagte sie: „Die san alle so nett zu mir. Und daß des Madl, die Billi, extra ihr Pferdl eing'spannt hat..."

„Ich hab' dir ja g'sagt, es sind nette Kinder."

„Ich wollte auch schon längst ein Pferd", sagte Sven. „Aber mein Vater sagt, unser Haus ist zu schön, um einen Stall dran zu bauen."

Billi sah schon wieder rot. „Es gibt auch Ställe, die sind zu schön, um ein Haus dran zu bauen!"

Wastl berührte das nicht. Er schlug sein gelbes Wasser ab, das schäumend im Boden versickerte.

„Man kann schon den Rauch sehen", stellte die Burgl sachkundig fest. „Ist tatsächlich schon spät im Herbst. Höchste Zeit, daß d' ein Unterkommen hast, Leni."

Nun gingen sie weiter zum Leitnerhof hinauf. Zuerst das flachere Stück durch die Wiesen und dann das steile durch den Wald, wo sie dem Wastl wieder hilfreich zur Seite standen. Als sie aus dem Holz herauskamen, blieb nur noch das ganz sanft ansteigende Wegstück, an dem zunächst der Bach zur linken und etwas später zur rechten Hand plätscherte.

Leni ging nun neben Billi, und Billi sah sie von der Seite her an. Sie glaubte zu wissen, daß es Leni jetzt ein bißchen flau im Magen war.

„Brauchst keine Angst haben", sagte sie. „Der Stefan ist wirklich okay, und die Frau Damann ist auch sehr nett. Wenn du nicht weißt, wie du was machen sollst, dann frag lieber, sie hält dich deswegen schon nicht für dumm. Und wenn sie dir sagt, wie sie was haben will, dann merk dir's halt." Und nach einer Pause fragte sie zögernd: „Deine Eltern sind wirklich bös auf dich?"

„Und wie!"

Das war aber auch alles, was Leni dazu sagte.

„Hat dein Vater schon ein Enkelkind?"

„Nein."

„Na, dann kann er ja noch ein ganz vernarrter Großvater werden. Der Pichlervater war auch so ein Held. Zuerst wollte er seine Enkel gar nicht sehen!"

Leni öffnete den Mund, aber dann schwieg sie. Sie glaubte nicht daran. Die Eltern waren zu bös gewesen. Aber das konnte sie der Burgl sagen, nicht den Kindern.

Sie hatten noch gute zweihundert Meter zum Haus hin, da sahen sie Stefan herauskommen. Er hatte Schuft bei sich. Er beugte sich zu dem Hund hinunter und sagte etwas zu ihm. Schuft rannte los, begrüßte zunächst Billi und dann Leni, dann jagte er vor Freude jaulend und hechelnd um die anderen herum und hielt sich dabei in respektvollem Abstand zum Wastl, der ihn keines Blickes würdigte. Auch Strolch kam jetzt aus dem Haus gesaust, hob den Kopf und bellte. Dann lief er vor bis an die Wegbiegung, die zum Haus führte, hob dort sein Bein und kehrte wieder zur Haustür zurück.

„Siehst du, du hast ein richtiges Empfangskomitee", sagte Billi, die merkte, daß Leni immer stiller wurde. „Na, jetzt fürcht dich bloß nicht", fügte sie hinzu. „Das hier schaffst du doch mit links!"

„Wenn nur schon der erste Tag vorüber wäre", seufzte Leni. „Ich mein', die ersten vierundzwanzig Stunden."

„Sind ja fast schon herum. Brrr, Wastl, bleib stehn!"

Billi spannte den Wastl aus, nahm ihm das Kopfgestell ab und gab ihm dann einen leichten Klaps auf

die hintere Backe. Wastl machte zwei, drei erleichterte Sprünge und suchte dann unter den Apfelbäumen nach Gras.

„Grüß euch Gott!" Stefan reichte Leni die Hand. „Fein, daß du kommst. Ist ein langer Weg zu Fuß herauf, gelt?"

„Es geht", sagte Leni. „Hab' ja nix tragen müssen."

„Sven, komm her", befahl Billi. „Du trägst mit mir den Reisekorb hinauf, und dann gehst wieder hinunter und holst den Koffer."

„Und was machen die anderen?" erkundigte sich Sven.

„Die Bettina und der Florian tragen die Kartons hinauf, und ich bring' den Stefan hoch."

„Nein", sagte Bettina, „den Stefan möchte ich hochbringen."

Billi überlegte kurz. „Kann sie das?" fragte sie Stefan.

„Sie hat es schon ein paarmal gemacht. Ich nehm' die Krücken, und sie zieht den Rollstuhl von Stufe zu Stufe."

„Gut, dann hol' ich noch den anderen Karton, und Bettina bringt dich hinauf."

„Aber den Reisekorb kann ich doch mittragen", wandte Leni ein.

„Du kommst so mit rauf", befahl Billi.

Als sie alle im ersten Stock oben waren, fuhr Stefan im Rollstuhl vor und öffnete die Tür zu Lenis Zimmer.

Er war stolz, denn er hatte es mit seiner Mutter noch gestern abend ein wenig wohnlicher gemacht. Auf dem Bretterboden lag ein schöner Fleckerlteppich, am Fenster stand ein alter Tisch mit zwei schönen Bauernstühlen. Der Schrank war schon drinnen gewesen, er war nur gesäubert worden. Er hatte rechts einen Hängeteil und links einige Fächer, in die man Wäsche legen konnte. Und in der Ecke hatten sie ein Bett aufgeschlagen.

„Da kommt noch eine neue Matratze hinein", erklärte Stefan. „Die bringt meine Mutter heute abend mit."

„Mein Gott, so schön", sagte die Leni glücklich, als sie sich umsah. „Und Blumen auf dem Tisch. So schön hab' ich's no nie g'habt."

Stefan wurde leicht rot, weil die Blumen seine Idee gewesen waren. Die letzte Rose, die er gefunden hatte, und bunte Astern steckten in einem irdenen Schmalztopf.

Sven sah sich um und sagte: „Ganz annehmbare Bude hier."

„Ja", sagte Billi. „Für dich wäre sie viel zu schön. Aber da fällt mir was ein, Leni. Wir haben daheim eine alte Wickelkommode. Die bring' ich dir. Die kannst du ja brauchen, und hier ist auch ein Platz dafür. Sie hat vier Schubladen, zwei kleine oben und zwei große über die ganze Länge unten. Da kommen die Sachen fürs Baby hinein."

„Ist doch nicht notwendig", wandte Leni ein.

„Aber du kannst sie brauchen, du mußt doch dann sowieso eine haben. Und uns steht sie auf dem Speicher nur im Weg rum. Mein armer Vater hat sich mindestens schon dreimal sein Schienbein dran blau gehauen."

Leni ging zu den Fenstern, die über Eck standen,

und sah hinaus. Sie freute sich über die Aussicht und bewunderte die schönen alten Vorhänge.

„So schön hab' ich's wirklich noch nie g'habt", stellte sie abschließend noch einmal fest.

„So, jetzt tragen wir noch alles aus dem Flur herein", sagte Stefan, „und dann gehen wir in die Küche hinunter. Es gibt Kuchen, Kaffee, Kakao oder Tee. Was ihr wollt."

18. Kapitel

Die Sonne kam nun so spät über den Berg, daß der Tau, der im Gras perlte, wie silberner Reif wirkte.

Über den Schornsteinen der Häuser stieg bläulicher Rauch auf, und wer eine feine Nase hatte, konnte riechen, ob da hartes Buchen- oder Eichenholz verbrannte oder harziges Fichten- oder Kiefernholz.

Drunten im Tal lagen morgens die Nebel, gegen die das Licht der vielen Autoscheinwerfer vergeblich ankämpfte. Verschlafen und gähnend und ein bißchen verfroren hockten die Kinder im Schulbus, der sie in die Schule brachte.

Billi war am Morgen sehr schweigsam. Sie schimpfte nur ein bißchen. „Im Dunkeln aufstehen, wenn das nicht verrückt ist! Ph!"

Und Sven gähnte. Er riß den Mund so weit auf, daß es gefährlich aussah.

„Halt dir wenigstens die Hand vor den Mund", befahl Bettina, die um diese Zeit am wachsten war.

„Meine Mutter sagt immer, wenn ich aus dem Hause gehe, ‚das Bett ruft', und sie legt sich noch schnell ein Viertelstündchen hin. Möchte ja nicht nachkontrollieren, ob es immer nur ein Viertelstündchen ist." Die letzten Worte sprach Sven, als wäre er sein eigener Vater. Billi wollte eigentlich dazu etwas sagen, aber sie war zu faul. Mit halb geschlossenen Augen ließ sie das Geplänkel der anderen an sich vorbeirauschen.

„Soll sie am Fenster stehen und warten, bis die Sonne scheint?“ fragte Bettina spitz.

„Seit Leni im Haus ist“, begann Stefan, „ist es schön, aufzuwachen. Ich hör', wie sie aufsteht und sich wäscht, dann verschwindet sie wieder in ihrem Zimmer, um sich anzuziehen, und dann schleicht sie auf Socken den Flur entlang an meiner Tür vorüber, und dann knarrt die Treppe. Unten schlüpft sie in die Pantoffeln und geht in die Küche. Ich liege dann so da, bin noch nicht ganz wach und weiß, jetzt macht sie Feuer im Herd, und es wird ganz schnell warm in der Küche. Ich hör' die Haustür gehen und kann mir denken, daß jetzt Schuft und Strolch hinausrennen, um die Beinchen zu heben. Nach einiger Zeit bellt Strolch vor der Tür, weil er wieder herein will, und Schuft hängt sich mit dran. Kurz darauf knackst es wieder auf der Treppe, und Leni kommt an meine Tür, trommelt mit den Fingernägeln ans Holz, nur so ganz leicht, macht die Tür einen Spalt auf und sagt: ‚Steffl, es ist soweit.‘ Komm ich aus dem Zimmer, duftet es schon im ganzen Haus nach Kaffee.“

„Das hört sich ja an“, sagte Billi gähnend, „als ob du jeden Tag ein paarmal aufwachen wolltest. Ich finde es am schönsten, wenn ich ins Bett krieche. Vorher geduscht haben und sich dann in die Koje schmeißen, sich ausstrecken und dehnen, den Kopf auf den rechten Arm legen, spüren, daß man rundum sauber ist, besonders, wenn die Betten frisch bezogen sind, hach, das ist schön! Ach, gäb' ich was dafür, könnte ich jetzt wieder ins Bett!"

Kamen sie dann mittags nach Hause, stand die Herbstsonne blaß nur ein schmales Stück über der Hochries. Der Himmel war tiefblau, und die Schatten waren selbst um die Mittagszeit lang. Oder es regnete diesen unablässigen, feinen, kalten Regen, und alles troff vor Nässe.

Eines Tages gingen die Kinder mit Leni in den Wald. Sie brauche Daxen, sagte sie. Daxen nannten die Bauern die Fichtenzweige. Bettina und Florian kannten mittlerweile schon alle Bezeichnungen, die ihnen anfangs, als sie aus Duisburg kamen, wie eine fremde Sprache erschienen waren. Leni hatte einen kleinen Handkarren im Schuppen gefunden, den nahmen sie mit. Im Wald fanden sie genug frisch gefällte Fichten mit Bergen von abgesägten Zweigen daneben, von denen sie die schönsten aussuchten. Es war Mittwoch, und am nächsten Sonntag war der erste Advent. Als sie genug Daxen hatten, suchte Leni nach Wurzeln. Florian brachte eine an, die sie gut fand, die von Billi war nicht genügend verzweigt.

„Wie viele brauchst du denn, Leni?" fragte Sven, der sich sehr bemühte, ihr zu gefallen.

„Na, sagen wir, vier große und eine kleinere. Halt, zwei kleinere."

Florian fand wieder eine. Die war der Leni aber zu morsch.

„Weißt, die zerbröckelt mir. Es muß schon ein noch festes Holz sein."

Als Leni fand, daß sie nun genug hätten, zogen sie zurück zum Haus. Billi stellte Sven dazu an, den Karren zu ziehen, sie selbst wollte aufpassen, daß nichts herunterfiel.

„Und ich übernehme Stefan“, rief Bettina schnell, die sich gerne um Stefan kümmerte.

„Und was nehm' ich?“ fragte Leni.

„Mich“, sagte Florian und nahm ihre Hand.

„So“, sagte die Leni, „jetzt gehn wir heim. Und dann binden wir Adventskränze, für die Mama vom Stefan, dann für eure Mama“, sie neigte sich zu Florian hinunter, „und dann für die von Sven und von der Billi. Aber vorher trinken wir noch einen Kakao und essen einen Striezel dazu. Und wenn ihr wollt, mach' ich für uns alle Bratäpfel. Das duftet dann!“

Stefan schlug vor: „Ein paar kleine Nadelzweige legst du ins Feuer und läßt das Ofentürl offen, damit die auch gut riechen.“

„Die Burgl legt ein dünnes Zweigerl auf die heiße Herdplatte“, erzählte Florian. „Das riecht noch besser.“

„Kann ich auch machen“, sagte die Leni. „Und wenn's dunkel wird, zünden wir nur eine oder zwei Kerzen an.“

„Fein“, rief Sven. „Mein Vater sagt zwar immer, Kerzenlicht ist idiotisch, wenn man elektrisches Licht im Hause hat. Aber wenn er die Woche über nicht da ist, zündet meine Mutter schon die eine oder andere Kerze an.“

„Na“, sagte Billi, „ich dürfte nicht deine Mutter sein. Ich hätte mit deinem Vater andauernd Krach. Keine Kerze anzünden dürfen, wo gibt's denn so was?“

Als sie zum Haus kamen, hockte der Bildhauer

Berg, der Frau Damann das Loch fürs Ofenrohr gestemmt hatte, auf einem Balken der Koppel und schien auf sie zu warten.

„Grad war der Postbote da, expreß", meldete er. „Der Brief steckt im Briefkasten."

Stefan holte den Brief heraus. Er war für seine Mutter. Eine Handschrift, die er nicht kannte. Auf der Rückseite kein Absender. Er legte ihn im Flur auf einen Tisch, denn da sah Frau Damann immer nach, ob Post gekommen war. Dann fuhr er wieder vors Haus und fragte Herrn Berg, ob er mit hereinkommen wolle.

„Nein, nein, danke, ich war nur ein bisserl spazieren. Und außerdem muß ich noch einige Kacheln brennen."

„Was, Kacheln brennen Sie auch?" fragte Billi interessiert.

„Ja, Kacheln für Kachelöfen. Kacheln mit Figuren drauf", erklärte er. „So reliefartig."

„Können wir uns das einmal ansehen?" fragte Stefan.

„Ja, gern. Ich hab' mir übrigens auch etwas angesehen", sagte er zu Stefan. „Hoffentlich ist mir deine Mutter nicht bös'."

„Was denn?"

„Den Wagenschuppen dort drüben, wo nur so altes Zeug drin rumsteht. Und den Holzaufbau drüber auch. Ist nur uraltes Heu drin, das man am besten verbrennt."

„Und warum haben Sie den Schuppen so genau angesehen?"

„Er ist mir schon aufgefallen, wie ich's erstemal da

war. Er ist gut in der Proportion. Die Mauern sind trocken, da ließe sich was Gescheites draus machen."

„Und was zum Beispiel?"

„Ein Häusl mit einer Werkstatt. Unten im Gemauerten die Kuchel und die Werkstatt, und oben im Holzteil ein Wohnraum und Schlafzimmer und was man sonst noch so braucht."

Alle sahen zum Schuppen hinunter, an dem jahrelang nichts getan worden war. Merkwürdig, jetzt fanden sie ihn auch schön.

„Ich meine, ich könnt' das alles machen, um mein Geld."

„Und was würden Sie dafür verlangen?"

„Daß ich drin wohnen und arbeiten könnt'. Ich mein' nur, wenn es deiner Mutter paßt. Aber es ist schad' um den Bau, wenn er noch lange so für nix herumsteht." Berg wandte sich zum Gehen. „Vielleicht fragst einmal deine Mutter. Ich mach' ein sauberes Zuhäusl draus, auf meine Kosten, wenn ich drin zehn Jahr' kostenlos wohnen und arbeiten könnt'."

„Ich sag's ihr", versprach Stefan und fuhr mit den anderen in die Küche, wo die Leni schon die Tassen auf den Tisch stellte. Im Backrohr schmurgelten bereits die Bratäpfel. Bettina warf einen Blick hinein. Sechs gleich große Äpfel lagen in einer Bratreine. Leni hatte die Äpfel ausgehöhlt, eine Mischung aus Rosinen, Zucker, Zimt, gemahlenen Nüssen und einem Spritzer Rum in das Loch gefüllt und oben auf jeden Apfel ein Butterflöckchen gelegt. Langsam zerschmolz die Butter, sickerte ins Apfelinnere, vermischte sich mit den Rosinen und Nüssen. Die Äpfel begannen bereits aufzuplatzen, der Saft tröpfelte heraus und verströmte einen süßlich-würzigen Duft.

„So", sagte sie, „jetzt schnell was Warmes in den Bauch, und hernach geht's an. Der Sven holt dann die Wurzeln und die Daxen rein. Der Stefan schneid't hübsch kleine Zweigerln ab, der Florian zwickt den Draht, und die Billi, die Bettina und ich machen die Kränz. Wart's, im Stall hinten hab' ich Stroh gesehen, das nehmen wir her, damit die Kränz schön rund und dick werden."

„Leni", fragte Sven, als sie bei der Arbeit waren, „warum machst du so viele Kränze?"

„Weil jeder an mitkriegt. Halt, die Bettina und der Florian kriegen nur einen."

„Und die Wurzeln?"

„Kriegt auch jeder eine."

Und weil es sich besser arbeitet, wenn man Geschichten erzählt, wollten sie von Leni eine hören.

„Ach", meinte die Leni, „ich weiß doch keine Geschichten, woher sollt' ich welche wissen?"

„Die Burgl weiß viele Geschichten", sagte Florian.

„Mein Urgroßvater hat mir immer eine Gschicht erzählt", erinnerte sich Leni. „Ich weiß nicht mehr, wie die Frau g'heißen hat. Aber sie hat sich immer nur im Wald herumtrieben."

„Komische Frau", meinte Sven.

„Ja, und dann war sie immer nur blau ang'zogen. Blaues Kopftuch, blaues Kleid, blaue Schürze und blaue Strümpf. Und in der blauen Schürzen hat sie immer den Leuten alles davontragen, ganz gleich, ob sie Holz gesammelt haben oder Schwammerl oder Beeren. Mein Urgroßvater hat sie selber g'sehn. Sie waren in die Blaubeeren gegangen, und da war der Boden blau vor lauter Beeren, und sie haben net g'wußt, wo sie zum Kämmen anfangen sollen, und wie sie so Eimerl um Eimerl füllen und sich recht freuen, daß sie viele heimbringen werden, da kommt das blaue Weib daher, und plötzlich sind die Blaubeeren an den Sträuchern alle weg. Und das Weib rennt mit der vollen Schürzen lachend in den Wald hinein, immer tiefer, so schnell, daß sie gar net nachkommen sind."

Sven stand mit offenem Mund da und hörte der Leni zu.

„Und?" fragte er.

„Nix und. Fort war's."

„Ich hätte sie erwischt", sagte er. „Zumindest in meinen neuen Turnschuhen."

„Du natürlich immer", brummte Billi. „Ich hätte Mordsschiß gehabt, wie ich mich kenne. Wie gut, daß es keine blaustrümpfigen Frauen mehr gibt..."

„Ja, sie war ein recht boshaftes Weib. Damals sind noch die schweren Holzfuhrwerke von Rössern gezogen worden. Und da ist sie aus dem Wald herauskommen, auf die enge Straß' raus, und hat sich immer gern hinten auf die runterhängenden Stämm' vom Langholz draufg'setzt. Und kaum ist sie draufg'hockt, sind die Rösser auch nimmer weitergangen. Da hat man schimpfen und fluchen können, soviel man wollte, net amoi die Peitsch'n hat was g'holfen. Es war grad so, hat mein Urgroßvater g'sagt, wie wenn die Rösser gelähmt gewesen wär'n. Und einmal, meine Leut waren ja immer arm, und der Urgroßvater war das zwölfte Kind daheim, da ist sein Vater mit den Kindern in den Wald Holz klauben gangen. Und weil's im

Winter immer recht kalt war, ist man mit den dürren Daxen net weit kommen. Und wie's so im Wald gehn und jedes Holzbröserl aufheben, kommen's an einen riesigen Stoß Meterholz. Sie haben gar net g'sehn, wo er aufhört. ‚Schnell', hat der Vater vom Urgroßvater g'sagt, ‚schnell das dürre Glump runter!' Und er hat ein paar Meterprügel g'schnappt und auf den Karren draufg'legt, und das dürre Zeug drüber. Ganz hastig haben sie noch dürre Äst aufg'hoben, damit die dikken Meterhölzer gut versteckt waren. Aber g'sehn hat man immer noch ein bisserl. Und wie's so schnell heimrennen, taucht etwa hundert Meter vor ihnen der Förster auf. Ein Glück, daß er sich grad umdreht g'habt hat, um seim Hund zu pfeifen. Der Vater von meim Urgroßvater nimmt mein Urgroßvater, er war ja der Kleinste, packt ihn und reißt ihn in d' Höh, haut ihn mitten auf das dürre Zeug und sagt: ‚Jammer a bisserl, Bua! Und wann di der Förster fragt, warum'st jammerst, sagst, du hast dir an Hax'n verstaucht.' Und so sind's weiter auf den Förster zu. Und mein Urgroßvater hat recht g'jammert, und da hat der Förster mein Ururgroßvater ang'redt und g'fragt, was denn der Kleine hat.

‚Hingfall'n is er', hat der Urgroßvater g'sagt, ‚und 'n Fuaß hat er si verstaucht, der Arme.'

‚Wart', hat da der Förster g'sagt und in seine Rocktasch'n reingriffen, und er hat zuerst mei'm Urgroßvater und dann den andern Kindern a Malzguatl geben. Und zuletzt hat er den Vater von meim Urgroßvater g'fragt: ‚Willst leicht an Schmalzler?' Und er hat ihm seine silberne Schnupftabakdosen hing'halten.

‚Na, da bin i halt so frei, Herr Förster. Gelt's Gott',

hat mei Ururgroßvater g'sagt, hat si den Schmalzler auf'n Handrücken g'rieben und aufg'schnupft.

Kurz darauf sind's weiter, in einen Hohlweg hinein. Und wie's an der tiefsten Stell' vom Hohlweg sind, steht oben das Weib mit dem blauen G'wand und hupft runter aufs Holz auf dem Karren.

Jetzt war mein Ururgroßvater g'wiß kein ängstlicher Mensch. Er hat sich gleich einen armdicken Prügel griffen und auf das böse Weib eing'schlagen, aber die hat bloß g'lacht und tan, als ob's nix spürt. ‚Himmelkreuz und Drudenhax', hat mein Ururgroßvater g'rufen, aber net amal das hat was g'nützt. Die Kinder san dag'standen wie g'lähmt, das Weib is vom Karren runter, hat die Prügel von meim Vorfahren einfach wegg'steckt und wollt schon zum Rennen anfangen und samt dem Karren verschwinden, da hat in dem nämlichen Augenblick die Kirchenglocken von Flintsbach 's Zwölfeläuten ang'fangen, und da war plötzlich das Weib verschwunden, nur noch blaue Fetzen waren da, und sie san nach und nach aufg'stiegen wie Luftballons, mitten durch die Bäum', wia a Rauch nauf in' Himmel, und da san's verschwunden."

Die Kinder seufzten und zuckten zusammen. Dem Haus näherten sich energische Schritte.

„Uah!" machte Billi. „Wenn jetzt wer läutet, geh' ich nicht hinaus."

Stefan beruhigte sie. „Keine Angst, es ist meine Mutter. Ihr habt vor lauter Zuhören gar nicht bemerkt, daß sie mit dem Auto vorgefahren ist."

Im selben Augenblick schloß Frau Damann die Tür auf und trat in die Küche.

„Oh", sagte sie, „da duftet es ja schon wie Weih-

nachten. Draußen hatte ich das Gefühl, es riecht nach Schnee."

„Herr Berg war da", berichtete Stefan. Und er erzählte von dem Vorschlag, den Schuppen auszubauen. Erst dann fiel ihm der Expreßbrief ein, der im Flur auf dem alten Tischchen lag.

„Ein Brief?" Frau Damann stürzte hinaus, man konnte hören, wie sie die Treppe hinaufstürmte, wahrscheinlich wollte sie den Brief allein lesen.

„Weißt du noch mehr Geschichten von diesem blauen Weib, Leni?" fragte Sven.

„Ja, ja", antwortete sie. Sie klappte gerade die Bratröhre auf und zog die Reine heraus.

„Billi, bring mir bitte g'schwind die Teller, die Äpfel sind jetzt fertig, sie müssen heiß 'gessen werden. Ja, mein Urgroßvater hat die Frau später als junger Bursch und als junger Mann noch ein paarmal g'sehen. Aber erst will ich die andere G'schicht fertig erzähl'n. Und ihr eßt's derweil die Äpfel. Vorsicht, innen sind sie brennheiß. Sven, ich hab' g'sagt, du sollst aufpassen, jetzt hast du dir die Zung' verbrennt. So, und jetzt eßt's und seid's ruhig, ich erzähl' weiter. Also ihr wißt doch, daß der Förster so gut war, daß er dem Ururgroßvater sein' Karren net kontrolliert hat, weil er g'wußt hat, wie arm sie sind. Und so hat der Ururgroßvater am selben Abend den Kindern, wie's ins Stroh sind zum Schlafen, auf'tragen, daß ein jedes ein Ave Maria für den Herrn Förster beten soll. Ja, und das war so eine G'schicht. Am nämlichen Abend ist der Förster in der Dämmerung einem Wilderer gegenüberg'standen, und der Wilderer hat das G'wehr ang'schlagen und auf den Förster zielt. Ein ganz schwarzes G'sicht hat er g'habt, denn damals haben sich die Wilderer immer mit Ruß eing'schmiert, damit man ihre G'sichter net erkennt. Ja, und der Förster hat's selber noch meim Urgroßvater erzählt, wie der dann schon ein Mann war. Grad in dem Augenblick, wo der Wilderer abdrücken will, sind plötzlich die Kinder, denen er die Malzguatln g'schenkt hat, um ihn rumg'standen und haben ihn beschützt."

„Und der Wilderer?" fragte Sven und hatte Augen so groß wie Tischtennisbälle.

„Der Wilderer, der ist mitten durchs Holz davon."

Alle schwiegen eine Weile. Schließlich fragte Bettina: „Stefan, wo bleibt denn deine Mutter?"

„Die hat den Brief gelesen, vielleicht telefoniert sie jetzt. Oder sie antwortet gleich."

Eine Weile später kam Frau Damann in die Küche mit dem Brief in der Hand, ging sofort auf den Herd zu, öffnete das Türchen und warf den Brief samt dem Umschlag ins Feuer. Sie sah zu, wie sich das Papier zusammenrollte, wie es schwarz wurde, aufflammte und dann zu Asche zerfiel.

„War's ein dummer Brief?" fragte Stefan über die Schulter zu seiner Mutter hin.

„Das kann man wohl sagen", antwortete sie. „Ein ziemlich dummer Brief."

Sie schloß das Herdtürchen und sah nicht zu den Kindern hin, sondern ging zur Speisekammertür, öffnete sie und fragte in die Speisekammer hinein, ob die Kinder etwas essen wollten.

„Danke, wir haben keinen Hunger, wir haben doch gerade die Bratäpfel gegessen", antwortete Billi schnell, weil sie merkte, daß Sven ja sagen wollte. Sie stand auf und strich die Fichtennadeln von ihren Jeans. „Ich glaube, wir müssen jetzt gehen", sagte sie. „Es ist schon spät."

„Aber morgen kommt ihr wieder", sagte Leni, „denn bis zum Samstag muß alles fertig sein."

„Bestimmt", versprach Billi. „Morgen um die gleiche Zeit wie heute. Wiedersehen miteinand."

Sie ging nicht zu Frau Damann, weil die noch immer in der Speisekammer herumkramte, und die anderen verabschiedeten sich wie sie.

Draußen sagte Sven: „Es riecht tatsächlich nach Schnee." Dann suchte er beim Holzstapel einen dikken Prügel heraus.

„Wozu brauchst du denn den?" fragte Florian.

„Na", meinte Sven, „am Ende kommt so ein blaues Weib daher, wer weiß, vielleicht gibt es das doch noch."

Billi blieb mit Bettina zurück. „Hast du's bemerkt?" fragte sie Bettina.

Bettina nickte. „Frau Damann war ganz grau im Gesicht. Ganz eingefallen. Und vorher hat sie so eine frische Farbe gehabt."

„Es ist also aus", seufzte Billi. „Meinst du, Stefan bekommt etwas davon mit?"

„Er hat ja das Gespräch nicht gehört", sagte Bettina. „Und wir haben ihm nichts von diesem Fred erzählt."

„Kann aber auch ein ganz anderer Brief gewesen sein. Wie sie sagte, ein richtig dummer Brief."

„Das ist natürlich auch möglich."

„Hej!" rief da Sven. „Bleibt nicht so weit zurück. Wie kann ich euch Mädchen beschützen, wenn ihr so weit hinten bleibt?"

„Ach, schon wieder die große Klappe". stöhnte Billi. „Ich zieh' mir noch mal lauter blaue Fetzen an, lauere ihm auf und lass' ihn wimmern, bis er so klein ist."

„Fein", rief Bettina, „mach das!"